ALLEN GINSBERG
Collected Poems 1947-1997

金斯堡诗全集
——（中）——

惠 明 译

目录

八 美国的陨落（1965—1971）

东岸到西岸漩涡中穿梭（1965—1966）
一首写给众联邦的诗的开头 _3
卡梅尔谷 _9
在肯·克西家和地狱天使的第一次聚会 _11
一首写给众联邦的长诗的续 _12
这些州：走进洛杉矶 _14
好莱坞一次梅太德林的幻象 _18
嗨路诗韵：洛杉矶—阿尔伯克基—得克萨斯—威奇托 _22
机会在此 _37
威奇托漩涡箴言 _39
汽车上的诗意：从布卢明顿一路逃亡 _64
从堪萨斯城到圣路易斯 _66
一路从贝永到纽约 _75
日渐苍老 _80
上城 _81
我离世前的古老村庄 _82
顾问和我与中国佬抽着大麻听着污浊空气乐队唱布莱克 _83

众州间曲折前进（1966—1967）

展翅飞过黑色的深坑 _84

克利夫兰，平原 _87

致身体 _90

铁马 _91

城市午夜荒废的诗篇 _127

誓言 _131

金色的季节：新英格兰之秋 _133

结束，完蛋，和最大的阳具一起 _140

圣灵默许了极乐的躯体 _142

贝永的收费站后面是塔斯卡洛拉 _144

芝加哥一扇打开的窗 _151

回到漩涡的北边 _155

探访威尔士 _160

五角大楼驱魔 _165

切·格瓦拉挽歌 _167

战争利润连祷 _170

献给尼尔·卡萨迪的挽歌（1968）

献给尼尔·卡萨迪的挽歌 _172

在芝加哥到盐湖城的飞机上 _177

亲屁股 _182

三十年代的曼哈顿闪现 _183

预言一则 _184

比克斯比峡谷 _185

横穿美国 _188

滚滚尘烟街 _190

百日咳 _191

黑色尘土的漩涡扫过 D 大街 _192

暴虐 _193

经过银色的杜兰戈起伏褶皱的山峦 _195

化为灰烬的尼尔 _197

去芝加哥的路上 _198

格兰特公园，1968 年 8 月 28 日 _199

车祸 _200

众州牧歌（1969—1971）

回到丹佛 _205

想象的宇宙 _206

飞过底特律街道漆黑的夜 _207

致坡：在这星球飞行，奥尔巴尼到巴尔的摩 _208

复活节 _211

在美洲沉睡 _213

西北航道 _214

索诺拉的沙漠之鹰 _219

惺忪睡眼中的倒影 _221

独立日 _224

在隐士洒满月光的小屋 _226

雨打湿了炙热沥青路，垃圾袋溢出空易拉罐 _229

全线死亡 _231

记忆之园 _232
闪回 _237
事后回想 _238
G.S.在普林斯顿朗诵诗歌 _239
黑色星期五 _241
反越战和平动员 _246
牧歌 _247
上师唵 _263
"你看过这场电影吗？" _266
密勒日巴体会 _269
在拉勒米 _270

比克斯比大峡谷到杰索尔路（1971）
比克斯比峡谷海滨小径词语拂面 _272
谁炸的！ _283
九月，哲索尔的路 _286

九 思想涌现之息（1972—1977）

荣耀如同悲伤的尘土（1972—1974）
艾尔斯巨石，乌卢鲁歌谣 _295
沃兹涅先斯基的《无声鸣唱》 _296
这些州：迈阿密总统竞选集会 _298
圣诞礼物 _305
坐禅之思 _306

"如果失去了你会如何？" _310

谁 _314

没错，毫无希望 _315

世界之下埋藏着许多屁股许多阴户 _318

短暂回国探访 _319

夜的微光 _321

我喜欢做的事 _322

疾病 _324

新闻简报 _326

为聂鲁达之死 _329

心灵呼吸 _330

挽歌飘扬 _334

提顿村 _336

宣言 _337

荣耀如同悲伤的尘土 _338

自我忏悔（1974—1977）

自我忏悔 _343

抢劫 _346

谁在操纵美国？ _351

呼吸间的思想 _353

我们随着阳光升起又在夜晚坠落 _358

写在酒店的餐巾上：芝加哥的前途 _359

医院的窗户 _360

一定得在点唱机上播放 _362

勇敢的小伙子，来吧 _366

忧郁症 _368

金玉良言 _369

滚雷石 _371

落基山的小屋 _375

读着法语诗 _377

两个梦 _378

猫咪蓝调 _380

不要变老 _381

"垃圾邮件" _388

"你可能会惹上麻烦" _392

兰奥莱克斯，威斯康星 _394

"把所有的指责都归为一种" _395

兰奥莱克斯，威斯康星：密宗学院 _396

为克里莱的耳朵而作 _398

徘徊在坡的巴尔的摩 _399

吟游诗人大思辨 _401

我将爱平放于膝 _423

诱饵蓝调 _426

我的爱哭鬼们一起来玩朋克摇滚 _428

爱回话了 _429

十 冥界颂歌（1977—1980）

死亡是什么？ _435

狰狞的骷髅　_437

毒药歌谣　_440

缺爱　_442

上师老祖　_444

曼哈顿劳动节的午夜　_445

改编自聂鲁达的"伐木者，醒来吧"　_447

在长崎的日子　_451

冥界颂歌　_455

老池塘　_461

怪罪于思想，紧贴着恶性迷幻　_464

"不要变老"　_466

爱的归来　_470

1978年12月31日　_473

布鲁克林大学的聪明人　_477

花园州　_478

春日风尚　_481

拉斯维加斯：为埃尔多拉多高中的报纸即兴创作的诗句　_482

致德力士的朋克　_484

一些爱　_485

可能是爱　_487

鲁尔工业区　_491

为1980年学生反对征兵登记的集会而写的诗句　_494

爱的宽恕　_495

杜宾根到汉堡的软卧　_496

作业　_497

在惠特曼与列兹尼科夫之后　_498

路易斯湖上的反光　_499

"我陷入欢爱中无法自拔"　_502

四楼，黎明，写信，彻夜未眠　_505

失败颂　_506

脑残！　_508

英雄　_511

"坚守信念"　_515

八

美国的陨落

(1965—1971)

东岸到西岸漩涡中穿梭（1965—1966）

一首写给众联邦的诗的开头

献给加里·斯奈德留念

在奥罗维尔，绝壁之下九月晴天，浮云飘进美国的边境，红红的苹果压弯了繁茂多刺的树枝——

在奥马克，一个穿着粗布工服的胖姑娘牵着马走在沥青路上。

穿过罗奇波尔松树密布的山峦，越过克里维尔接近摩西山———匹白马跟在一辆两吨卡车的后面在林间向着远方走去。

在内斯皮勒姆，日光昏黄，约瑟夫酋长①的坟在棕色山脚潺潺的溪流边有明显的标志——大路旁白色的十字架。

在大古力坝铅灰的天空下，红色的发电巨人瓮声瓮气，低沉的声响从水泥与花岗岩传到实体的洋葱——

灰色的水拍打着汽船岩滩灰色的边沿。

在干燥的秋日，四十条尼亚加拉河静静而隐秘地流淌，大峡谷赭色的土地上

小马驹啃着牧豆树的嫩叶

在岩滩，开车听广播看着一座座崭新的玉米仓，那布吉尔漫步来自少年温柔的嗓子，"我希望她们都能变成加利福尼的姑娘"②——黑色的公路蜿蜒向前。

---

① 约瑟夫酋长（Chief Joseph，1840—1904），美国历史上最受尊敬的印第安酋长之一。
② 美国乐队"海滩男孩"的歌曲《加利福尼亚女孩》中的一句歌词。

一路越过平原向着帕斯科,地平线上是俄勒冈的远山,鲍勃·迪伦的歌声从广播里传来,众多的机械装置成就这首民谣唯一的灵魂——请爬出你的窗外——第一次听到这句歌词。

加速穿过旷野,收音机是国家的灵魂。是毁灭前夕和宇宙士兵①。

品尝蛇肉:水自黄石公园流过我脚下的绿桥;达夏娜和哥伦比亚同在,泥泞的海岸上漂浮着油膜和小鸟的羽毛。河流上漂浮着精炼厂排放的银色水泡。

刘易斯和克拉克②在随着一艘救生艇漂向下流:瓦卢拉湖两旁棕色平顶山的峡谷有圣贤之雨的气味,灰狗巴士急驶而过。

寻寻觅觅不为探求那西北航道③,不为上帝,不为或将拯救这被污染的国的先知,不为能在麦克纳里大坝水面的青波上行走的上师。

这是彭德尔顿的牲畜回栏时间,小酒馆里满是女人们皱陷的脸与笨重的牛仔帽,我是个从贝拿勒斯来的世故的城里人。酒保喃喃自语,两手握满了啤酒杯,"谁想来一杯吗?"

薄暮间大雨滂沱,雨的轰鸣与一遍又一遍的"毁灭前夕"交迭上升,乔治亚太平洋锯木厂燃起的黑烟在灰蒙蒙的谷底蒸腾。

蓝岭寒夜,雪压弯了落叶松,日出隐隐的铅辉映在冷杉上,

棕色咖啡壶里的咖啡结冰,捷克斯洛伐克的网球鞋里的脚趾早已冻僵。

北美黄松下有块牌子,此地待售?——走进看到上面写

---

① 这是两首美国民权运动时期的抗议民谣歌曲。
② 刘易斯和克拉克远征(1804—1806)是美国国内首次往返于东西海岸的内陆考察探险。
③ 穿越加拿大北极群岛,连接大西洋和太平洋的航道。

着"此地是北纬四十五度,赤道与北极间的中点"——

三核都市的广播播报着清澈的蓝天与夜间的低温;黄色的雏菊盛开,干草垛的方块垒砌得和房子一样高

"唐·卡彭特有那种真正的地质学家的小锤,他能敲击一块石头,掰开,观察,念诵咒语。"

一只草原狼从卡车前面穿过路面,到岸边渡河,从这原野跑向山林那边,他突然停步回头望着我们——啊哦!自己反倒吓了一跳,便摇晃着他刷子一样的尾巴蹦蹦跳跳地跑掉了。

步枪与氰化物炸弹徒劳无用——他看上去真的很吃惊,他把他的尖鼻子躲开我们的方向。赞颂湿婆神!

吃一切可吃之物,走自己的路——三个夜晚之前把熊粪挂到了树上哈哈大笑

——熊:"是你在吃我的尸体么?再说一遍"

狼:"我可什么都没说。"

稀疏的杜松林扎根在干燥的薰衣草丘陵上,自骑士孤峰经过小溪,打起满满一罐梦的重述;只在储物箱里带了一只锡罐穿越加拿大——草原上不知被谁丢弃了一具汽车的钢筋铁骨:车门上写着:"仰望耶稣"。

山谷里有狐狸出没,路标下结着冰柱,白色教堂的玻璃都碎了,棕木的谷仓互相倾斜依靠,加油站上落着薄薄的积雪。

马卢尔,马卢尔国家公园——这标志凝视着雪原林海,昨夜凝冻的梦境重现——凝视着颅骨与这冰冷的星球之外——密勒日巴不接受任何礼物去覆盖他宝石镶嵌的阴茎——明媚的云朵飘过草莓山积雪的顶端。

油画山景的明信片,德维尔遍布化石的河床,花儿都去哪里了?花儿去哪儿了?[①]RA和草原狼把它们都踩死了,死死地钉下爪印的足迹在德河河底,乳牛们卧在午后的草原

---

① 美国歌手皮特·西格于1955年创作的一首民歌《花儿都去哪里了?》中的歌词。

休息。

灵液汽车旅店，车辆有着白色的尾翼，孤零零的附有钟楼的棕色农舍，山谷中回响着链锯的声音。

汩汩流淌的岩浆边青苔在冷风中破裂——蓝色的苍鹭与美国白鹭迁徙向不快乐的逐渐萎缩的湿地——海市蜃楼的湖浮现在路面之上，沙在谜语山脚下流动，面粉一样洁白的群峦显露在地平线——

睡去，登山杯里的水慢慢结成冰，一口湖水的苦从心窝直向喉咙——梦里我的膝盖被拦腰截断又被缝合在一起——

醒来，雨披与藏红花色的睡袋上结满冰露，月亮好似科尔曼的营地灯，黯淡而冰冷地衬着星光——跪在岸边的草丛里呕吐了一阵，咳嗽着鼻孔里流出湿乎乎的红色毒液，在手电的微光下——

这是黎明的虚弱，爬过岩浆的隔绝跟随着春天的泥泞，水鸟甜美地鸣唱与一只小浣熊

它用爪子讲究地翻动着绿泥，寻找着躲避开这北极般严寒的青蛙——

上山走向通往马萨科湖的路——溪谷地上艾灌丛向着南方延伸——向着麋鹿栖息的地方，它们啃食齿荛与干燥的西美腊梅，猎人们成群结队地开着皮卡把羚羊追逐——

路边山脚下有一座破败的畜栏，母牛的死骸被冷冷的日光照射，被吃空的眼洞，脖子在地上扭曲着，膝骨上蜷缩的肚皮塌陷，闻上去就像甜蜜又可怕的肉体与刻薄的新圣人。

睡在腐朽的铁皮食槽里，猎户星横穿天际闪亮无比，我后面是麻木如金属的冰凉，当阳光开始温暖我的双脚时乌鸦落在了牛背上。

跟随着拖车扬起的尘烟蜿蜒而上，一路上能见到绿色的猎枪弹壳和啤酒瓶，被糟蹋过的长耳兔尸骸——穿过花岗岩山的裂缝，是咸涩的海——中国军队在印度的边境集结。

接着是黑岩沙漠板结的泥地，法兰克·辛纳屈从遥远的

岁月哀叹着,古老哀伤而悲凉的唱盘,披头士唱着救命!他们的歌喉却是如森林般甜美。

所有的记忆都在此刻回流,加利福尼亚干燥的林地燃起的熊熊烈焰,美国空降部队进攻越南山区里的

游击队,在白瓷般的路上隆起恬静的碧空般浩淼的湖泊。

更新世[①]的古河道里埋着有多刺的锥形岩石,头重脚轻的熔岩岛城堡一般地矗立在派尤特人的水域,嗜血的鲑鱼;番茄三明治与寂静。

里诺的汽车旅馆交通标识上低矮的山围着沙漠的绿洲,广播满含柔情地放着城里的音乐与午间快报,"明晨一点将为您播报红色中国的最后通牒。"

去唐纳,经过水泥桥经过灰云漫天的超级高速公路,蒙古的白痴看着可笑的菜单发出笑声这聚会开始了。

黄松木遍布的山腰被人工清剪以供铁道通过,我没有什么事情好做,我站在山顶大笑,我在鱼尾般铁麟的路上狂飙寻求刺激,天堂已被我放弃,达摩之路没有捷径,没有成就我好怕,

我的人世即将爆炸,车轮下的昆虫嗡嗡地为我的死亡歌唱声音刺耳怜悯的迁徙,我拜佛后向着新一轮的日出敬礼,在车里为湿婆念诵咒语。

太平洋电气公司细细的高压线划过平原,驶入海岸山脉四条车道的公路,回头给那巨大的橙色海湾最后一瞥,迪伦的一首歌刚要结束"你将明白你是多么的拖累",教皇来了

来到巴比伦为联合国致辞,两千年来自从耶稣降生,那预言中的大决战

高悬着地狱的炸弹在这个星球的道路和城市之上,一年将尽,奥克兰部队集结地的灯光在黑夜里射出绿焰。

---

① 亦称洪积世。

金银岛海军基地夜间作业的黄光闪烁，数千只红色的尾灯排队横渡海湾大桥，

旧金山在现代的山地上静立，百老汇灯火通明，这是放荡的下等酒馆极乐天堂的中心所在，渡轮大厦可爱的绿钟，内河码头水面渔火稀寥，黑鬼们在收音机里大声喊叫。

美国银行烈焰般的红招牌挂在霓虹的金字塔下，这就是城市，这就是战争的面孔，回家时正好八点

沿着高速公路滑翔冲向万家灯火的方向，那里有彼得的脸与电视，金钱与新的游荡等待我去发现。

1965 年 9 月

卡梅尔谷

黄草丘，
低矮的山脉向着蓝天绵延，
明亮的水库下面
公路蚁行的汽车
树枝绿色的叹息乘风而行
上升又下降——
佛陀，基督，分裂的倾向——
白色的阳光刺穿我的眼镜——
灰色的树皮动物的胳膊，
外层剥落，
小枝像伸直的手指，末梢颤抖着
绿色的薄片摆动着，
多节的枝桠——
没有人需要宣布新时代的来临
无需特殊的名号，无需独特的方式，
无需用方法传递通告
或是阴险的未知那位传令官
不需要弥赛亚但我们这自己的国
有五十岁的年纪——
真主保佑这棵树，永恒，它和宇宙同寿！
年轻人走在时代广场抬起头
穿过霓虹灯闪烁金属的屋顶
望着那些蓝色的星球，
老人趟在午后的草坪上休息
老核桃树矗立在绿意盎然的深山，

蚂蚁爬过纸面,不可见的
昆虫唱着,鸟儿飞下枝杈
人会在山上放松身体忆起那些树的朋友。

          1965年11月,贝茨家中

在肯·克西家和地狱天使的第一次聚会

穿过红树林凉爽的黑夜
车子停在门后面的
阴凉里,溪谷之上
点点星辰,门廊边篝火噼啪响
几个身着皮夹克的疲惫的灵魂
蜷缩在一起。大木屋里,
黄色的水晶吊灯指向凌晨三点
音响震天,滚石雷·查尔斯披头士
乔·杰克森上蹿下跳还有二十个
年轻人跳着让地板共振的舞蹈,
卫生间里有些草,姑娘们穿着
深红的紧身裤,有个健壮柔美的
男人满身大汗地跳了几个小时,
扭曲的啤酒罐被丢在院子里,
被吊起来的雕像在弯曲的高枝上
摇摇晃晃,孩子们安睡于卧室
各自双层铺位的软床。
还有四辆警车停在漆过油漆的大门外
红灯在树叶丛中旋转。

1965 年 12 月

一首写给众联邦的长诗的续

旧金山向南
舞台灯下的街道
经过闹市的喧嚣
建筑归类于
高速路的阳台
尊尼获加霓虹灯装饰的
广告圣诞树发出光芒
圣诞和它的前夕
藏在同一片树林之内
如之前每一个哀伤的圣诞节,被整个
森林的星星环绕——
金属的塔柱,向云端倾泻着浓烟,
黄灯闪烁的地平线
兵工厂在移动,微小的飞机
出现在航空领域——
此刻女工们正把邮件分往红色的投信口
报纸的河流流向士兵们的越南
步兵日报,卡内基
名流录①,威奇托之星
邮局的圣诞也一样的沉闷
分拣工人焦黑的手指
鼓鼓的邮包一身尘埃
1948年纽约第八大道曾是如此

---

① 美国的一本刊物,包括杰出家庭和社会精英的介绍。

当彼得在 1955 年开着邮车
从邮政大楼——
大灯的挡风玻璃闪着光,
肾上腺素令肩膀颤抖
蜿蜒的道路上
爬行着一辆长长的卡车
车头亮着三盏绿色信号灯
从镶有宝石的港湾一直到海岸山脉
山顶上有光,那是一个建筑师的家
……黑鬼的声音在收音机上庆祝
洒满月光导火线的茶的
苔藓降落在发电厂上
发射它的炮弹
公路硝烟弥漫,红色的尾灯
沿着白线加速,一英里外
俄里翁① 的枪口
瞄向
天堂的中心。

1965 年 12 月 18 日

---

① 希腊神话中强壮的猎人,为阿忒拉斯的七个女儿所爱,死后变成猎户座。

这些州：走进洛杉矶

管风琴与战争的新闻
来自西贡的无线电广播
"耶和华的荣耀"
新闻播音员的声音穿过太空——
休战——
十二个钟头？三十个钟头？
是三十天，曼斯菲尔德说。
汽车靠右行驶，
桥上的灯
起起伏伏在夜色下的斜坡——
大灯从后视镜里加速超车
汉德尔的安魂曲
合唱队欢庆的哼鸣，在你的汽车里咆哮
车窗承载着
圣诞的回忆——
这深奥的圣诞开幕了：
美国101公路南段
总统在家里
在他门廊的摇椅上
听着圣诞颂歌
副总统从远东归来
"要深刻反省自己的错误——
你或许就是错误本身"这是教皇的
圣诞致辞——
人口过剩，人口过剩

给我三亩的土地
给我的兄弟多少？
人人都能安居？
组成庞大的城镇？
LSD 与性力的蛇栖居，像弥漫在意识里的雾气
我所见过最明亮的维纳斯
峡谷底的路，靠近
汹涌的潮汐
与它们早年盘踞的洞穴
被没顶的绿水
覆盖。
一位陌生人曾从那儿经过。
五年前我们的
野餐。
驾车留下泥的轨迹，比克斯比的溪流
那密织的沟渠
延伸向多变的沙丘
我看见尼尔的鬼魂
与林格蒂的鬼魂飘过
那荷马的鬼魂咆哮在风口浪尖
吠叫着，摇晃着他的尾巴

我吟唱着哈瑞·奎师那的赞歌
向礁石吐露白沫的海滨有我的足迹
垂死的沙的花园，海藻
被遗忘在日光里。
恐龙般僵硬，粗糙
蔓生蜷曲的藻须，
是岩石的教授……
斯特拉文斯基今在何方？还有蒂达·巴拉？卓别林？与

哈波·马克斯？
　　劳莱和他的哈代今在何方？
　　幽灵们哈哈大笑
　　走向了坟墓——
　　上次在这小镇，我在荧幕上见过他们
　　《乌托邦之路》的结尾，"哦，加勒比岛！"
　　劳莱老了，哈代满头白发
　　氢气一样喜剧的味道
　　自他们的国度滚滚而来——
　　格劳曼的中国剧院前，褐色人行道上
　　混凝土的足印，站在那儿
　　傻乎乎地凝视，激动得难以平复，
　　对眼的电影明星
　　我伸着脖子看默娜·罗伊与秀兰·邓波儿的鞋印——
　　像浣熊一样趴在路边，祈祷着——
　　希望有车灯经过——
　　圣诞快乐，约翰逊总统，祝你身体健康
　　圣诞快乐，麦克纳马拉，国务卿腊斯克，
　　圣诞快乐，教皇与犹太仪式派拉比
　　贝宁的大祭司，
　　仙境教堂的头领——
　　圣诞快乐，商羯罗查尔雅，
　　和所有的那伽苦行僧，孟加拉教派，从埃及唱游到马来亚的托钵僧——……
　　喜悦而快乐的劫难
　　为多米尼加为越南为刚果为中国印度和美国
　　那英格兰尽是披头士的歌声！
　　"另那些被恶魔欺压的痊愈。"
　　为圣巴巴拉市的出口
　　牧师拿腔拿调地喊叫

"您的姓名已写入天堂"
高速路上有海蓝色的灯光闪烁，
洛杉矶夜空的星，出口蜿蜒若树状，
绿松石的光辉闪耀在每条小巷——

        1965年，圣诞前夕

好莱坞一次梅太德林的幻象 [1]

伴随着原子裂变,时间走向尽头
历史的二轮马车用它地球的车轮
迅速地将二十世纪碾过
我已到中年,欲望烧得只剩一半
毛茸茸的躯体如今十分安宁,熟悉的脸
生满胡须,一样的手指握着笔杆
一如二十年前我开始潦草地写下
我的那些忏悔
对诸位美国的同胞——
天国一般的生灵,

这宇宙是一场大梦
物质本是乌有,主旨空虚无效
是与非,对称地颤动
金元素原子的基础
一直到第一波浪潮
让对立面的"无"化为一面镜子
导致一大批女士纷纷嫁给
一大批先生,直到1926年我
于纽瓦克出生,新泽西被
甜蜜的双子座照耀——
整个宇宙都涌过来看

---

[1] 见于罗切斯特伯爵的讽刺诗《无根据》:"之前的时间地点有,现在的时间地点无,当最初的无引起某种危机,一切始自那伟大的联合——什么?"

这根本不存在的
头一号
大傻×——这唯一从黑暗中逃脱的
从来不属于他自己,
一次额外的滴答声
一个生命就此苏醒
因为"无"没有手,无法去
把灯关闭。
这头一号傻×,
乘着第一波浪潮,前进!拥挤嘈杂一去不回——
前进也是后退,两边上上下下
同时到达,彼此同一相簇
其间最初的存在簇拥着非存在
所谓对立面无从谈起,先于
这灾难,这意外,这傻瓜,
这次元里不可感知的鬼祟,
某种呼吸法的痒,啊或唵
在表达之前已把它吞下,
一眼火花,万丈之光,任一渺小的屁
或是玫瑰的香气,在玫瑰存在于
思想的可能性之前
遍布虚空的每一个角落,那种对称来自
没有任何原由的
不可能的宇宙,与背面
确信无疑已被组装的
可能的宇宙——
一生二①,对称性那无线的触动
令声音回弹,光如大海

---

① 《道德经》中第四十二章首句,原文为"道生一,一生二,二生三,三生万物。"

八 美国的陨落(1965—1971)

反复不停自我复制的波涛，
红蓝白是它的共鸣——

这一切真像一个三维的电视之梦
科幻的歌剧
被不存在的气体大脑歌唱
在它们 N 维的口袋里，
有些是气泡，有些是露珠
有些是盛开的花，有些是闪电的光，
有些是医院里躺着的老犹太人——
打响垂死的手指，
"大家都去哪儿了？"

构成的元素是想法，波动，圆点，发烫的放映机
荧屏的镜像，
有些化为幽灵出现在 1939 年
圣诞节无线电城的音乐厅里
消逝，消逝，全然消逝遁入
白雪
公主与七个小矮人的世界——
卡通画的浮云将其捏造，混凝纸的
日式灯笼的舞台道具捆着
月光，霓虹的弧焰，电控的开关
雷鸣从磁带录音机里回荡
宙斯的锡板在
扩音器前抖动放大成为巨响，测音仪器
的指针跳动着，红灯警告着
另外维度超载的公共广播

系统通过庞大的，忧郁的虚无
产生反馈
回响着无尽的，电影中的真实。

1965年，圣诞

嗨路诗韵：洛杉矶—阿尔伯克基—得克萨斯—威奇托

起床起床出发啦！
我们上路，横穿美国吧——

向东去圣·贝纳迪诺
像西部曾做的那样，纳撒尼尔，
加利福尼亚无线电里小姐的声音
正在谈论越共——
"啊，多么美的清晨"
尼尔森·艾迪为我们唱道

两辆卡车，新奇士橙／色彩明媚
满满一车
在路上滚滚前行
秃头山的灰巨人
在白雾弥漫的天际之下
红广场的标志展现，德士古，壳牌
哈维屋的字样一个接一个地出现在超级高速公路——

下午的光线
孩子在车后座
嚼着口香糖
旱地上飞起几只鸟儿好像蚊子一样

"……数营的美军部队正在西贡东北方向约三百英里蓬

山附近的沿海平原上进行搜索与毁灭行动,目前战事只有一系列小规模的冲突。在南部二十五英里外进行的配合行动中,韩国部队已在沿海一号公路附近击毙三十五名越共。"

"他多妙啊
他多俏
他的身心
又棒又好"
奇想乐队在汽车的收音机唱着

在河边
一首 1920 年的歌
"我心中只有一句话／你终有一日将明了"
我的迈克斯叔叔在五年前去世
已经下葬——长眠于
蓝岭峭壁之下,
脉纹里有积雪
山顶白云飘过
冰冷,遥远,飘渺
谷底的棕榈树伸着腰
好似长发飘飘的牙签——
汽车如玩具般堆积,破碎不堪
高处耸立着悬挂式起重机,
这星球也正悬挂着,
空气悬挂着,
树悬挂起他们的树枝,
一辆翻斗卡车也悬在公路上——
午间奇景,
巨大的通道在宇宙
的魔法中闪耀,重达千钧

老流浪汉的驼背上
是他粗糙破旧的行囊
顺着山坡行走
向尤凯亚的方向游荡
布帽拉低遮住了脸
指甲黝黑。

一堵墙,一堵墙,一堵梅萨的墙,这里荒芜
的山峦投下阴影
在浅桃红色的地表
的延绵数英里
——印第安保留区。

呼吸着春风,呼吸着恐惧
墨西哥的边境……
LSD 的糖块 ①——
沉默。

这些直升机再次出现,
在嗨路上,如在湄公河一样
肚子上的红灯一闪一闪
可能正巡视着我们的边境——
浑身都是寻找目标霰弹枪
——两只鸟猛冲向汽车的仪表盘。
紫色迷雾,
汽车的轮胎嗡嗡作响。
为繁荣而牺牲,约翰逊如是说。
约书亚树的界石

---

① LSD 曾以方糖块的形式流通。

黄昏蓝色的雾霭
轰炸中国
南方的参议员史坦尼斯说——
美孚石油霓虹的天马
飞过山坡。

科罗拉多河界,
咬住两个柠檬一个橙子,
螨虫卑劣无比
再把浸透迷幻剂的糖块走私到亚利桑那……

"这一切都蒙水晶山所赐"——
乡村四野可见石英岩——
亨特利的观点出现在新闻里
苏加诺是疯子？一个野人？
还是潜在的友人？
墨丘利为您报道
吹嘘"甜蜜的成功味道"——
他们可以四处对人们品头论足,
一旦他们的政策被采纳,就将发威整十年——
某人定下了"他是个疯子!"
的官方政策,再反射向《时代》杂志的一亿四千万读者
就当我们正开着蝙蝠侠的座驾穿越亚利桑那——
满满接近希望,梦想的地图展开
一波波反复循环的波动,
树的标牌闪光的汽车大灯
撞上我的视网膜
我的所见如
光看见光,
昙花一现。

眼睛对焦，神经向大脑发送电波
手指的触感也是电波
车灯刺目穿过双眼——
声音重复着自己
在麦克风里回荡
冥想将希望穿越……

东部郊外恐怖的交通标志，
"掉头后退……"
我的眼皮开始打架

* * * *

清晨菲尼克斯的报纸上，1966年1月27日社论
"没时间让中央情报局调查了
一开始就目的不纯——
为何打听得滴水不漏？
……抨击的传染性蔓延
和平主义者宁愿让赤色分子掌管世界，
也不愿去抵抗——
抱有好意的人……让人不悦的情报
神圣不可侵犯……破坏……需要一次彻查……
主的精神所至，自由之花遍地盛开。"
没错！那纳瓦霍人审判——
一轮新月挂在西边的矮丘上——
军队在收音机里
向北越大扔炸弹。
《生命线》杂志，主编亨利·利·亨特，一文不值。
广播员用干瘪的声音谴责着
"一次针对年轻人的共产阴谋……

大学校园的鼓动者/已被训练去顺应那些
理想主义的头脑……"
是大通曼哈顿银行把钱借给
南非的白人政府——洛克菲勒太牛！
在大通银行退出之前，我预言那血腥的暴力即将降临。
福特有间工厂
福特在那儿有间工厂——
"他们特别地自豪
自己是南非人"
"……另一个反犹主义的温床？"

油漆沙漠，
石化森林
莱斯利·霍华德凌乱的三十年代景象
……吃着侏罗纪的牛排
史前遗迹就在人类登上的月球，
有四根手指的哥们……
从那儿看，这里算是太阳，北部耸立两座尖峰，
南部耸立两座，东西方放射出各自的射线

银河于此，还有月亮，
……与所有动物的触须
螺旋的星云"……"
我打了朱利叶斯一拳，因为他吃鳄梨奶酪三明治时狼吞虎咽过于不雅。

废气的火焰，石油精炼厂的夜浓烟弥漫，
矗立的铝管子闪着红灯
石油化工的女巫的鲜血
于宇宙飞船的跑道地下沸腾——

八 美国的陨落（1965—1971）

"看上去他们准备好去火星啦。"
正接近梭罗——
胜利门要塞兵站入口——
到达大陆分水岭
反越战的军人示威者被宣判
因该人蔑视总统：
送去劳改——
在壳牌炼油厂储油罐海涛一般的嘈杂中自我反省吧，

躺在汽车座位上，
眼皮沉重，
腿翘在挡风玻璃下面，
啊我又年轻了，我屁眼里的皮肤合拢如玫瑰
终于感到无聊，
我在一座山上，唱起"众生之主，罗摩神明"
阿尔伯克基闪耀着蓝色的辉煌
还有更多带电的钻石与珍珠
从发电站内喷涌而出
比土耳其或以色列的更加猛烈——
黑丝绒般的沙漠上
无尽而浓重的彩虹——
啊，真是一个奇迹
橘色蓝色霓虹如太阳系般自转着
快速洗车德士古一毛九招牌汉堡
养狮房意大利乡村风味批萨哦！
广播里的颤音产生电子的噪音
在车内振动共鸣——
阿尔伯克基街上美妙的霓虹星星
缩小成明亮的红点
卫星地球仪上

小灯伸缩不停——
那是它的眼睛。

* * * *

空旷向北伸展点缀着银色的油罐
一直到山迪亚的群山脚下
搭便车的学生
受到国防基金的资助
戴着他的黑角框眼镜
稀薄的金发，
"如果你的国家需要你，你会去吗？"
"如果我的国家征召我……
我会去的。"
自私的美国年轻人只关心他自己皮肤里的事物
——这蓝色的汽车沿着公路飞驰
呆着不走的客人在后座
"身为一个美国人我非常自豪"
右边前座上，戴着尖顶牛仔高帽的
驾驶员像个肥胖的汽车推销员——
地平线尽头的山峰
雪顶遥遥相望
经过丑陋的小绿洲，路边
二手车和拖拉机
被铁丝网的篱笆环绕——
清透的夜晚，清晰夺目的
蓝色星辰——
正中我们下怀，州立监狱！
驶下公路向东两英里
开进金雀花海

"这是一个福特的国度,你开的又是什么车?"难道他是福特车商?
大雪覆盖了桑格里德克里斯托山上的草甸
云海,北方,拖着雾的溪流留下一笔湿润的痕迹。

……

这问题很难……
你会救谁,是你丈母娘
还是莎士比亚的最后绝本?

* * * *

两个搭便车的,一个是沉默的卡真人
唱起布鲁斯却有着忧郁的嗓音。
他同行的宝贝儿,
另一个留着高中生
潇洒的卷发,不算美,不美但文质彬彬
痛苦的墨西哥人的面孔
似乎对自己的人生观很有一套——
在阿尔伯克基竖起大拇指
想搭车去新奥尔良的狂欢节
周薪九百元,工作是烂醉如泥
或带着梯子和锤子修理广告牌
已在暹罗消费了三年的青春,
香槟和小妞五毛一套
慈眉善目
"我爱美食,我爱美女。"
我为他们唱着般若波罗蜜多心经
驶进了狭长地带,

他们走后我回到图库卡里——
在休息站的电话亭里自言自语,
胖卡车司机们
向着南方进发。

从收音机里的变化就知道到得州了
请为了耶稣!
喊着叫着跳着闹着,
为剧毒的救世主而呐喊,
为堪萨斯分泌毒液的耶稣而呐喊。
向威奇托进发!
向漩涡进发!
去那伯奇协会憎恨的谜语,
诅咒阳具,污蔑阴户
中原地区
干涸的女士与邪恶的警察
充满令人厌烦之事与
易怒的魔力酒吧
警笛环绕着那些纯真的
城市孩子的眼睛
政治中吸血鬼的份额
将爱国主义灌输进青少年
洁白的胸膛
在小巷后面
铺有地毯的房间里
欢快地轻声细语——
美丽的孩子被赶出了威奇托
麦克卢尔与巴纳曼已成往事
艾伦·怀特离去,没有留下地址
查理·波里梅尔在旧金山

安·布坎南如过客匆匆
布鲁斯·康纳斯带着他的笑话去了另一个海岸——
在《圣灵评论》那会儿
从塔尔萨拍打着翅膀
平原渐渐宽阔
魔鬼在城市里聚集
眼睛嘴巴报纸
电视浓缩它死亡的
蓝色闪光注入大脑额叶——
警察局的警笛发出哀嚎,
建筑局的巡视员否决了
消防局所未能烧毁的——
学生们向着爱荷华和芝加哥进发,
纽约在大幕落下之前仍在招手致意——
苏联依然轻柔地降落在了月球上
今天,它是坚若磐石,还是已归尘土?
太阳系已成为崭新的自己?
红灯,红灯在公路的尽头,
玻璃反光镜,
没有人"在路上"。
"……不知道什么会降临在越南
那些为美国自豪的士兵头上"
前大使前将军泰勒说——

在这片广袤间,默奇森河,狩猎,
得州的百万富翁
建起孤绝的摩天楼
平原上光点闪烁
或者,在城市,从男同性恋中隔离开
用欧洲贵妇和女高音的声音尖叫,

阴谋策划对抗共产分子，
向纽约、奥斯丁、威奇托
温哥华、西雅图、洛杉矶发号施令——
和联邦大章鱼有关的广播节目——
银弹攻势的炽天使在得州的草原上飞驰
权倾朝野的大胖子们
灌输资本的痔疮
坐着火车
穿过大草原——
灌输各种信息到无数天真无邪的耳朵里
精神的信息关于精神的战争——
来信耶稣
这是钱之所在！
得州的嗓子
唱出越南的蓝调
带着鼻音
"我不想死／一个男子汉不能趴下"
用那赤子之心，
喧嚣的载重卡车缓缓地穿过城镇——
酒店的招牌高悬，霓虹闪烁。
堪萨斯的起点是自由主义
军乐渐渐在空气中飘散——
就在前几周，收音机里
军乐阵阵，鼓点声声
嘹亮的小号吹响
毫无阴郁之气，
1920年的那些
秃头的女高音
神圣的男高音
唱着陈旧的歌曲

什么样的爱国者写下那种狗屎？
某种驱赶印第安人
酒醉的圣母马利亚的颤音？
麦古尼末日的呼唤？
迪伦痛彻心扉天堂般的回响
在那银色的话筒前
身穿他的蛇纹衬衫，
一个卑鄙的男孩
在时光中消失——
轻柔地在月亮上起舞？
中国人占领得克萨斯那天可真是解脱啊！
《生命线》涌动着它的毒液"共产阴谋"
秘密文件渗透并粉碎了梵蒂冈——
向这些荒芜的原野播放，
孤零零地农舍里的收音机
恐怖的辛迪加叫嚣着
拿下宇宙！

一座座广播电台在汽车收音机里互相排挤发出啸音——
满月映在蓝雪之上
扬声器爆发出午夜的静电干扰
经由某种欧式的绝唱，
外太空电波滴滴答答的信号
使耳朵的实体渐渐模糊
梵蒂冈低音的哨声
啸声和杂音混合，亿万带有接受天线的
沙布达的姑娘
如有沉寂，绝非此地——

* * * *

进入堪萨斯
远处红色的小塔闪烁,
《生命线》,还在七个频道里继续播放——
念着亨利·李·亨特的书,
循循善诱的冰冷声音在堪萨斯平原上回荡——
真可算是在我们面前铺设了一条自由主义的路啊!
卡车停在路边过磅

*

堪萨斯的广播里传来沉重的犹太声音
警告着犹太人,要去主那儿寻求庇护
——迈克尔森博士
接下来是希伯来基督徒的时刻
——707号信箱洛杉矶53号——

在1866年与1881年,煤炭公司为水牛骨头
付了两百五十万美元
代表三千一百万只水牛。
而只有少数水牛浅褐色的脊背沐浴在阳光里
凝视着杰尼斯卡河的岸边——
彼得大呼小叫!人类在他们眼中
有何等的形象——
默默忍耐,低着头
收割草原——
"现在他们准备将印第安人的领地
夺走,从霍普领地。"
渴望建造住宅小区,
握住开矿权——

红皮肤们①最后的家园——
某天曾在报纸上读到过
在图森附近的公路边——

堪萨斯蓝色的黎明,
羊群像雪地里的黑斑
路边灰草间冰珠星星点点
远远的玉米堆,
在树林里排起长队——
金曼救世军,锈蚀的山下有锈蚀的汽车,
约德尔·贝克发布着轰动的照片:月球上的石头
"地表是硬的——"
报道着关于象拔蚌的出世,
肉的价格,谷物的价格,
引导肉与美元的价值,
呼吁取消财产税

绿色的牌子写着,
欢迎来到威奇托
人口二十八万

1966年1月28日至29日

---

① 美国种族主义者对于原住民的蔑称。

机会在此

女神与牧羊人举起电花四射的三叉戟
炙热的红光映照着石膏墙,
点唱机迸发魔幻的音节,
一行身上涂着油彩的男孩打着响指
抖动意大利飞薄的裤腿
或是粗布工服里的大屁股
撞击着,甩弄着
仪式化,但不包含宗教情绪
只有混蛋们老一套的把戏
自然而然,在堪萨斯这美国的中心
农家子弟在魔鬼般的酒吧灯光下
脖子僵硬地独坐或站成一排面对面
跳着集体舞,如同非洲部落的丈夫们
伴随着悲伤的音乐,但那"日落之旅"或
"点唱机一角"的弹珠机器却饱含狂喜——
虔诚地,带着无比的专注与自由的祈祷;
原野里花枝招展的男孩们
和他们城市里的同性恋姐姐
一起走向舞池中央
机械的双眼,鼓点的喧嚣将他们点亮,
俄克拉荷马市激情的声音
唱诵着"不满足"
从天际降至人世,那"机会在此俱乐部"
漂浮在星辰的光芒间
顺着那条威奇托

镶嵌着点点街灯的
横跨平原的林荫大道

       1966年2月，威奇托

威奇托漩涡箴言

一

下一个路口右转
这堪萨斯最大的小镇
麦克弗森
原野上西沉的红日飞逝
戴着它轻薄的面纱,烟囱的迷雾
围绕着球茎般圣诞树的精炼厂散布——铝质
白色的油罐蹲伏其下
信号塔闪烁着耀目的航标灯,
橘色的废气燃烧着
在如枕头般的烟云下喘息,这是机械之焰——
透明的高塔矗立在黄昏下

寒潮提前
降雪范围已向东扩散至
五大湖区
新闻广播与怀旧的黑管
水塔的圆顶在平原上发着光
车内开着广播加速驶过铁路交叉口——

堪萨斯!堪萨斯!你终于开始颤栗!
该人出现在堪萨斯!
有愤怒的电话打给大学

那些瞠目结舌的警察
靠在警车的发动机盖上
而诗人们此刻正在路边旅店水上艺舫里赞颂安拉!
蓝眼睛的孩童正在跳舞拉着你的手,哦,年迈的沃尔特
从劳伦斯到托皮卡他想象着
平原的城镇上交汇的滚滚铁流——
电话线串起一座又一座城,哦,梅尔维尔!
电视机照亮的日子汩汩地流过堪萨斯市
我来了,
这虚空中寂寞的人,乘着巴士
前方公路上的串串霓虹将我催眠
昏昏欲睡——
而那双眼皱褶的卫理教会牧师
靠着桌子
复述着克尔凯郭尔的《上帝之死》
有一百万美元
存在银行,或拥有西威奇托的一切
全部落空!
边喝咖啡边读般若波罗蜜多心经——漩涡中的
电话广播飞机装配架军火石油夜店报纸与街道
被黯明的空虚照亮——

你的罪被宽恕了,威奇托!
你的寂寞被吹散了,哦,亲爱的堪萨斯!
如同西部班卓琴撩拨的预言,
当那独行的牛仔沿着铁道前行
经过空无一人的车站向太阳走去
那巨大的橘球在箱形峡谷里沉默——
乐声在他的身后飘荡
两手空空在这星球上歌唱

哦，妈妈！我是一条孤独的狗。
来吧，内布拉斯加，和我一起唱歌，一起跳舞——
来吧，林肯和奥马哈的爱侣，
来听我最后的轻声细语
如襁褓中婴孩粉红的肌肤需要养分
以防眼睁睁地死去回到无人道的——
浑沌——
啊，朱唇的少女，苍白的年轻人，
也请给我轻柔的吻
将我拥入你们无邪的臂弯
接受我的泪，如你们自己的泪水
去一起灌溉那真实的麦田
那将造就你强健的筋骨
宽阔的肩膀，给你男子汉的双臂——
不再靠着乳牛，喝着牛奶
呆在荒凉的中西部——
再无对柔情的恐惧，喜极而泣，歌唱中的狂喜
笑声高昂另白痴的市长们目瞪口呆
另冷漠的政客们注视着
你的胸膛，
啊，美国的使者，诞生吧！

真相大白！
总统的那玩意有多大？
越南红衣主教的又有多大？
FBI 的那玩意该有多小，经年的鳏夫！
公众人物究竟伟岸几何？
何种不堪的肉体，躲藏在他们升起的幻象里？……

快到萨莱纳了，

史前遗迹,阿帕奇①正在暴动

在汽车影院里
炮击和轰炸距离在地图上做出标记,
预防犯罪秀,绿箭薄荷口香糖赞助
辛克莱恐龙②的广告,发着绿光——
杨树和榆树沿着南九街依次排列
在夜晚微小的车灯上方延伸——
萨莱纳高中黑黢黢的哥特式砖楼
在幽幽夜光的门后——
是什么环绕着赤裸的肉体,大腿和脸庞,
腋窝与乳房
被眼泪湿润了
二十年?还是四十年?
北京的电台被路登的咳嗽药监听
向俄国人和日本人进攻,
北斗七星向着内布拉斯加的边界倾斜,
指向漆黑一片的原野,
电话杆的鬼影
在路旁不时而现,在昏暗的车灯相爱——
暗夜与巨大的 T 骨牛排,
新前线制作为您呈现
营地喜剧:我遇到过的仙女们。
蓝光的路灯在高速路两边延伸向地平线东边的西布伦
比里特斯附近的国家田园纪念地——

语言,语言

---

① 美国原住民部落之一。
② 美国石油公司,标志是一只绿色的恐龙。

后窗里黑色的地球在滚动,
一路数英里不见车影
灯火点点在海洋般的平原
语言,语言
在大蓝河之上
吟诵着"万物非主唯有真主"
像我母亲一样把我的脑袋向着我的心旋转
下巴与真主并肩而依
闭上双眼,黑暗
广阔堪比午夜的大草原,
独行真主的内布拉斯加,
快乐,我是
唱歌给自己听的孤独的人
神明显现——
恐惧的战栗。
比我脖子上的静脉还要近——?
假如我释放了我的灵魂向我的本我歌唱
直到汽车吱嘎作响地切入血肉
和头颅呢?
如果我歌唱,放松了紧皱的眉毛呢?
哪种精致的噪音
会粉碎我的老伙计汽车?
今夜我就是宇宙
用我全部的能量一路向前,一路向前
开车带着我这个戴着眼镜的长发圣徒
如果我就这么唱着,一直到学生们直到我自由了
从越南,长裤,和我自己的肉身,
自由,去我深思熟虑的颤抖着的王座里死掉?
比内布拉斯加自由,比美国自由——
我是否可以就此消失

一阵魔术的烟雾！噗！暗红的蒸汽，
浮士德消失又哭又笑
在萨莱纳和林肯之间的 77 号公路星空下——
"最好不折腾，顺其自然"传道士如是说？
我们所有人早就全都消失了！

大路朝天，前面是林肯的地盘
要在铁路警告牌前面停车
先驱者大道——
威廉·詹宁斯·布莱恩唱着
你无法在黄金十字架上把人类钉死！
哦我的宝贝！黄金
百货商店正盘踞在第十大道
——一个不想当猴子的[①]，顽固不化的老花花公子
现在最高的完美智慧已化为尘土
林赛在哭泣
慈悲存活于高中选集——
日落后的原野上一所巨大的屋舍散发光辉
随着他的记忆飘来飘去——
那里有一扇美妙的白门
在等待我，亲爱的！在零号街上。

1966 年 2 月 15 日

[①] 指美国著名的"猴子审判"。田纳西州中学教师约翰·托马斯·斯科普斯于 1925 年违背州政府关于在学校中不得传播进化论的规定，在美国公民联盟的支持下，和州政府对簿公堂。

二

面向全国
穿过希克曼起伏的丘陵
苦寒的严冬
铁灰的天际　枯树点缀的公路
南向威奇托
你属于百事一代　这旅途充满广告

共和党的艾肯① 在广播里说六万名
北越士兵已经渗透但多达二十五万名
南越武装人员
我们的敌人——
河内不是我们的敌人
中国不是我们的敌人
越共才是！
麦克纳马拉作了一次"误判"
"误判？"记者齐声问道。
没错，只不过是1962年的一次误判
"八千名美军已控制
局势"
1954年的
误判，80%的
越南人民将把选票投给胡志明
艾克写下多年后的《破局》

---

① 美国佛蒙特州参议员，他的一次广播访谈片段被诗人偶然在一辆大众汽车的收音机里听到。即下文中关于越战局势和向越南派兵的观点。

五角大楼里的一次误判
而鹰派一直在试图判断
炸死中国两亿人
密西西比的史坦尼斯如此叫嚣
我想这是三周前
阿尔伯克基日报的福尔摩斯·亚历山大
乡下小记者
好像说我们最好现在就下手
他的打字机噼啪作响
在桑迪亚山脚下的小巷中他陈旧的办公室中？
远离中国的半个地球外
约翰逊得到一些糟糕的建议　共和党的艾肯
在广播里向记者透露
将军估计他们会停止向南越渗透
如果轰炸北越——
所以我想他们炸了！
惨白的印度支那男孩们成群结队穿越丛林
人数不断增加
为目睹这幕惨剧！
当农户那尖顶的配有升降机的谷仓
静静地就在路旁
沿着铁道的方向
美国之鹰正在亚洲上空拍打着它的翅膀
百万美元打造的直升机
十亿美元打造的海军陆战队
他们喜欢贝蒂姑妈①
他们被从许多海滨与农庄里拽出来，颤抖着
从一所所高中直接走进登陆艇

---

① 诗人在公路旅行时看到路边广告牌上的面包广告。

他们的面颊被焦虑的凉风轻佛
出现在《生活》杂志，出现在电视
广播这么说
电视语言这么说
调换词组
语汇，说这不过是：
"一次误判"
头条新闻这么说
《奥马哈世界先驱报》——"腊斯克声称：强硬，
乃实现和平之必要手段"[1]

他们这么说
《林肯内布拉斯加晨星报》——
"越战带来繁荣"

他们这么说
麦克纳马拉宣称了带着演讲的腔调
马克斯韦尔·泰勒声明了，
是将军，是白宫的顾问
越共的阵亡每月增加三五零零
1966年2月的头版可以证明
在这儿，在内布拉斯加如同在堪萨斯一样被人所知，一如在西贡
在北京，在莫斯科，与利物浦的年轻人一样全然知晓
三五零零
人肉市场的最新行情——
圣父啊我无法撒谎！

---

[1] 1966年2月报纸上的头版标题，下同。

一匹黑马低头啃食碎秸
银色溪流蜿蜒穿过森林
身旁是比阿特丽斯郊外古老的红色谷仓——
寂静，寂静
弥漫在乡间
除了广播中准确无误的电码
由小酒馆里清脆的钢琴声伴奏
来舒缓周日清晨那些赋税主妇的神经
谁曾直视过死者的双眼？
美军招募新兵的牌子上写着：有前途的职业
谁活着是为了找寻未来的宽恕？
街上的水管结了冰，人群
拥向车厂去看热闹
周日清晨的红色火焰
在这平静的小镇！
谁曾见过伤兵的眼睛？
我们可曾见过？除了那些《生活》杂志上平面的纸脸？
那些由一个个点构成的惊恐的脸
那些电视上的像素——
失真的分贝记录下
哺乳动物浑浊的嚎叫
从西贡的市郊到落地式电视机
在比阿特丽斯，在哈钦森，在埃尔多拉多①
在历史上著名的阿比林②
哦，无可慰藉！

等等，再吃些肉吧。

---

① 经过威奇托、内布拉斯加和林肯一路上的堪萨斯小镇。
② 美国总统艾森豪威尔的故乡，总统图书馆所在地。

"我们能在任何时间、任何地点进行谈判"
伟大的总统如是说
《堪萨斯市时报》，1966年2月14日："美国当局获悉泰国领导人担心在檀香山的约翰逊总统将试图笼络南越统治者去改变其拒绝与越共谈判的态度。

美国官方回应这种担忧毫无根据而汉弗莱也已知会泰国当局。"
美联社快讯
上周的报纸得了健忘症。

三五零零只是数字
大标题的语言是诗化的，九十年前的《民主远景》
与《白发好诗人》中的预言
我们的国家"这虚构中被诅咒的"
或其他……

语言，语言

埃兹拉·庞德那汉字中的真理
轮廓分明，如同信守诺言的男子汉
勾勒出这靠不住的生物：
人
汉字的方块中，飞鸟呼之欲出
做出口语的表达
与误判不同
战争是一门语言
语言已被滥用
为了去宣传
语言被玩弄着
是将这星球玩弄于股掌间的魔法

黑魔法的魔咒，
现实的方程式——
共产主义是一个九个字母的词语
被拙劣的魔术师
用错误的炼金术方程式，想将地球点成金子
古怪的术士凭臆测操作着
如廉价的曼德拉草
1956年的法术从未起效
而白发苍苍的杜勒斯，
在国务院苦苦沉思，
这对艾克无效
他曾跪倒在华盛顿的教堂
张着嘴，从杜勒斯的手中
领取圣餐：
那些拙劣魔术师散发的圣餐
从堪萨斯和密苏里来的失败者的代表大会
孜孜不倦地用着错误的方程
魔术师的学徒们令这世界上
最简单的扫帚失控
语言
啊，长发的魔法师，快回家看看你那愚蠢的帮凶
赶在辐射的洪水泛滥淹没你的卧室之前
你魔法的学徒
又做出了误判
已持续了整整十年

NBCBSUPAPINSLIFE①
这万物共存的时代

---

① 美国一些主流媒体的英文缩写。

世界上最大的草台喜剧
在越南上演的魔术表演
现实已天翻地覆
在大众传媒中,它转换着性别
三十天以来,客厅和卧室的电视里上演着闹剧
闪烁的画面是参议院外交关系委员会的办公室
将军们的脸在屏幕上时隐时现
夸夸其谈的语言
国务卿的发言空洞无比只剩下语言本身
麦克纳马拉对公共语汇婉言谢绝
总统说了一些语言,
参议员重新解释着语言
泰勒将军有限的目标
宾夕法尼亚州的猫头鹰
克拉克开放式终结的脸
鸽派的启示录
摩尔斯毛茸茸的耳朵
斯坦尼斯在密西西比高谈阔论
五亿中国佬涌入了
投票站,
剃得干干净净的情报。加文的幻想
幻想着那些飞地
战术性轰炸是一个魔法公式
对于银发的赛明顿而言
古代中国人的格言:
"老不中用。"
鹰派俯冲向报纸
亮出利爪
借着热空气巨大的上升气流展翅飞翔
他们干巴巴的尖叫回响在天际

就在国会上空
燃烧弹和黑云翻滚在报纸上
肌肤柔软如同那
被弹片撕裂的堪萨斯女孩
三五零零在地球的彼端
陷入带刺的铁丝网，燃烧的火球
子弹发出震颤，刺刀寒光粼粼
恐怖的炸弹在脑袋和肚子里引爆，皮开肉绽
但这个叫做美国的国家仍在为战争争论
用前后矛盾的语言，语言
在无线电波中滋长，扩散
填满农户的耳朵，填满
那橡木装潢的办公室中市政执政官的脑袋
那午夜床上的教授的脑袋
那看电影的学生的脑袋
金色的头发，他的心和欲望一起跳动
为了荧幕上玉体横陈的姑娘
或是吸着香烟
看着袋鼠船长 ①
那虚构的，被诅咒的国度
预言成真——
尽管高速公路笔直向前
缓缓下降穿过低矮的山峦，
却弯弯曲曲上升在遥远的地平线
黑色奶牛在龟裂的平原上闲逛
洼地里有静静结冰的池塘
寂静无声。
这可是那片向中国发起战事的土地？

---

① 儿童节目中的一句歌词。

可是那片纠结了数十年冷战的土地？
难道这些神经质的光秃树林和农舍
与东方焦虑的微粒构成的
涡流
映出了美国的外交政策
并用咒语点亮北京的疑惧
与远方环绕西贡
那鲜血淋淋的帷幕？
这些城镇可有语言出没
可是这里的嘴巴
造成多米尼加大规模的动乱
支撑起静默的台北市蒋介石腐朽的暴政
偿还法国在阿尔及利亚输掉的战争
1954年推翻了危地马拉的政权
袒护着联合水果公司对于香蕉的贪婪
再延续十三年
只为杜勒斯家族法律事务所不可言说的声誉？

这儿是马里斯维尔——
一台黑色的火车引擎在孩子们的公园里，
被遗弃——
而那铁路横跨
南部产棉区的无盖货车
从达拉斯载着车辆驶向西部
特拉华与哈德逊的贡多拉船里装满了带劲的玩意——
东部驶来的厢车队伍一眼望不尽
载着军用物资跨越洛基山脉
送到富有的码头工人手中
为停泊在太平洋的船舶装载
奥克兰军用运输站灯影曈曈

蓝色的幽冥将夜晚点亮——
车钩碰撞在一起，令那伟大的美国列车
向前开进，载着它盖有毡布的毁灭机器
联合太平洋铁路公司连接起你所在的胡希尔线
顺着驯从的沃巴什河
滚滚而过
伊利湖背上载着货船，
乔治亚中部锈迹斑驳的卡车宣告着
"此乃正路，绝无他路"
这火车写下的了不起的诗篇
横跨堪萨斯北部，
这片土地给予它优先行驶的权利
让大批的金属通过，为了
去印度支那引爆——
驶过沃特维尔，
巴士电子机械嗡嗡作响的预言——
在萧萧冷风中的纸板路标，
夏日午后的宁静弥漫在小镇
霜灰色的天空
笼罩地平线——
看不见地球的全貌
一个外部宇宙遁入隐秘，
捉摸不透，除非通过
语言
无中生有
魔法的图景
或预言，从秘密的心脏
这沃特维尔也和西贡一样，一样的人性：
当沃特维尔有一个女人心碎
另一个女人同样恸哭在河内——

到威奇托,到预言去吧!啊,骇人的吟游诗人!
进入漩涡的心脏地带
那儿有殷切的渴望
有承受着百万富翁压力的大学,
孤寂的曲柄话筒中穿来恐怖的叹息,
而学生们醒来时仍在床上发抖
带着最新真相的梦境,温暖如鲜肉,
小姑娘们在她们的长辈身上嗅着谋杀犯的气息
用遥控机器犯下的罪行,
性感肚皮的男孩被唤醒
被邮递员把心浇透
用一封白发老将军的来信
这首领为死战挑选死者
所有这些黑色语言
出自国家机器的笔下!
啊,顺化绝望的神甫与教士们
这痛苦是否似曾相识?

我已经老了,一个在堪萨斯的孤独者
但我不害怕
不怕在车里说出我的孤寂
孤寂属于我们,孤寂遍布美国大地
哦,我温柔的伙伴们——
断言孤寂是一种预言的家伙们
一百年后月球上的居民
和此刻堪萨斯中部的老乡。
并不是浩瀚的原野使我们哑口无言
在午夜,那儿会被狂喜的语言填满
我们颤抖的身体抱在一起
在床垫上,胸口贴着胸口——

不是苍白的天空正在躲藏
是我们脸上的情感
也并非我们的裙摆和裤子
挚爱的肌肤散发出爱的红润，
从雪白光滑的下腹
到我们的双腿间的毛发，
并不是某个上帝使我们困扰，使我们囿于
自我的存在，像一朵夏日玫瑰
赤裸裸喜悦，涨得通红
在我们的双眼和肚子中间，是的
我们所做的一切，只为这受惊的玩意
我们叫它爱，我们予取予求——
害怕我们这副皮囊
无法被堪萨斯所有的新娘迷恋，
被威奇托的每一个人亲吻——
哦，又有多少独处的人能像我一样大声哭泣——
在里帕布利克河的桥头自立
几乎以泪洗面，去了解
如何说出正确的语言——
在那结霜的大道
通向公路堤防的上坡间
我找寻着那语言
那语言也属于你们——
几乎我们所有的语言都已被战争征税。
电台的触角带有高压
的电线从章克申市延伸穿过平原——
公路立交桥渗入无尽的草场
路线蜿蜒向前经过阿比林
到丹佛，装满过时的爱的英雄——
到威奇托，麦克卢尔的思想在那里

绽放出野兽的美丽
醉酒后车中的性爱
薄雾的街道霓虹迷离
在十五年前——
到独立日，那位老人仍然在世 ①
他放置的炸弹拯救全体人类的意识
造就身体的宇宙那恐惧的位置——
现在，在旷野上飞驰，
没有机器巨魔
出现在地平线
只有小小的人类族群与木质的房屋在这天极
我宣布我与生俱来的权利！
永恒地重生下去，只要人类
还生活在堪萨斯或任何的宇宙——快乐也将重生
在战争之神播撒下无尽的哀愁之后！
孤独的我在自言自语，没有房子可供棕色的广袤聆听，
想象如果一个个自我聚集在一起
将为这国度建筑一个预言的身躯
那宣言的语汇
如同对幸福的追寻！
我召唤所有幻想的力量
到我身旁，坐上汽车的副座来构造预言
来吧，所有人类国度的
王者
赤裸的身上遍布尘土的善布·巴帝·巴巴 ②
狗疯子的大肚皮卡其·巴巴 ③

---

① 指美国前总统杜鲁门。
② 诗人在印度旅行时在马卡尼卡河坛的火葬场遇到的苦行僧。
③ 19世纪北孟加拉的圣人，在图画中身着土黄色缠腰布，被狗和信众环绕。

呻吟着"何等伤害,何等伤害"的德霍拉哈瓦·巴巴 ①
俯视众生的锡塔拉姆·奥卡·戴斯·塔库尔
放下你的欲望
萨特亚南达 ② 在平静中竖起两根拇指
卡莉·帕达·古哈·罗伊的瑜伽在虚无之前遁隐
希瓦南达用一声唵触动我们的心房
布林达班至圣的玛塔·克利须那教导我们要遵循上师
威廉·布莱克那缔造英文幻象隐秘的父亲
至圣的罗摩·克利须那狂喜双眼的主人
半睁半闭,只为他的母亲哭泣
柴坦尼亚高举双臂唱着跳着做着他的颂扬
慈悲的善果评判我们的身躯
血淋淋的难近母 ③
战场中幻觉的毁灭者
万面如来佛超度世间劫难
克利希那神灵派的守护者回归到痛苦的年代
我主怀柔的圣心
怜悯众生的安拉
刚正不阿的耶和华
地球居民中全知的英杰们,代表天堂般欲望的古往今来的六翼天使,提婆 ④,瑜伽行者与圣徒,我赞美你们——
降临我孤寂的存在
降临到这名叫堪萨斯的漩涡,
我的声音愈发洪亮
用美式英语创造箴言
我在此宣布战争结束了!

---

① 诗人于 1963 年在瓦拉纳西的恒河河畔遇到的瑜伽修行者。
② 诗人于 1962 年遇到的加尔各答哲人,曾举起两个拇指并赠言:"做主的好诗人。"
③ 印度教中的女神,传说中用暴力消灭邪恶的化身。
④ 印度的神明,被描述成比人类更高级的存在,具有神性的生命。

就让美国颤栗吧
让人民哭泣吧
让国会由着性子去朝令夕改吧
让总统去实现他个人的欲望吧——
这法案被我的声音创造,无名的神秘
传递至我的认知
被我自己的皮囊幸福的承载
愉快地被我的感官接纳
在我的思想内完成使命
方方面面均在我的意识里实现
在威奇托外六十英里
接近埃多拉多
那黄金之国,
冰冷的尘雾中
没有屋舍的褐色农田起伏延伸
向四面八方直至天际
冬至,一个被唤作主日的周日下午——
清冽的泉水向着那高塔汇聚
它被佛罗伦萨
建造于丘陵之上
供给旅者汽油和热茶

车辆穿梭在乡间的路口传递着他们的讯息
向一贫如洗但紧紧联系着的民众,
向被白色巨雾笼罩的地球
传递出威奇托鹰报与灯塔报上的头条
"肯尼迪呼吁越共重回谈判桌"
战争已成往事,
但语言继续在汽车旅馆的报亭中浮现
那正确的魔法

公式，与语言
曾被抛至脑后，如今化身为
日常意识中的黑色样图
鹰报的新闻发自西贡——
标题写着：被包围的越共如热锅上的蚂蚁
对于他者而言
苦难远未结束
那巨龙般痛苦的最后痉挛
射穿了肌肉群
眼球被一道裂纹撕裂
属于靠着泥墙的敏感的黄皮肤男孩
上接第一版区域
在海军陆战队消灭二百五十六名越共俘虏三十一名之后
去年十二月的十日满月攻势
语言语言
美国军方发言人
语言语言
越共阵亡士兵
已飙升至一百名，在第一空降
骑兵师的防御区内
语言语言
在彭山脚下的白翅行动中 ①
某些
语言语言
共产主义者
语言语言士兵
绝望地上膛

---

① 一百名越共士兵死于彭山的事件，他们的尸体被发现在下落前就已经有了多处枪伤。

他们倒下时均已身中六七颗子弹
语言语言 M60 机关枪
语言语言在大南山谷
那儿地形崎岖水蛭和蝎子横行
战争在几个小时前结束了!
啊,最后收音机终于打开了
蓝色的邀请函!
迪伦天使般的歌声响彻全国
"当你的孩子们开始厌恶你
你还会来看我么,昆·简小姐?"
他充满活力的嗓音那么甜蜜
像棕色无尽的草地
他的款款柔情穿破天际
是无线电波中温和的祈祷曲,
语言语言,和那悦耳的音乐
甚至传到你那
毛骨悚然的荒原!
甚至传到你那
绝望的伯恩斯!
历史的车轮滚滚向前
直指威奇托的心脏!
电台节目说这世上还有人挨饿
还有人不快乐
期待着人的诞生
啊,美国的人民!
"你的味道真的很好闻"
收音机的广播
传送向环绕着闪烁的塔台
与活动房屋毗邻的山脊下神秘的家庭们——
你们喂养了谷仓还是恐怖的军工厂?

敏感的城市啊！是汉堡和那斯科雷炼油厂
的火光哺育着人类和机器
堪萨斯变电站铝质的自动机械
把信号从尖尖的塔台发射，穿过
周日的黄昏中
空寂的足球场上空
穿过那台日夜劳作从潜意识中抽取石油的
孤独的抽油机
工厂瓦斯燃烧的烈焰与静候疲惫生意人光顾的
庞大的高尔夫球场
苜蓿叶式立交桥，聚拢着东威奇托的车流
岔道通往麦康奈尔空军基地
将城市滋养——
郊外渐渐亮起万家灯火
德士古超级市场的光辉星星点点
街灯沿着凯洛格脊骨延伸，
绿宝石般交通信号的光芒
映照在挡风玻璃上，
这是城市的神经中枢！
成群的汽车开着大灯结队而行，
信号的忽明忽暗的光芒映射在司机的眼睛——
那些人类的巢穴紧紧靠在一起，被霓虹与
如预言般破云而出的太阳照亮
生意一如往常，只有礼拜日例外——
草坪上亮起救世主路德的三个十字架
提醒着我们的罪孽
蒂斯沃斯在海卓里克街卖着保险
位于收纳人类过时报废车般肉体的
得·沃斯·嘉德殡仪馆旁边
那种车没有任何蒂斯沃斯的保险敢于转售——

回家吧，旅者，经过道格拉斯中央车站的铁路桥下
那生产话语的报纸工厂
抵达那漩涡的中心，平静地回到
伊顿旅店——
凯莉·内辛在这儿发起对越南的战争
用一把愤怒的利斧
砍向了酒瓶——
五十年前，她用暴力
掀起敌意的旋风
横扫了湄公河三角洲的树叶——
为骄傲的威奇托！徒劳的威奇托
奠下第一块基石！——
也谋杀了我的母亲
她十年前死于精神病院
抱怨着大众传媒在她头脑中暗藏的导线
与空气中散布政治宣言的幽灵
让她少女的品质被玷污殆尽。
被死亡和疯狂折磨的人还有很多
身陷从海卓里克街
席卷向十七街的漩涡——够了！

战争已经结束！
但那些囿于黑人街的灵魂
仍在苦恋你白皮肤的温存，啊，威奇托的孩子们！

1966 年 2 月 14 日

汽车上的诗意：从布卢明顿一路逃亡

沿着雨后明亮的公路向东进发
印第安纳波利斯，警车飞一般经过
加油站——停下来买火柴
整整一大盆沉默，
街灯内含宇宙的蓝色——幽冥！
砰，光芒再次闪现！
湿漉漉的人行道
美孚加油站的泵在雨中点点光亮
这黑暗轰然而至，高速路已经停电
风雨潇潇
交通信号灯死一般的黑寂——
啊！二甲基色胺闪烁着感应的圆环
中心有着利刺——
爱因斯坦曼陀罗，
光谱清澈透明，
……电视里眼球的像素出现在树屋，肯·克西
的头脑里拉闸断电，
神经系统迸裂发出脆响——
岁月荏苒
礼来制药厂的巨塔与高墙
在印第安纳波利斯外白昼前的昏暗里静静沉睡
街灯似隐似现，沿着下城未开发的荒地
达拉斯传来了新闻，德克森宣称
"越南抗议者忘记了历史的教训"
跨过俄亥俄河上，午后时分

古旧的钢索吊桥，汽车坟场
华盛顿这座城市生满铁锈——嗯——

1966年2月

从堪萨斯城到圣路易斯

离开密苏里的堪萨斯,经过独立,经过自由
查理·波里梅尔① 对于堪萨斯的记忆涌现
"见识首饰盒"②,
头戴白色假发的胖子们喋喋不休地谈论着
乔治·华盛顿与哈里·托马斯
淫秽堪比任何我为之喝彩的诗歌
受警察黑鬼妻子黑手党资助

走在通往东圣路易斯的康庄大道
七十号高速公路塞满了卡车
昨夜我彻夜跳舞几近心碎
得不到满足③
狂饮啤酒,赤条条地睡在客房——
此刻
阳光洒在滚滚通向
印第安纳的性爱工厂
公路尽头那植被茂盛的山上——
汽车的坟场,红色的车被人丢弃
在晴空下流着鲜血——
伯奇非尔德的画作,沃克·埃文斯的相片,
山坡有一座维多利亚风格的白房子——

---

① 美国诗人、出版人,出版了很多小众刊物,包括垮掉派的诗歌。
② 堪萨斯城某俱乐部的异装癖秀。
③ 英国滚石乐队的歌词,歌曲发表于1956年。

有叮叮咚咚的室内音乐
是钢琴小品从广播中传来——这中西部的文化
远在摇滚乐之前

如果我二十年前了解到我今日所了解
我说不定就会执棒
一支明尼阿波里斯的交响乐团
身穿燕尾服

堪萨斯传来艾拉·梅的声音,直击心灵
"你害怕变老么,
害怕你不再有吸引你丈夫的魅力?"
"……我倒没觉得"收音机说道
"致那些搅屎棍——
他们为什么不搬去和黑鬼一起住?我们已被分开了太久,为什么现在又要寻求改变?我还是挂上电话吧,某位火星人可能想要打进来,带着他另外的想法。"
莱文沃思的声音回响着
从远方钻进汽车的仪表盘里
"……原因与骚动,那么,那么正如埃德加·胡佛所言他们正在进行共产分子的工作,而他们中的许多人都是,呃,都具有值得尊敬,呃,披着值得尊敬的外衣的,所谓的老师教授与学生……"
一位牧师空洞的声音
喘息着通过话题
"上帝造出各异的种族……是人们总试图把不同的种族混合,混合之日即是麻烦开始之时。"

"没有哪儿比得上布恩维尔,伙计"①——
大平原区的尽头,
午后倦阳,树上铁锈色的树叶啊
"总有一天那些靴子将把你们踩遍"

我们人民——向越共开火
"通货膨胀日益严重……约翰逊当局无疑紧缩预算……
对美国人民十分苛求却不自律……"

我赤条条地躺在客房里,
我的嘴里是他的阳具,
我的手扶着他的后背
直到那身体猛然抽动
把精液堵在我的喉咙里。

米歇尔,约翰·列侬与保罗·麦卡特尼
风靡整十年
三十年代的沟壑重现
"我准备唯一的言语
为你未来的心……"②

古老的大地带着耐心
一英里又一英里地向前延伸
这片土地
有我在游荡
这片土地
有音乐在翱翔

---

① 出自哈特·克兰的诗《河流》。
② 披头士乐队 1969 的歌曲《我需要你》中的一句歌词。

这片土地上的争吵
电光四射
这片土地星星点点的招牌写着
饕餮的大卫
沿着公路,伤痕累累,被声音吞噬
皮特的咖啡——
夕阳下金色的国度
密苏里河冰冷的棕色,黑色的乳牛,
茵茵绿草在山坡上摇曳
这是天堂的景象——
还有一个月就是春天
收费公路旁的断层中可见到海里的贝壳——
古老的海洋已经蒸发,
乳齿象重重踩过,恐龙发出低沉的吼叫
彼时这些棕色的小丘都是
枝叶繁茂绿色沼泽的国度
那白桦的社会[①] 不过是翼手龙眼中的
一缕微光
——飞机沉入泥潭
向着我白色的大众汽车
这高压线之下
史前的白色蟑螂——
我的脸,在汽车反光镜里如拉斯普廷

恶臭的畜棚与黑丘岭渐渐接近富尔顿
丘吉尔曾在那儿降下
意识的铁幕
那是一个寒日,在密苏里

---

① 全称为约翰桦树协会,激进的美国右翼政治团体。

离欧扎克不远的地方——
乡下人的耳朵里传进了施本格勒式
可怖的钢铁宣言
壮丽的语言啊，他们说道，
对于乡下耳朵而言——
圣路易斯呼唤着，圣路易斯呼唤着
二十年了，
三十年了
伯勒斯的学校中
粉面油光的肯尼一头金发，
杏仁般的眼里有
贵族的凝视，
莫菲教着英语课，兰波
在午夜投入牧神的怀抱
W.S.B① 面无表情，一脸冷笑
等待着意识被颠覆，
那些日子里，他们默默无名——
咖啡，伏特加，寻求刺激
与年轻身体的夜晚
带着他们不自知的美丽
在圣路易斯的某个周五的夜
四处奔走
喝个烂醉，憧憬那
了不起的未来
如红色的枯树在夕阳下矗立，二十年后
它们无力目睹
动物们的繁衍生息，树干褶皱面朝苍天
深知那多瘤的预言终将降临，

---

① 即诗人的垮掉派友人威廉·伯勒斯。

如果他们能从密西西比河畔酒吧
威士忌散布的迷雾里睁开双眼
就带着行囊出发吧，去乡下
闻闻泥土的味道。

啊，先人种下的枫树和榆木！
你们是王者城市紫色的灯火中古老而繁茂的方舟
摇摇晃晃，年复一年，
伴随着钢琴
醇美的曲调，
致敬，向无言又睿智的你们，
这大地蓬勃的力量，
知识笨拙的臂膀
盲目的生长，毗邻加油站的屋顶
在高高的电视塔旁
保持沉默吧，丑陋的教师们，
把越南和芥子气留给我和收音机去大声疾呼吧。

"折磨……催泪弹合法的武器……
难以言表的忧虑之言"广播中
评论员自言自语。
今天使用的语言
"……大错特错"
在说越南，嗓音沉重，
"大错特错……当你涉足，呃
某件事，呃……"
"保持住"撤回
语言，语言，呃，呃
从参议员的嘴里，呃
试着想想那些参议员，呃

想想他们站在那
优雅地说,"呃"
巧舌如簧,像伯勒斯描述的那样,疯狂断句!
伯勒斯说得没错。
"……给这些狗拉皮条的
……把它们从美国弄来……大城市的……只要不是白狗……得州看家狗领取中心……狗只要被训练了,就再也不会回到主人那里……"
"法式真相,
德式礼仪"①
黑色柏油,蓝星星,
尾翼的亮光向东方飞驰而去,
英雄存活于他的谋杀
他的自杀,他的沉溺
他的诗歌
他生活图景中的隐遁——
再以新的面貌回归,亮晶晶的
眼泪从新的眼睛中夺眶而出。
新的未成熟的小手
放在小小的胸部,
与大腿苍白的皮肤,
而下体樱桃般的突起
无辜而热烈的挺立
从那坚实的肚皮
将经历篮球高中英语科与精神的胜利,
在老城区的某个澡盆中沐浴,
把头发为爱情梳理——

---

① "法式真相,德式本领,英式策略,/爱尔兰式学习,苏格兰式礼仪,/西班牙式调遣,丹麦式头脑,/被你集于一身。"罗切斯特伯爵《无根据》中的句子。

克莱顿的百万富翁与圣路易斯东区的黑桃皇后
一起欢笑在蓝光瞳瞳的机场 TWA 休息室
笑声传到圣路易斯，
经过广告板血色的霓虹
寻找着老英雄的新生，
一个新的十年——
远山的万家灯火，
单调的路用灰色将城区连接
铝质嶙峋的瘦骨这黑暗中的哨兵
在郊区的山坡上它扛起高压电线
想要去穿越
河流与森林，从一个英雄到另一个英雄——
克兰① 相安无事，流浪的人也已回归
自西边走来力大无穷
那蓄有胡须的萨满巫师
全身充满力量，
长发飘飘的奎克用他微妙的幽默话语
征服了一座座城市
向你高中穿水手服的少女频送秋波
用制造笑声的方式祝福着
这新时代的美国
虽被钢筋水泥隔离但筑有你的灵魂
的欲望，
或像是你和你完美的心脏，那值得崇拜
也正在崇拜着它自身百万的居民
和一下又一下跳动清清醒的自我
电站用河岸堆积着的

---

① 详见哈特·克兰写给惠特曼的《桥》中哈特勒斯角章节的最后部分。

辐射警告牌
嫁接一条条高速路，
连起座座郊外。

1966 年 3 月

一路从贝永到纽约

一眼望不到头的卡车扬起滚滚尘烟
沿着钢索拉起的高架桥向着纽约进发
多车道的黑色公路沐浴在蓝白色的弧光灯下,
地平线泛起了城市的灯火
人口稠密,工厂里有熊熊烈焰——
贝永的精炼厂背靠纽瓦克映出地狱之火
安全警告牌闪烁着四个字:"保持清醒"
巨巨巨大的变电站,
电站的烟囱涌现浓烟——
一里内的浓烟抵上堪萨斯的全部,
硫磺的化学物质,高架桥似谦卑的巨人
四通八达的路将它们连接
奇怪的味道来自燃烧的橡胶与石油
"令您口气清新"
铁路生了锈,深深的泥泞中垃圾含着烟气
发出鼻音的瓮声——
城里的播音员在城里的旅店里叽叽喳喳,
扁圆的宇宙飞船发着光从上空徐徐降落
盖尼盖尼殡仪馆
璀璨的一个又一个招牌
教堂塔顶的时钟指向十点在市郊点亮,
新泽西多彩的街道已入梦乡
在屋脊上方一英寸的地方
是高大的起重机探照灯的光芒
绍普莱特超市的光供给那些霍霍库斯无尽的沼泽

八 美国的陨落(1965—1971)

与帕塞伊克泥泞平原上的夜猫子们
无色的黑暗中有灯泡的光晕。
纽瓦克幽蓝的机场,
地平线的灯火,
环球航空公司东线的标志刻在指挥塔上
俯视着穿过公路桥的
生长着点点薰衣草的机场跑道——

我就出生在纽瓦克
透过电磁场笼罩的夜雾
几英里外便能寻见
二十年代公共服务的招牌
我的姑母和舅舅们相继在医院死去,
安眠在铁道交错环绕的坟地里,
墓园所在之地
也是那三环标志的百龄坛麦芽酒之乡
西部电气公司的设备矗立如庞然巨物,
皮特电机吐出浓烟
辛辣无比,向着写着"飞行服务"字样的储罐飘散
超级高速公路延伸向孟山都公司那
洒满月光的金属结构
普拉斯基悬臂桥支撑起天堂般轻盈的黑色
是我童年的邻居,怀中有巨大的海港货柜,
雾气弥漫
蓝星的货机拨开天际的乱云
与运河旁璀璨无边
天线罗织的深深迷宫——

帝国大厦从地狱里伸出了橘色的臂膀,
纽约市光耀的建筑

隐现于帕利塞兹树林的远端
从战场走来的人把虎放入你的池塘——
年轻人们的摇滚乐要把收音机撕裂,
停车——缴费
让搭车的人下车,走进苦雾——
绿色的小亭子里蓝制服的收费员用脚打着节拍
四周流淌着车河的光
峭壁上的房间,阳台与十九世纪雄伟的院校,
爬虫般的卡车在新泽西的路上行驶
利堡的悬崖后,曼哈顿如星光一般伸展
哈德逊河流淌着万家灯火——
璀璨至极如钻石洒满整个河道
车辆穿梭刺激着耳膜啸然而去
红砖墙之后
海港那惠特曼式疯狂蠢话翻滚的浪涛
涌向人类的都市,我的都市,向着下东区
曼纳哈塔的幽灵,却被海洛因玷污,
在东河的肋条上爱迪生塔附近
变成粪便一样的黑流——

头戴绿帽的门房半梦半醒地坐在
鹅黄色大厅浮雕装饰的壁龛旁——
泽费罗斯的峡谷明光含涌,灰岩的帝国大厦
上帝如此渺小
不足以管辖美妙的梅西百货商店与
毒虫横行的格兰特酒店旁的海鲜城——
哈哈!从这个在街角点烟的黑人面前转弯吧
他独自站在柏油路上
如同上帝在内布拉斯加游荡——
沿着第五大街,咻——路灯打散

不规则的光影——
所有的交通灯一齐变成红色——
虫豸般路灯在幽冥的街闪烁不定
盘旋在这片钢筋水泥的溪谷
飘向联合广场——
在沉寂中等待,注视归家的你
坚固的沥青路,庞杂的电缆覆盖屋顶
如峡谷般,如蜂巢般,如教堂般涂刷着灰泥,
艺术的气息将缝隙填挤——
渗进金斯堡机械化公司里
斧头形状的古董熨斗
巨厦影影绰绰,泛黄的照片
占据了思想——
卡纳斯特拉①,你在二十一街的阁楼不再黑暗
饱含生肉与法律的活计
娜奥米啊,今夜你在西区十八号的斯大林式
疯狂的街道被一辆巴士阻隔,
你十六号(穿着你的礼服喝醉)的墙面挤满尘埃
虚渺的哈德逊河在远方流淌
达利在伦敦了么?美国大兵你们雄伟的教堂
在时光中永存它的棕色——
这华盛顿纪念碑是多么的肃静!
漂亮的年轻人在街上回头看着什么
迈步穿过信号灯走向第五大街,
门房逗弄着狮子狗
在第一大街璀璨的灯光下
一位老记者提起棕色的皮箱
离开他门柱锃亮的公寓——

---

① 比尔·卡纳斯特拉(Bill Cannastra,1922—1950),垮掉派成员之一。

天啊，能回到这街上是个奇迹
这里有奇怪的家伙
从窗口探出一脸大胡子把你打量——
多么可爱的牛排广告！女子监狱
发出不知名的鸣响——
第六大街的巴士后窗如此透亮
那戴着头巾的女士靠在后座上，
街角的维尔伦药店，那张熟悉的戴着贝雷帽的脸
女孩们点点头，就此告别
呵……麦克道格我在此地居住，
呵……完美，这里有广袤的空间
填充着明亮灯光的书店——
我将在那里收到我的信件
收到从加尔各答寄来的
崭新的小风琴
它在纽约静静地等我回来一起歌唱。

1966年3月

日渐苍老

精妙的法国姑娘在点唱机里沙哑的嗓音
柔美了空气,沿着方格子的桌布弥漫
一年来我还从未落入如此的困局
在我的莫斯科们与威奇托们之间夹着一个寂寞的时刻
心满意足地凝视着鲜艳的油彩中的博登海姆与古尔德,
幽灵们,我没有在酒吧的墙边模仿着照片里
熟悉的老客人显著的特征与缺乏不朽的年月,
一大帮乡下人已经喝到泥醉
他们有令人难以忍受的震颤性谵妄
要么都是黑帮成员的小舅子。
无名之辈一如既往的美丽,留声机里放着
不常出现的,让人忆起些什么的酒吧歌曲
这里曾经炙手可热,警察不停地打来电话
我狂饮暴醉对于某颗心脏某位友人某笔钱
爱得一发而不可收拾在这同一张桌子同一场预言
那时自我感觉全然不朽——如今一语成谶
十年的光阴将消磨在迷茫的点唱机上,忆起一位天使,
用于忘记。

1966年3月3日

上　城

  百威啤酒的黄色灯箱挂在橡木酒吧上，
  "我什么没见过啊"——酒保边说边找给我十块零钱，
  我凝视着他藏在醒目的亚当式胡须中友善的眼睛——
  蒙大拿的音乐家如何在曼哈顿流浪，年轻人
  爱烫的卷发——我们坐在年代久远的卡座里扯着八卦，
  还有葛蕾蒂太太[①]的文学沙龙在纽约的奇妙意义
  "如果我有招儿我早就把你剃秃了送越南了"——
  "那祝你成功"，我向这名急匆匆冲向酒吧大门戴着帽子的瘦小公民答道
  "如果最后没招儿我就割开你丫的喉咙"他咆哮着告别，
  "祝福你先生"，他伴随着我的回答走进了门外他雨中的命运，这个潇洒的爱尔兰佬。

1966 年 4 月

[①] 潘娜·葛蕾蒂，垮掉派作家在纽约创作的资助者之一，她曾在位于曼哈顿上西区自己著名的达科他公寓内举办文学沙龙。

八　美国的陨落（1965—1971）

我离世前的古老村庄

走进米内塔的淡黄色大厅,走进苦涩的浴室
二十二年前这里曾有一个金童写下"人之良善"
与克兰的火柴曾划过的
珐琅瓷小便池上的"人类无望"①形成对比——
圣诞的地铁,女同性恋的长裤,有个朋友咬下了某人的耳垂
从同性恋的耳朵上扯下金耳环,哭泣,呕吐——
我的第一场酒醉在此重现,乔·古尔德灰白的胡子
("一名专业的讨厌鬼"比尔刻薄地说过)——但我彼时还不满二十岁,
新的场景光芒四散——过时喜剧演员的讽刺画
被装裱起来挂在接待处的墙上,初恋似有千斤坠在我心
预言的时刻我看着小便池里的倒影回想起几十年前
心中也有同样沉重的宝贝——年老色衰的白发大胡子老头
轻柔的音乐"情烟把眼迷""米歇尔指给我去监狱的路"
从立体声点唱机里回响着"你总是伤害你所爱",就像亲爱的杰克
于往日站在艾尔·史密斯、吉米·沃克、吉米·杜兰特
与比利·罗斯的肖像下想到的一样。

1966年5月11日

---

① 将"Human-kindness"重构,成了"Humankind-ness"的文字游戏。

顾问和我与中国佬抽着大麻听着污浊空气乐队唱布莱克

那歌声向上推进

一去不回

他引着我走进他的花园

二十载唱片清脆的声响

死亡来到了

嘲笑我受损的自由

生为人定要见到伟人

不要怕那会带来赐福

没有伤害

从隐秘的世界

坚持不懈

毒品麻醉外的

广阔世界

于这干渴的城市

躺在意识下喘息

1966年6月

众州间曲折前进（1966—1967）

展翅飞过黑色的深坑

平缓的都市，煤场与棕色的河流
银色的桥边，座座高塔如玩具累积
突然，蛇开始伸展
用它数千只微小的身躯抖起花岗岩的鳞片
蜿蜒而行，向着牵起新泽西西部的
乔治·华盛顿钢铁大桥
高出洒下忧郁的阳光，和厚密的雾一起蒸腾
构建着这星球的屋脊——
喷气机划过向着芝加哥前进。

这忧郁的土地，冰冷的小屋，白色的翅膀
在雾的缎带环绕的天边伸展
瘦弱的窗户透出半个月亮
一架银色的飞机挂在南部的天空
城市棕色的烟气包裹着丘陵——
一路念诵着祷文
《摩诃迦罗颂》种种如是
直至晚餐，俯瞰着宽阔的湖面
听到荒野吹来优美的低吟
赞颂湿婆神——于是
我起手制作自己的音乐
美国的咒文——

"和平降临芝加哥,
和平降临西贡"——
日落赤裸的橙色,投入云海的怀抱
飘过无边无际的雾浪
直向芝加哥黑色的尽头
奥黑尔机场跑道上生翼的机器发出昆虫蓝色的光芒
欧扎克的航班直通月亮
四方的网络电灯点点
闪烁的街区向着地平线延绵
克里姆林宫那些红色的塔,
轻盈的立交桥精确的环圈,
夜色下的巨都,
在天际鸟瞰,人的寓所织起黑色罗网
在我的座位和书下面耀射出璀璨光芒——
成为市长是不可能的!知道所有的细节吗!?
所有有眼的,都在发光
无灯的庭院
炙热的化学工厂如盒子的形状,
监狱闪耀着辉煌!
郊区的活动房屋,微小的亮光
来自贩卖熟食的角落。
黑人在阴暗中丰厚地储藏,
咬牙切齿地走过数英里。
阁楼的黑暗中流下的泪水
卐字在白人的都市被继续崇拜,
卑鄙的微笑亮出雪白的牙齿——

新闻照片里:马丁·路德·金被石块袭击——
墨一样黑的国度,
稀疏的网络承载起毒蛇般的电力

电塔之间星罗棋布
月光下它们互相发送着讯号——

*

像野兽一样活着,
弄脏我们的巢穴
制造烟与蒸汽,敲碎杯子和酒罐,
汽车的废气——
人类文明在街上肆意排泄,
美丽的黑雾弥漫于居民区
河道里流淌着油污
鱼静静地浮在水面上——

1966 年 6 月

克利夫兰,平原

致 D.A. 莱维 ①

进入平原,穿过克利夫兰
那光彩夺目的密林顶端
湖面上的桥也发着光,大学校车沿着白色标线前行
穿过绿灯,经过市中心苍白的旅店
三塔的浓烟遮蔽了蓝色的夜空
建筑矗立在水中,黑暗中的工厂内含微光
火车的铃声催人
看到高架铁路下
橘黄色的卧室
横跨,十字交叉
夹杂三十年代的雨中种种的悲剧
推算着天花板上的铁路——
沥青路起起伏伏——
是什么发出蓝色的火焰?工业!
轰!轰!马哈德夫②!麦克风冰淇淋!
战局!降临高塔!
巴斯特·基顿在今天死去,共和钢铁公司
钢铁味道的民谣,嗨——!
美国的孩子走过琼斯·劳夫林黄色的桥梁
说着:"真美啊",接着改造自己的懒骨头③

---

① D.A. 莱维(D.A. Levy,1942—1968),美国诗人、艺术家。
② 又称湿婆,印度教三大主神之一。
③ 原名为"Drill, Ye Tarriers, Drill",1888 年前后的美国民歌。

八 美国的陨落(1965—1971)

于报纸上炙热的山丘,
头顶是黑色的烟尘——
是的,看吧,湖边磨坊的灯光——
像是会冒烟的管风琴
哈特·克兰在下面死去——
头骨般的黑色油罐升起在铁路暖色的灯光里,
杰出的机器人伸展着缠满电线四肢
上帝那冒烟的管风琴在克利夫兰的平原上耸立
胸膛熔炉的烈火照亮天际
灯火通明的加油站
波兰的锅炉工身无分文
"短胡子的阿米什人,那帮乱伦的家伙个个都是方脸,
女人们长着大耳朵,龇牙咧嘴,像对眼的猫"
斯蒂尔顿的下坡路,这是什么味道?
有几个人往往复复地徘徊,他们是汽油精炼的高手
在白色的光芒中爬上爬下——
丁烷的味道——木馏油——
"看那朵我们刚刚经过的毒云呵——"
巨大而笨重的双子烟囱在此——
太空时代的孩童游游荡荡,像离家的孤儿
就在这片充满钢铁之物的风景中——
他们的祖辈曾在熔炉前被压榨了一生!
现在孩子们对铁的认知不过是电视里
颤抖的银色火箭——
我已经失去了自己的认知。
推你的轮子,推啊。
为了这条独立的毛巾——
达科他旅店,老红砖的房间,
到肯塔基州探访大学的圈子,
吽吽吽萨婆佛陀茶吉尼耶,

本座瓦尼嗰瓦尼嗰本座波罗
天耶唵唵唵
帕者帕者帕者萨婆诃!娑瓦诃!

1966年6月

致身体

在塑料中登基,盖羊毛以遮体,用钻石加冕自己,
坐铝的交通工具,穿合成橡胶的鞋,被芦笋喂养,被一切动物崇拜,
电子摇滚的颂咒把耳朵哄骗,化学玫瑰的毒气钻到鼻子里,
巨大的鼻孔空气工厂的机敏,皮肤里每道缝隙都被心爱的祖母吻过,
男人女人与孩童均为温柔的血肉,是那真实的颤抖与羞红
让生殖器开始产生自我意识
标准即是:毛发遍生于胯部与头顶——狮子的胡须与火炉边的青春

1966 年 6 月 15 日

铁　马[1]

一

看看我！
在圣达非号小包房的
铺板上，赤条条，午后明媚的阳光
从紧闭的百叶窗洒进来
胸膛上的白毛，隆起
犹太人打卷的毛发
挺着肚皮，像个婴儿般呼吸
割阑尾的老疤
皮带的勒痕
软软的加农炮枕着两颗柔软的弹丸
轻妙拨弄后射遍胸口与肚皮——
身体的无意识里隐藏着何种浪漫？
我还能往屁股里塞什么？[2]
在美国手淫！
我回头看着风景
把我的棍子
给路过的卡车司机看看如何？
在铺位躺下，把百叶窗微微拉开

---

[1] 在一列从旧金山出发到芝加哥的火车上，金斯堡用录音机创作了这首诗的第一部分，第二部分在灰狗巴士上完成。原磁带在第五十分钟左右有金斯堡短暂的诵经声，一般也将其视作本诗的一部分。
[2] 双关语，表达不在乎的态度，也暗指自己的同性恋身份。

给我的旗杆晒晒太阳?
啊,休息,放松,不害怕
看着括约肌如何抽动
在声音的
回响——
喔——打个飞机——啊,那感觉极妙
啊,如果此刻有人推门而入
把什么东西塞进我的屁股——
啊,有两个士兵正在谈论柬埔寨的话题!
我希望他们能进来,压低我的脑袋
把那玩意塞进来,让我
如现在一样达到高潮,
如现在一样达到高潮,
如现在一样达到高潮,——
啊——白色的浑浊滴落,
数百万的子孙——
圣达非啊他们如何抵抗
这用爱污脏了
小被单的过客?
擦干净精液——如果此刻
列车员敲门怎么办?
走开,我正在——
我正在写一首诗
我正在写一份财务报告
我正在思考
我正在
提裤子——

就这么躺着,看着风景
盯着一棵树看

穿过美国①的大地——
妥协!
在绿油油的菠菜田!
获得一分钟的宽慰,电流穿过身躯
而那阵括约肌的发作
想到那几个观景车厢里的士兵
我不喜欢他们说柬埔寨的坏话!
希望有一刹那的真相
去惩罚我四十年的谎言——
啊,我竟如此卑鄙!这金属的箱盒里
竟躺着这样赤裸裸的怪物——
哈特·克兰,在1922年
被笑气麻醉在牙医的椅子上
亲眼目睹七重天
这位内布拉斯加的学者如是说。
火车上,哦,克莱恩我也有过濒死的体验。

电话线横行在加利福尼亚绿色的原野——
这是爱人的国度,欲望的国度!
好莱坞星光璀璨的国度!
摇滚诗歌的国度!
大陆的尽头!
我正躺在这卧铺车厢,一丝不挂——
D——
你秘而不宣的傲慢不适合你
甜蜜的王子——
打开你的屁眼对准我的嘴——
我有诗歌送给你!

---

① 原文 Ameriky,是 America 的中西部口音。

——我用疯人过分夸张的声音
在午后的迷雾中喃喃自语——
回家了，
经过钢筋水泥的机器人，
我耷拉着眼皮凝视着外面的棕榈树，
全都是恶意啊，爱德华·卡朋特①！
就像你在巴黎的那些精致的中国佬
对别人评头论足——
我就像黑鬼一样躺在这儿，灵魂发出呻吟！
六十根电话线绑在经过的柱子上，
圈起来的菠菜田，
梳了头发，
沿着城市的边缘行驶有些让人兴奋
接通人类的耳朵
接线员对从越南回来的士兵大喊，
报告被扼杀的婚姻或当爹的喜讯
嚷嚷着爸爸回来啦！
火车靠站，黄帽子的工人
提着水管子对准火车头嚷嚷着什么
我要睡一会，做个梦，昨晚
狗头的荷马②吞吃毛茸茸的软体动物——
不停吠叫，狼吞虎咽——那不停吸吮的黑色寄生虫
吃掉了肚皮，割开喉咙，
黏液含着肉粉色的气泡
从狗的胸口渗出
我烟抽得太凶，总有一天会死于肺癌
双目紧闭，幻觉点点斑斑

---

① 英国 20 世纪诗人，哲学家，社会主义者，同性恋权利运动早期活动家。
② 指诗人劳伦斯·菲林盖地的大黑狗，曾在多首诗中出现。

如电影幕上的沉默，
蛆虫将在眼球里默默地生长，
蚊子在溪谷河湾的夜晚成群结队——
索萨利托①，你定有你那巨大的阳物——
昏黄的灯火在星球延伸
电报线缠绕着意识
四周皆可感知我的存在，
火车喘着粗气爬上山坡——

夜幕降临莫哈韦沙漠，
蔓延的黄光渐渐隐遁，西边的山若隐若现，
士兵们睡着了，身体摇摇晃晃，战争渐行渐远。
欧莱特火花塞广告牌的前面，落日缓缓沉陷。
哇！哇！哇！孩子们开始哭闹
扯着对方的手臂，
这星球可真够来劲的！
城市的灯火，在南方浮现
撕开夜的一角——
机场宝石绿的微光闪烁——
嘿！你咬我，你咬我，
你打架怎么和女人一样！
绿、绿、绿、闪烁不停的餐馆霓虹
卡车司机在黑暗中
朝着巴斯托的方向摸索。
星空和我童年的一样。
莫哈韦的苍穹与帕塞伊克完全相同——
我委身的太空舱比树林舒服

---

① 美国加州小城，金斯堡与垮掉派一众诗人曾在此举行"船坞峰会"，讨论迷幻剂以及新的生活方式。

那里有化学污染
和电流噪音。
天堂和我们的栖身之所可有差别?
还能怎么好?又能有多糟?
尽管化学的头脑变幻着
空灵的感知
海底轮①令括约肌收缩穿过心灵光环
千瓣莲华②的允诺
另一个宇宙——
惠特曼,卡朋特,盖文·亚瑟③说
我们都是树上的一片叶,
说
我们都是奔向海洋的一滴水
通过鱼的嘴——
我们是否
以血肉之身出现在天堂
带着十九世纪的贞洁?

硼砂,硼砂,硼砂,
山上传来晶莹的灯光,仙境之堡
或从天堂而降,只在莫哈韦存在——
硼砂,硼砂,硼砂,
硼砂那恐龙缓慢地经过
昴宿星下的蕨类植物——
精妙的高速路之光拉起
城市间绷紧的神经——

---

① 原文 Muladhar,印度瑜伽中认为人体所拥有的七个脉轮之一,位于人体的会阴。
② 原文 Sahasrarapadma,印度瑜伽的七脉轮之一,位于头顶。
③ 旧金山占星学家,1972 年去世。美国总统切斯特·艾伦·阿瑟之孙。认为性的轮回和占星学有关。

硼砂，硼砂硼砂硼砂
接近贝尔马沙漠汽车旅馆——

唵

我死敌的机器那喋喋不休叽叽喳喳的心智
制造着硼砂硼砂硼砂硼砂
脊柱的思想
于火鸡，石油，风与车头灯——
一个孩子透过车窗窥视着移动的夜
那灯光的红尾
与圣达非号一齐前进
滚滚压过克兰的忧沉。

呵！有一轮新月
卡明斯与威纳尔先生都已死去——

"为什么咱俩都爱喝啤酒呢，"
老姑娘说道
面前一桌啤酒罐——
"女士，这是我的人生。"——
士兵们在谈论脑袋是怎么被打开花的
金汤力酒里有一颗樱桃
一个天使上上下下自得其乐
跪在床上从两腿之间
看着镜子里
因为研读《圣经》坐得过久
屁股两边通红的肿胀——
烟草与酒精，
一百八十一空降师

嗯——你们最好手持和平的烟斗
喷云吐雾
或是咖啡店里
摩洛哥黏土烟斗里的混合大麻
那里生长着绿色的无花果树
直布罗陀海峡蔚蓝幽远……

"鬼把戏是成功的秘密!
你上过大学,但大学本身什么都不能给你
要看你用这种身份去做什么,孩子。"
他们都是一帮演员。
在巴斯托靠站的列车喘息着
——"我想进军娱乐界,
我想当喜剧作家,"他说——
他的双手曾被越南人的血染红。
列车在喘息——
其他人都陷入了沉默,慢慢走神。
那个士兵又谈起他的红头发带给他的麻烦。
他如何喝了三杯后把姑娘带回家
姑娘斜着眼睛看他,说道
"我跟你走了"
开车把她送到家门口
对姑娘说"给你最后一个机会"
而她又如何依偎着他说
"你带我去哪儿都行"
他又是怎么
脱下她的裤子
她又说他也得把裤子脱了
他却不愿意脱他的裤子
他们又如何像大家一样

翻云覆雨
接着,他送她回家,
但当他再去酒吧的时候
只要有人打量那姑娘
他就会直视那个人的眼睛,再打个响指
说:"你他妈看什么看"——
再自己走出酒吧,
对他的爱人谁都来掺一脚。
我坐着,听他唠叨,
捻着胡子若有所思
他的眼睛生来丑陋
声音却如爱德华·卡朋特一般甜美。
如今我躺在这儿
这昏暗无光的小包房
外面经过几座机场,
星辰,这温柔的微冥
于黑暗撒下几许白光
现代铁路的
双层玻璃
反射着雾气——

六年前,"一脑门子官司"——
旧的诗歌开始发臭,
绝望,一如往常般绝望
"啊春风里的爱令人陶醉,"
就像詹尼特·麦克唐纳
三十年前唱的一样——
闹市中帕特森费边剧院的包房里
我在无边的黑暗中倚着大理石栏杆
我哭了,肉体是多么的柔软——

看罗纳德·里根孩子气的
夸张的表演
他的身影
纵横于整个三十年代——
一样漆黑的广漠
经由情感
贯通,
那种犹豫放射到星空——
政治的星球围绕太阳旋转,
意识不断膨胀,
地球被电话线缠绕的密不透风,爱德华啊,
他们那时还未梦过电视的存在。

铁道不停颠簸摇晃着你的大腿,
清清你的喉咙,
躺在黑暗中,
咳嗽中有癌症的罗音
闭上你的双眼……
我甚至没有做梦,经过哈查比
一直醒着,麻木而昏昏欲睡,一脸
自以为是的不情愿。
总算回到这儿,
这台磁带录音机
经过莫哈韦,
恬静的夜晚,

曩谟三满哆。母驮喃。阿钵啰底。贺多舍。娑曩喃。怛侄他。唵。佉佉。佉呬。佉呬。吽吽。入嚩啰。入嚩啰。钵啰入嚩啰。钵啰入嚩啰。底瑟姹。底瑟姹。瑟致哩。瑟致哩。娑婺吒。娑婺吒。扇底迦。室哩曳。娑嚩诃。①

宇宙是空。

火车铿锵而行
双目紧闭……法院绿色长条的建筑
"如同遍生眼目的怪兽。"
在面朝溪谷的露台上远眺海湾大桥,
枝叶茂盛的畜栏中有一匹马……
本周击毙六百名越共
语言语言
渐渐上升
沃尔特·李普曼② 曾说
"荣耀将降临在用人的感受
发出真实的声音的人身上,"
面颊爬满皱纹,
贝克斯菲尔德公报。
穿戴着珠串,住在
布满波尔卡圆点的帐篷里,
帐顶挂满流苏
就在比克斯比峡谷中部
和平集会的嬉皮村
"那属于我,那属于我,我不要任何人
代表我占有我的土地,特别是警察"
……我一定是罪犯,是思想的
漫游者
用钉子固定屋顶的木板

---

① 消灾吉祥咒,又称消灾咒,在寺庙的宗教活动中连续朗读三次。
② 政治专栏老作家、哲学家,"铁马"火车之旅时他在报社写作。

八 美国的陨落（1965—1971）

时日无多啊山姆·刘易斯①,时日无多——
时日无多啊卡洛琳,
时日无多,尼尔。
你爱我吗?
不,我是个笨手笨脚的傻瓜,
我曾搂着你的脖子不放
你也习惯了,甚至有点喜欢这样。
推销员的眼睛闭上了,
他脱下他的夹克
领带搭在白衬衫旁
你一天可有收获啊,孩子?

睁开你的双眼
星星回到了它们的家。
劳瑞雅博士②已经自杀,
因堕胎被人指责,
他过于敏感了。
给我一些你的观点
好放进未来市场里的老虎机——

你在新泽西的弗里霍尔德
需要取得许可
才能见到藏僧。
你需要取得许可。
魔法的公式就印在您的椅子后面,女士,
您想要成为继约翰逊博士之后
最能照亮大家的人么?

---

① 又名苏菲·山姆,旅行家,旧金山伊斯兰苏菲派的创始人,盖文·亚瑟的好友。
② 《卡迪什》中金斯堡母亲的男友。

和其他人正相反,
霍克正承受着被拒绝的痛苦。
"改革美国政府恶臭的细节,"
比如:祝贺啊!白人佬,你将
坐着囚车鹏程万里,对不对?
我的脑中进行着一场公众会议,
回到环河街。

早上,越过新墨西哥州的边界
美洲大陆的浪涛
巨崖拍岸——默默颂祝
这些 LSD 的意识里
闪动的微光包裹的砂岩管风琴。
迪法恩斯,温盖特,雷克利夫,梭罗,
印第安盖洛普就在前方,
曾和开着白色巴士的彼得经过此地
开阔,平坦,被篱笆分割
得克萨斯的地平线灰绒般的残云,
双子座从天际划过——

九十九名士兵列队在阿马里洛站前——
在空军受训的他们
已经四星期没读过报纸
气动液压——
九十九名士兵登上火车
全都非常友好
短短一个月间
被剃了光头,受到侮辱
但他们没有太悲伤,
很高兴能去芝加哥某地的电子训练场

——已经接受了宣传教育，
内容为：如何不相信敌人的宣传，
这些年轻人也曾长发飘飘
在抵达炙热的训练营之前
彬彬有礼，吃着汉堡包
自愿参战
成为巨型机器内的螺丝钉
去丢凝固汽油弹，
榨干金色小牛的奶水。
三个月后
越南见，他们这么说道。

穿过整个列车
头等车厢里摆放着《时代》杂志
《阿马里洛环球》，《美国新闻》与《世界报道》
《读者文摘》皇冠装饰的通用铁路时刻表，
每个人都在同一条轨道①，
瘫在人造革的沙发里读着什么，
经过美国的心脏地带
平原，树林在夜里慢慢上升
餐车
黑人侍者黑人搬运工
卖三明治的黑人，黑人酒保身穿白色夹克
和蔼可亲的大屁股绅士脑袋半秃，
列车正在行进，先生，从加利福尼到芝加哥
给士兵们送饭。
蓝眼睛孩子在椅背上爬来爬去

---

① 双关语，暗指美国主流媒体的趋同性。

打量着我的胡子，开心无比 ①。

小饭桌的啤酒周围产生一致的意见——
"这是我的国家，
在那边收拾他们总比在这打要好，"
我没敢说"不，这是疯子的主意
大家早就精神错乱了——
这个国家已经误入歧途，
宇宙，也是大梦一场。"

士兵们聚在一起
说着——"我的国家
他们对我说我必须战斗
我没得选择
我们陷得太深无法自拔，
如果我们输了
没有人能阻止共产分子，
我们打的就是共产分子，不是吗？
难道这一切不就是为这个吗？"
平原，
荒芜，
九十九名士兵从新兵营毕业
吃着汉堡包——
"你学着迅速进食
你学着承受侮辱倍受冷落
你不能让你的国家失望——"
甚至连明媚健谈的乡下孤儿
混在汽车零件的父亲

---

① 原文 gay，有同性恋的含义。

都想让他们参军入伍
"男人总得膀大腰圆才像话"
他们一天有四个小时都在和牵引拖拉机较劲
脚踩刹车前前后后
一只犁地的巨型昆虫——
大众吃着新闻长大
其中的一小部分
在这辆火车上持有不同观点,我这个孤独的胡子大叔
不喜欢越南战争——
九十九名空军小伙子
排着队,裤子永远地褪在了脚面上。①

克利夫兰的暴乱导致五人受伤
大西洋号接回满面笑容的太空人
草原土拨鼠有可能携带黑死病病毒
美军海军陆战队展开黑斯廷斯行动
共产士兵死亡已接近四位数

同温层堡垒出击语言

共产分子的语言渗透

北纬十七度线以南 ②

"迷幻药物不能替代普通研究

……五彩缤纷的幻觉,

许多报告直达天堂

……急不可待"

乔治·特纳 ③ 如是说

---

① 原文 Pants down 也有毫无防备的意思。
② 即南越当时控制地区。
③ 得州记者,诗人在火车上读到他关于迷幻药的评论。

"好好吃，畜牲"，手里拎着一大包狗食
还有对黑鬼说
"要工作不要暴乱那是魔法公式"
约翰逊也在反复重申，"我们渴望进行
无条件的对话"
去结束这场战争
"另一方面……让步
……并不是最轻微的
指示"
我们需要更多的人手
他直截了当地说。

约翰·史坦贝克，
淡黄色头发的叶甫图申科①为你写下虚幻的一页
结束这场战争

"无条件的磋商"，约翰逊说道
"任何时间，任何地点"，约翰逊在最后一首诗里说道
己所②。越南说
"分化越共
民族解放阵线——
和平"
肯尼迪说
"给越共拉过来一把会谈的椅子"
——双方势不两立，每年

---

① 苏联著名诗人，曾经写信给小说家约翰·史坦贝克质疑美国对南越的军事占领。
② 原文 Ky So，在越南语中是"己所不欲，勿施于人"两句话的头两个字母。

美国都抛出自相矛盾的论调
背靠着炸弹的谋杀,
背靠着宣传的机器——
在这辆火车上的士兵以为他们在和中国作战
在这辆火车上的士兵以为胡志明是中国人
在这辆火车上的士兵根本不知道自己去向何方
约翰·斯坦贝克阻止战争约翰·斯坦贝克阻止
战争约翰·斯坦贝克阻止战争。

法国军队包围了马德里
与此同时,西班牙的军队正向前开过去包围巴黎。
接着他们发现
这一切皆是无望。
将军们发号施令,
停止进攻!
双方士兵冲进了中立地带
面对面地互相残杀。
他们渴望战斗,
无论是马德里或巴黎,都一样。
——而约翰逊支持
西贡最后的条件:
北越收回一切援助,
越共土崩瓦解。
条件是
否认约翰逊的无条件。
这些语言都是屁话。
约翰·斯坦贝克你的语言是屁话,
你已经输掉了语言的战争,
你这坏脾气的幽灵!
报纸语言的灵气尽褪——

所有人都打喷嚏!

闪电的蓝光充斥着俄克拉荷马平原,
火车向着东方驶去
在草上留下黄色的影子
二十年前
慢慢接近得州时
我看到
片状闪电
覆盖着天堂的角落
饲料仓库的升降机在灰色的烟雨中,
光在苍穹划出棋盘的方格
南部也是电闪雷鸣
随着一辆列车
天启的预言——
美国的衰落
自天而降——

九十九名士兵身穿由政府购置的军装
去相信什么——
九十九名士兵逃脱征召去干一份军队的活计,
九十九名士兵剃了光头
不知去向何方只能服从命令,
九十九名士兵看着闪电划过
一千年前
有一万名中国士兵在平原上行军
将他们的头齐刷刷地望向天际寻找月亮。
夜色里一个老头在回廊里捉萤火虫
看着牛郎穿过银河
去和织女相会……

这我们该如何用战争反对?
这我们该如何用战争反对?

晨曲传来,梦渐渐消散
棕色的草场,城市的边界生满荨麻
野生的绿色树木发出臭味
铁路穿过黑人区,车场,垃圾山
充满汽车煤渣与桥梁的市郊,
浑浊的河水卷着棕色的渣滓
越过伊顿的交界
悦人的雨雾飘散在绿色的田野——

树林颠倒而立
在郁郁葱葱的大地,接近密西西比
用绿色的腿脚向云朵打着招呼,
把饱含种子的果实暴露给飞鸟
任雨拍打,
树顶吸吮着大地。
这里的石头好像碎布做的娃娃,那
空幻的身体
有蛋白石的眼睛在凝视,
——所有先于我眼镜的生灵。

在餐车,有一位女士说
"这些当兵的很不错,白白净净
他们的短发梳洗得如此整齐——
啊,别人和他们相比就有些恶心
——耷拉着肩膀,穿着牛仔靴——"
上了年纪的丈夫们用勺子挖着哈密瓜。

来不及了,来不及了
这匹铁马急切地奔向战场,
来不及去恸哭
来不及去警告——
我变成了祖国一个孤独的陌生人。
不如去寻找一所草原中的屋舍,
不如去寻找巴西的种植园——
此地,甜玉米在天空下健康地成长
电话线像往常一样传递着消息,
广播的新闻简报与电视图像
构成战争——
美国战士的漫画书
放在软皮的座位上。
不如去那所隐藏在密林间的房子
密西西比河岸
高高的防洪岸堤
不如换作大苏尔一英亩的土地
清晨的小径,海上的闪光
与星期日蓝色的世界
不如去一间俄勒冈州偏僻的农舍,
道路接近冰川峰火山
不如从新闻的世界里撤退
不如从电子的世界里撤退
不如退休吧,在战争砍下我的头颅之前,
不要像珈比尔那样——
不如买一座爱的花园
不如去某座山谷里牧羊
不如远离那些出租车里广播喧闹的城市
尖叫的总统,
不如停止吸烟

不如停止在火车上手淫
不如停止引诱白色肚皮的男孩子
不如停止出版预言——
不如去一棵树下冥想
不如成为森林里的修女
不如去奥马哈烙饼为生
也比当一个电子网络中的先知要强——
这个国家什么也没有剩下，除了毁灭
这个国家什么也没有剩下，除了死亡
他们的脸庞如此平庸
他们的思想如此简单
他们的机器如此强壮——
他们的胳膊伸向一万英里之外伴随着致命的毒气
他们的隐喻和机器混合一起
没人知道何处是肉体的结局
机器帝国的北极星升起——
"数波美国战斗机群袭击北越
今日再次面对……"
美联社 7 月 21 日——
这是伊利诺伊的一个夏日！

绿色玉米，银色水塔
在高架桥下没有窗户的厂房
一辆卡车碾过白色的花朵，
美国的花朵，
美国的泥土，美国的铁轨，
美国报纸的战争——
在盖尔斯堡，在盖尔斯堡
杂货店火炉的管道与橙色多刺的花
它们生长在屋后的空地——电视的天线与

蛛网将每一所贫穷的屋舍覆盖
在一根烟囱下边缘残破
磁力起重机丢下铁制的废物,如同水滴滴落。

三十二年前的今天,有位一袭红裙的女人[1]
在芝加哥的传奇剧院外
拒绝被遣送回罗马尼亚。
迪林杰被伏击,倒毙在人行道上
身中四枪
联邦特工普维斯[2]在三十五岁时放弃了生命——
1960年2月29日,他在自己家里举枪自尽
他是经历"二战"的陆军上校
早餐麦片制造商。
迪林杰的双眼与梅尔文·普维斯——
迪林杰冷酷无比,普维斯得意自满,
双双死于弹下。

橄榄球场,郊区街道,灰色轻薄的云朵
延伸着,向着城市进发
无数的桥塔,电线杆,一台淡紫色的锅炉。
福布莱特[3]的广播节目抨击着战争的拨款
碎石堆成了山,土壤被吃个精光
亨利·克朗与通用动力
碎石堆上尘烟飞扬
烧锯末的容器上

---

[1] 帮助FBI执法的妓女安娜·卡帕那斯,她设计陷害了有"头号公敌"之称的约翰·迪林杰,使其落入执法部门的陷阱被击毙。安娜因此获得美国当局给予的居留身份,这也是下文中她拒绝被遣送回罗马尼亚的来由。
[2] 即约翰·迪林杰抓捕行动中的组织者。
[3] 美国参议员,越战时期的外交关系委员会主席,因直言批评美国参加越战成名。

八 美国的陨落(1965—1971)

翻腾着滚滚黑云——
硫磺的黄雾
从红色的烟囱升起
发电站星罗棋布的
铝合金架与陶瓷球
生锈的废物起重机
连根拔起的烟囱喷出灰色的气体
荷兰黄昏的运河煤船驶过，
铁路的钢轨将城市绑扎
水塔伸开长腿走向远方的地平线
中国外交部长发出声明，
厚厚的金属
电话线杆上孤独的飞鸟
厚厚的烟囱线缆
巨大的阿兹特克式工厂[1]，红砖的高塔
给料机嘴在铁路站场低垂
"所有人类的军事行动"均已暂停
广播说道——
坎贝尔的汤厂是座堡垒，
巨罐在芝加哥高高垒砌
桥梁广告牌林立
教堂尖顶撑起一片灰色
下城区雾蒙蒙的高楼
发电机的浓烟萦绕的大教堂下面
钟楼的十字架高悬，
火车慢了下来
经过运水泥的卡车
老旧的出租车在农地里休憩

---

[1] 指建筑酷似阿兹特克古文明的庞大古怪的风格。

于城市的街道，隆隆作响
在河道青翠的镜面滑行
经过刷着蓝漆的工厂，
厚厚的线缆
缠起铸铁的建筑，黑色的窗户
公共汽车在高架桥的支柱间穿行
有个酒鬼沿着工业化的高速路蹒跚而行
这个国家正经历战争
太阳慢慢将灰云染黄，
野兽般的卡车
躲在工厂的内脏——
明亮的蒸汽
陈年的沼泽里鼓起肌肉般的气泡
美登高的黄油被煤灰污脏，
刷了木馏油的木墙
油罐车引擎发出苍老而平静的喘息
铁道蜿蜒直通城市心脏
下城区浑身开满窗户的巨物
基督教青年会吸引没人爱的流浪汉，
数吨铁物呻吟着一寸寸逼近
磨白了的铁轨，
巨人般的火车缓慢到
你可伸手去摸它的铁轮。

二

灰狗巴士出站，从芝加哥的地下车库
绿色的霓虹在马路上闪烁：九十四号线
熊熊的炽焰伸出橘黄的火舌，黑烟

从屋顶倾泻,
一辆花哨的卖馅饼的卡车从墙边经过——
东伦敦的砖瓦与树木,年代久远的阁楼
夹杂着烟囱
公寓的窗户四四方方和莫斯科一样
公寓的红砖数以百万计
工业区里起重机升高吊臂
加油站的灯光,老朽的旅行者
"把猛虎灌入您的油箱"
福布莱特在参议院里歌唱
抗议总统在亚洲的战争
芝加哥刺鼻的气体钻进巴士里
A-1区的户外剧场
反抗长处工厂的地平线,
尖塔温柔的钟声响彻大都会
厚重厚重,一所所的工厂
城市的喉咙上密布钢铁的癌症——
轻盈的玫瑰
遥远的气焰
双管烟道在天际燃烧
夜将巴士笼罩
耳朵里持续地喧嚣
在芝加哥和纽约间
徘徊,下一站是何方?
再次梦回帕伦克,
美国的长发
为特华特佩克而剪去——
彼得的金锁已经变灰,
平静的冥思在瓦哈卡
古老的后院里,

托纳拉或天使港温润的夜晚
没有电话，战争
在北部打响
警察拆毁十字架
人们在街上尖叫——

在太平洋的悬崖边
雪莉·马蒂内利[①]的小房子里摆满了梳子和贝壳
穿过二月的恐惧，她见识了 LSD
草坪上的黄道带，高及脖领的棕榈
刮伤她的脚趾
她四处张望，说道
"真是太打扰您了
我显赫的老朋友"
——这已是十年以后。

亚哈隆山谷，三角梅的火焰
映红了市长的家——
杰克你可还记得那个午后
精灵出没的霍奇米尔科湖？
美好的绿色小船
载满鲜花撑篙逆流而行
船尾是龙舌兰酒
丝竹声声——
酒醉且欢愉
隐遁匿名
无牵无挂的美国子民——
现在，战争把我的心灵惊扰——

[①] 美国画家、诗人，曾在医院里与庞德交好。

比亚埃尔莫萨盛开紫色的鲜花
梅里达有大教堂与便宜的旅店
——船儿驶向科苏梅尔岛
朱利叶斯可以一路漂流从斐济到日本
忘记他的狗,比索与烟酸——
巴士座椅的白灯照亮墨西哥的地图,
静寂,乡间一片静寂
棕榈叶昆虫,仙人掌大麻
与五千英里外华盛顿的警察?
雷·查尔斯的歌声从医院传来
"咱们去爽一把吧"

杜兰戈到马萨特兰一路繁茂
马德雷山脉的谷地撒满月光
孩子们戴着石英的珠宝在公路的崖边攀爬
杰克,你买了水晶与啤酒——
经过巴拿马市的老房子
拉巴兰卡灰色的山谷,瓜达拉哈拉脚下,
在特皮克你买了更多的糖果。

我想开车漫游
不告诉任何人我的目的地——
笔直向前。
或是春天的喜马拉雅
跟随朝圣者的路
一万名印度教徒
走向北部湿婆的神殿
瑞诗凯诗与勒可斯曼·儒拉
向希瓦南达致敬
那颗上师之心——

穿过翠绿的峡谷，恒河的垭口——
身携水壶
去可达纳什，伯德里纳特
与冰封的甘戈特里

为他们痛苦的断骨而哀号
阴郁的阳台上的流浪汉
杰克的声音一浪又一浪地扑向我
带来预言
"为那些饿着肚子睡在咖啡馆桌子上
长发入海的男孩儿们哀嚎"
埃莫西约与得土安——

人民正在备战
短发的疯狂指令
大学里年轻的废物
黄色、粉色的肉体已完全癫狂
听着收音机里的新闻。

约翰逊十分怨恨
抨击着他的战争福布莱特。
与哈特·克兰与惠特曼笔下的虚构——
什么将降临？
是业力
它随着每一枚丢在越南的炸弹而积累
那被凝固汽油弹烧焦的躯体之业
或有很多的业
产生于机器榨取在丛林里瑟瑟发抖的肉体的热量
茅草墙上的头颅里的子弹之业
紧抱着怀中死婴的痛哭母亲之业

八　美国的陨落（1965—1971）

人们被迫迁移被拘役之业
贿赂之业,血金之业
所有这一切,必将报应美国,
定有另一场战争爆发
美国已为她订做了新的肉身。

美国心怀和平的年轻人,走出城市吧
走向乡村与森林——
美国留着胡子的年轻人
藏起你的头发,刮掉你的胡子
消失吧
毁灭者就要前来毁灭一切——
将投下他们的业力炸弹
击中这颗星球。
把你打入地下,
留下被摧毁的空旷城市。

只有人眼才能看到奇迹
只有男孩子的歌唱
才能指明没有战争的道路——
或是奇迹
镭的毁灭在地球遍地开花
在这颗星球播种新的婴孩。

璀璨的绿光
在工厂的顶窗。
多么美丽!
如眼睛为睡眠而紧闭,
如阳光射穿海底
或深谷中的蕨类植物。

我为何要惧怕这些光？
与工业区冒烟的烟囱？
他们凭什么就比
丛林里的树干
日落与红月来的低贱？
为什么这些起重机
比棕榈叶不像伊甸园之物？
难道，这公路的霓虹
与紫罗兰、海星、银莲花相比
与罗伯士角满潮湖里
透明的海底之藻相比
不是一样平等的美丽？

这是标准石油公司加油站的霓虹
拥有汽车的人类脸庞
是塞满五十八亿现金的钱包
抽象的预算现钞——
这些绿灯照亮
戴着护目镜的双眼
手持喷枪焊接的钢铁翅膀
向着战争飞翔——

因为这些电子设备和后方镀锡的机械
将杀害玻利维亚的示威者
或鞭笞越南青年的大腿——
因为我乡下的同胞制造了这些建筑，等于制造了战争
因为这托莱多的尘烟变成了《托莱多刀锋报》的广告
一如能源正在消耗，只为摧毁中国。

马哈希尊者

在照片里有一头柔美的白发,
这瘦弱的人,短小的胡须
头顶是不修边幅的银丝
他把头歪向一边,
淡淡而笑,慧眼闪耀
"了悟之人,非人也。"

图瑟山,晨光渐起,
大地披起翠绿幽暗的皮毛。
峭壁等待你去攀缘,一点点的荒茫,
一点点的孤寂,
有一座落寞的村庄,你可唤作家园。
我曾驻足此地,和彼得一起,探索
碧绿的树林,
多么好的地方啊,可以散步,观望
透过多孔石头的知觉
——接近尼尔雷顿或训练场
瀑布或草甸垭口,或是柳木丘。
阳光穿透浮云,如胶卷负片,
灰蒙蒙的巴士车窗,乘客们已入梦乡
萨斯奎哈纳河上,黎明雾气未散。
亦像是葛底斯堡为自己寻见完美的所在——
所有这一切都要感谢数以百万计的树木
连起了绿茵
亦如数百万工人的汗水铸就了纽约的大厦,
此地的玉米田,与纽约的土地里生长的钞票。
清晨光彩洋溢,山的东面便是葛底斯堡,透彻的公路
工厂升起红色的尘烟,火在上游的垃圾场里跳跃——
费城的调查问卷:"佩里县一百一十三英亩林地,
售价一万一千三。这片理想之地可起木屋,楼房。

靠近铁路与乡村公路与泉眼,狩猎圣地,请拨 1-717……"
——想在短时间内聚拢一笔财产非常危险。
我早应在 1945 或 1953 年得到它
在时代广场或墨西哥——
在我二十来岁时,我理应享受裸体的性爱
在这洵洵溪流旁。

谁是敌人,年复一年?
战又再战,谁是敌人?
都是什么武器,一战接一战?
都是什么新闻,失败又失败?
都是什么局面,十年再十年?
电视里展示着鲜血,
展示着断臂与烧焦的皮肤,
荧光屏上尽是受伤的躯体
声音被删除,你无法判断谁是受害者
语言被从画面删除,你永远不知道
谁是侵略者——
新闻节目里,评论被删除了
你看到只是双手沾满血的疯人。
芝加哥的火车上,士兵们手持啤酒闲聊着
他们也一样,发誓抗击那些摘棉花的共产分子
将自己的躯体奉献给折磨。
他们在何处上的课?是中学老师
教给他们使用报纸的语汇?
还是他们在西夫韦超市买的《读者文摘》?

"将虚幻逐步降低为非现实,擦亮
本真的自我,那上师……"
1966 年的火车上挤满了士兵。

八 美国的陨落(1965—1971)

"……那天眼，那眼睛是纯粹的知觉
并不包含幻觉。眼中之物并无真实。"
经过收费站，
浓雾笼罩着举行赛船会的河流
弯腰读着书，繁多庞大的烟囱，水塔
与饲料传送机——

"注视着物体，在其间构思着上帝的存在是认知的过程，
但那并不能见到上帝本身，因为他溶于无形。"
"我是谁？……你本是纯切的真理与精神，但你的身份必须经由这肉体……"
战争是一种表象，这首诗是一种表象
……被报纸丈量
所有声的幽灵
所有成为幽灵的河山——
纽约巨人就在前方，我将和我的思想一起腐烂。
"懂得那本我并非是虚空"
非此，非彼。
不是我的愤怒，不是越南的战争
玛哈瑜伽的幽灵
突然转向贴近巴士的蓝色汽车
——不是本我。
拉玛那·马哈希，将"我"削成一根手杖，
喷头灌溉着农田
那不是本我——
耻骨区勃起的源泉
在公路边的车座里上颠下跳，
那切中要害的痉挛并不代表它的本我，
这开口说话，富于情感的身体
并不是本我

但凡做出"是"或"非"的判断者——皆非本我。
菲尔普斯道奇在公路边
庞然而现的白色楼宇，不是本我。
谁？是谁？半梦又半醒
闭着他的双眼？
谁睁开他的眼睛看着瑞典？
你快乐么？女士，当你在霍华德·约翰逊酒店
的柜台边签着你的支票的时候？
心神游荡。睡眠，咳嗽与汗水……
曼纳哈塔的
隧道入口铺鹅卵石，
卡车驶进它的巨嘴
不构成任何图景
如穆斯林之言
无从绘制的犹太众徒
无名的佛陀
孤独便只是孤独而已，
所有士兵们的厉嚎
为战争的嘶叫
政治的演讲与集结的军团
全是矫揉造作的表演——
静若止水的感官，找寻自我，忘记你
铮铮的誓言
你又是谁？
和这星球上每日厮杀的浩瀚军队相比？
麦格劳希尔集团绿色的巨厦正在褪色，破旧的曼哈顿
汽车尾气弥漫，炎炎夏日之浪奔袭，
闷热的正午将城市的墙
包上古怪的浓浆，
灰狗巴士精疲力竭的车站，

旅程开始了,
出租车喇叭声向东河飘散
彼得正在那边等着开工

        1966年7月22日至23日

城市午夜荒废的诗篇

致弗兰克·奥哈拉

打开卧室里
如太阳般昏黄的灯……
有位名叫弗兰克·奥哈拉① 的俗丽诗人
骸骨已在墓园的绿草之下
晚上八点,一种空虚蔓延至雪松木吧台
醉醺醺的家伙们
谈论着油画与阁楼
谈论着宾夕法尼亚的年轻人。
克莱因② 被自己的心脏偷袭啦
喋喋不休的法兰克
永远地闭上了嘴巴——
虔诚的醉鬼崇拜者一起默哀。
车票涨了五美分的公车
经过他第九街公园边的故居。
精美绝伦,彼得这样深爱他的赞美诗,
我倒想看看我死后
他会如何评价——
他会觉得我是天使吗
身为天使的我仍在对着地球喧嚣的麦克风说个不停

---

① 纽约20世纪50年代文化艺术界的标志性同性恋人物,曾任MOMA艺术馆的展览部主管,是纽约"一人主义"一代诗人的精神启蒙者,死于纽约火岛某夜的沙滩车事故。
② 美国抽象表现主义先锋画家,在弗兰克·奥哈拉的专题文章中描述过他死于心脏病的经过。

八 美国的陨落(1965—1971)

——回归,如英年早逝的文字
披上阴森的色调
但文字总算被固定在了纸上,
它们将在今后的岁月里成熟。
你挚爱的
饶舌的先知,私人的思忆
玻璃外墙映现的诸位诗人
我看见你们走来你们的阵阵话语
你们的领带被第五大道的风吹到肩膀上
头顶是胸肌英俊的工人
于脚手架在时代间缓缓上升
清洗着一生也擦不完的玻璃
——启程奔赴那约会,有马丁尼酒与
背井离乡的被深爱的金发诗人陪伴
——还有你和你庄严的都市
它漫长的午后饱含无边的颂祝
在那儿,死亡是
洛克菲勒中心投下的阴影
覆盖你熟稔的街
你曾是何人啊?一袭黑装,急切地奔向
那欲求不满的某位?
心爱的约会
迷人又孤独的年轻诗人阳具挺立
谁能和你搞一整夜
直到你不再有一滴精液,
用你的舌在他体贴温柔的身上探索
急于满足上帝的奇想令你天真无比,
这便是本来的你。
我和你们混过了,接着就发现了他们
那些甜蜜而和蔼

泰然自若的绅士
公寓里摆着豪华的沙发
寂寞地等待纯真的言语带来的愉悦；
而你们和钞票搅在一起
因为你们备有足够成为富翁的言语
如果想让自己家的墙壁空空如也——
深奥的哲学术语，可敬的爱德温·登比 [①]
与赫伯特·里德 [②] 一样严肃
他满头银发，宣布着你的死
献予墓地而大众对于欧普艺术的惊颤
是新的雕塑形式你忧郁又多伤的身体已在宇宙中铸就
就在你和你数十年交情的老友们
去火岛度周末时

彼得盯着窗外的强盗
下东区被安非他命扰得鸡犬不宁
我把目光聚向我的头颅内部，寻找你 / 折断的鹰钩鼻子
你湿润的嘴唇满是马丁尼的味道
柔情万种的醉吻。
四十岁只是人生过半，充满太多
美妙的聚会与夜晚
分享奇异的饮料
与已经褪色或是崭新的朋友
懂得人情世故的猫……
我想参加你云中花园聚会
我们全把衣服脱光

[①] 爱德温·登比（Edwin Denby, 1903—1983），美国20世纪最具影响力的舞蹈评论家之一、诗人、小说家。
[②] 赫伯特·里德（Herbert Read, 1893—1968），英国无政府主义者、诗人、文学艺术评论家。

弹奏我们的竖琴读着对方的新诗
就在无聊的仙境
那友谊委员会博物馆
你的心情很糟?
吃片阿司匹林吧。
被抛弃了?
我安然入睡
靠着你们体贴的臂弯。
不被历史所操纵的人必能拥有天堂,
地球便是这样。
我希望你们对童年挚爱感到满意
你们青春期的梦呓你们水手的惩罚
跪在地上的吸吮
优雅的强迫
发情的不言自明之人
如同馆长对着暴民吐舌头,
同颤抖的那个,皆有可能。我从你的眼底看到了纽约
一年前听闻葬礼的音乐,时至今日——
它从比利·哈乐黛的时代传来
我慢慢学着去欣赏
用一只普普通通的耳朵
为我们深奥的流言蜚语。

1966 年 7 月 29 日

誓　言

我将在这些州出没
一脸胡子，光光的脑袋
凝视着飞机舷窗外面，
头发低垂于灰狗巴士的午夜
斜靠着出租车座，劝解着
骂骂咧咧的坏脾气师傅
举起手试图安抚
他发疯的汽车
并传授绿灯通行这不成文的法律。

不成文的规矩，不成文的法律，不成文的温柔
与不成文的宁静
我们在美国的种种手段控制着咀嚼金钱的
战争机器，灯火通明的工业
四处消化着森林，排泄出
堆积成山的报纸，祖祖辈辈的红杉树与黄松
在冥思中被谋杀，被反刍成滚滚浓烟，
锯末，在肥皂剧中的尖叫中颤抖的天花板，
密集的死物，有权有势的大人物
油滑的广告
凝固汽油弹在棕榈树
稻田与热带的绿色植物上打着饱嗝。

被安放炸药的森林，
慢镜头中树枝飞散

轰鸣声在山谷回荡,
直升机咆哮着飞临国立公园与湄公河沼泽,
爆炸的火焰穿透模型般的村庄,
无线电中,市长们全疯了对着警察狂吼怒嚎,
快朝黑鬼们扔炸弹!
向中国佬扔燃烧弹
弗兰肯斯坦的巨龙
甩起它的尾巴横扫贝永港圆顶的储油铝罐!

今年,我将在这些州出没
阴郁地凝望着火车的窗户,蓝色的机场
傍晚平原上红色的电视网,
解码着雷达讯号地方社论白纸黑字的信息,
破译着建造铁管的工人的咒骂
如铿锵的铁锤,他们升起蒸汽挖掘机的怪手
扑向在平民区里尖叫的波多黎各痛苦的律师

1966 年 10 月 11 日

金色的季节：新英格兰之秋

汽车诗歌，写在汉诺威与新罕布什尔的旅途中

咳嗽的声音出现在清晨
蒸汽巨兽将我惊醒，城市已毁灭
打桩机在乱石堆里捶打不息，
红色的烟囱将化学物质
灌进曼哈顿的鼻孔里……
"全员登车"
铁锈色的峭壁
在通往纽黑文市的高速路两旁隆起，
是秋天的树叶，十月的尘烟
与收音机里乡下烈酒的广告将它染红，
吃下肉，你便是野兽
吸入尼古丁，你的肉就开始
繁殖癌症的小怪兽，
去赚钱，你的心灵将迷失于一百万绿色的纸片，
——蒸汽挖掘机旁有一股烧胶皮的味道——
有着善变的幻想与长鼻子的哺乳动物，
开着小小的绿色大众汽车
行驶在三条车道的水泥路上
经过墓园
点缀着在微风中起起伏伏的
小小的美国国旗，
华盛顿大道：
小舢板在湄公三角洲里竞赛
古巴的政客在莫斯科分析着中国——

金黄的树叶藏于林中，
满眼皆是红，
砂岩顶灰色的天空
在路的尽头显露——
牛群经过金黄的玉米，
花岗岩上冷风呼啸，
白色的屋顶，康乃迪克州的森林
挂在云彩下——
又是一秋，在城市的你难以察觉
必须要开车漫游，去看鸟儿
在落叶缤纷的矮树丛间
结成秋末大群——
秋意已浓，秋意已浓，地球的这一幕
轮到著名的红叶登台——

这个星球的人很难从错觉的圈套里挣脱——
全是假的，思维的过程从婴儿期开始
就尖叫不停，
自我在无数的思维里堆砌成形
从橄榄球到"我是我所是"①，
很难不吸入工厂的废气，
很难从衣服里挣脱，
难以割舍绿色的皮大衣——
树木尖叫着，丢落
鲜亮的树叶，
是的，树木尖叫着丢落鲜亮的树叶，
在贫民区的清晨走下床
很难——

---

① 出自《圣经·出埃及记》3：14，当摩西询问上帝的名字时，上帝如是回答。

甚至性的快乐也只是冗长而繁杂的阴谋
只为让思想正常地运转——

灰白的重型卡车碾过公路
前去卸载货物——
桦树骨瘦的白枝减轻了它们的负担
——立交桥，立交桥，立交桥
不断从头上经过，城市间
交通愈发繁忙，
远近各有更多的性爱正在进行——
尾灯闪烁不停
向着那令会我们所有人崩溃的退伍兵医院，
将快乐和野心忘得一干二净，
变得平静，看着树叶
绯红，被风驰电掣的说教者
打来的电话唤醒
也是他，惊扰昨夜
我在厕所里的
一袭春梦？——
垂柳低吟，你经历了何种祸患？
红红的橡木啊，你有什么心事？
毛茸茸的哺乳动物你想要什么，
除了你机场路的湖边
小小的墓园，又能有何等归宿
高压电塔向着哈特福特开进，
楼的尖顶高入云端，
沥青工厂的四叶式立交桥在草原蔓延
烟在电线内传递，康乃迪克河的混凝土墙
经过城市中心的油罐，玻璃船一样的建筑，
闹市，横跨十个街区的广场，

向北,向北直上公路,不久便出城,
一片绿野。
身体是一头巨兽,
心灵一团乱麻:
四年来,我一直认为我就是我的躯体,
每次我头疼时,上帝都甩给我
一张黑桃尖儿——
再往前十年,我认为我具有思想意识,
每次我去看牙医时,宇宙便泯灭了,
今天,我不知道我是谁——
我在清晨醒来
身边尽是肉与电线,
打桩机马上要凿穿卧室的地板,
战争的图像从客厅的电视里喷涌而出,
地球上的机器一片混乱,
每一块大陆上都有太多的身体与嘴巴在流血,
我屋里的墙漆已经剥落,
这落叶纷飞的
国度里
将有何等的预言,
给那些高中的孩子们,
他们身穿绿色的羊毛衫
在草地里打球嬉戏——
北方繁茂的牧场,马萨诸塞州
万丈的光芒
穿云而指
撒下忧郁的明亮

约翰逊总统坐在飞往夏威夷的飞机上,
护航编队一路同行

在空中发出咆哮——
无线电静电干扰的噼啪声
从通讯中心传来：
我正穿透时光向你播音，
那个家伙，与他全部
有线电与无线电的话语，
都不过寰宇一瞬——

北安普敦的大街上，
三角墙的房子午后的阳光，
常春藤遍布图书馆的走廊——
大号的裤子与工装服里塞满了落叶，
画着鬼脸的南瓜在屋角安放，
——或是挂在乡间路边院前的树枝上——
录音机，香烟，电影，图像，
二十亿个汉堡，认知的思想，
广播音乐，汽车本身，
这深思的诗歌——
打断了浓墨重彩的秋日午后，
云儿渐远——
天空和路牌一样湛蓝，
但上面有语言横行。
沿着九号公路向北时——
"消亡吧，我的诗句"① 马雅可夫斯基曾如此呼号
如同生锈的汽车一般消亡
堆砌在草地上——

进入沃特利后，

---

① 出自马雅可夫斯基1930年创作的诗《在我声音的顶端》。

丘陵挑动了我的感官，
这里百草芬芳
为岩石涂抹着无以名状的黄，
新英格兰披上玛雅
明艳的面纱，
秋叶覆盖了大地，
透明的蓝包围了感官，
这是天空的语言——
而在城市里，砖瓦堆叠，
玻璃窗拉着窗帘，
华尔街大幕已落，
轮到低级夜总会出场——
或是穷街陋巷墙上的涂鸦
"资产阶级分子滚蛋"——

乳牛向牧场中央的草料车聚拢，
甩着尾巴，渴望着黄色的定量口粮
那既能填饱肚皮
又能让眼眸明亮
嘴巴哞哞叫。
接着就躺在空旷的绿茵间等待死亡——
在迪尔菲尔德，印第安部落与贵格会信徒
已经来做过努力
试图征服玛雅时代——
感恩节的南瓜
仍不断出现在公路边，
这地面上浑圆的物体
昭示着一年一度的魔力。
丰满的叶片遮住了门廊，
格林菲尔德的桥下

红灯闪烁,
漂亮姑娘三三两两。
花岗石柱上刻着绿色的鹰——
指示着 2A 支路,通向莫霍克的山径,
经过联邦街的药店与墓园
今天某高中的田径队
也踏过了此地的午后
金色啊金色,炽热的金与嫩黄的金
比这油漆刷遍的城市要悠久太多,
金色遍布康涅狄格河的崖壁
金色洒向铁道的钢轨,
金色涌动在河堤,
金色在眼中,在山上,
金色的树林将谷仓围起——
静谧的金色小秋,秋季玛雅式的欢愉
以每小时七十迈前进。

1966 年 10 月 17 日

结束，完蛋，和最大的阳具一起

结束，完蛋，和你这辈子见过的最大的阳具一起。
凌晨三点，客厅里充满平静的黄色电流，
窗帘遮住了外面的纽约，有扇窗
被施工中的摩天楼照亮。
白胡子哲人 [1]
这幅饱含存在——觉悟——喜悦 [2] 的照片钉在
摆满绝妙的密勒日巴典籍的书架上，还有威廉·布莱克的
《预言写作》《佛学逻辑》《神明吟唱》[3]
和一些杂七杂八的东方传说，狗屁诗歌；
爱伦坡头脑清醒地深知他有白色的头骨，祥和的斯坦因
默诵着一个简单的想法：让美国人那太空时代顶尖的
被漂白的意念飞向透明的所在，和平！
结束，完蛋，和你身上阳物的欲望一起，冲着公车司机
怒嚎，还有警察与总统。
身在彼岸，空房间，没有爱人
在床单下受罪，婴儿般不可思议地平静。
汹涌，少许下腹的温暖，巴士碾压鹅卵石
闯了红灯，垃圾车抬起钢铁的屁股，
老朽的肉汁与锡罐下沉

---

[1] 专指印度宗教老师。
[2] 指印度先知奥罗宾多的进化愿景：自我存在，意识力，神的喜悦。
[3] 这几本书并不存在，是金斯堡创造的诗歌意象。

进入机场的地底。城郊的树林舞动枝桠
在圣诞节的月下微凉的晚风中。

1966 年 12 月 14 日

圣灵默许了极乐的躯体

这可是众神之神,可是传说中
我熟记的语言,大学里的低语?
美钞可以买下它!这笔可观的财产
通过全世界诗歌的金钱进行自我兑换
这古今货币的发行和赎回,都由同一所银行处理,
令人震惊的一个又一个垄断集团睁大猫头鹰的眼睛
在九百亿的资产中每一张的钞票上
震颤着飞向天堂合众国金字塔的顶端——
遵命猫头鹰长官啊你可有夜视的能力
你看着智慧女神在涅槃中日渐虚弱
因为宙斯正驾着驯鹿穿过伯利恒碧蓝的天际。
是佛陀在圣母的子宫中
挥舞起观音雪白的手掌
卡莉女神的舌头舔着克利须那柔软的蓝唇。
尚戈握着湿婆的阴茎,衔尾蛇[①]吃下钴弹,
帕尔瓦蒂[②]在上帝的手指香气四溢的膝盖上哭着说:"唵"
圣巴巴拉市布林达班的小巷里一片欢腾
万物非主唯有真主!
哥利亚被肾结石击倒,各各他开始变老,
所有这些奇迹填满了心灵之眼
超人和蝙蝠侠赛跑,查拉图斯特拉在土狼[③]的屁股里,

[①] 古代流传至今的符号,大致形象为一条蛇正在吞食自己的尾巴,其名字涵义为"自我吞食者"。
[②] 印度教中湿婆的神妃,喜马拉雅山的雪山女神。
[③] 印第安文化中狡猾并带有英雄色彩的神明。

老子消失在门后，上帝模仿上帝，
约伯陷入困惑，不知罗摩·克利须那为何化作撒旦
菩提达摩忘记了给大家带来"无物"。

1966 年 12 月

贝永的收费站后面是塔斯卡洛拉

灰雾中灰色的水池,
灰色的机械
高塔拉起线缆穿过贝永的
污雾,银色
的圆顶,绿色的中国货冒着蒸汽,
圣诞节遗留下来的灯饰
挂在烟囱上——
单调的灰色公路通向灰色的西部——
正午时分,这星球饱含尘烟的
卡车车轮咆哮向前
旋转着,经过垃圾山
汽油的味道飘过罗威市的立交桥
油罐在结了冰的池塘里,起重机的挂斗阶梯与
发电机的支架,蓄电池的盖子敞开在天际之下
胸中充满愤怒——
汽车空间内的幻觉,吱嘎作响
的幽灵骷髅一左一右
趴在车门上——那坏掉的露营冰箱——
驶向宾夕法尼亚的收费站
雪中的常青树
浆洗好的衣服晾在蓝色的屋檐下
曼斯菲尔德与乌坦声明立即停止轰炸北约
国务院却说"要以牙还牙。"
法兰克·辛纳屈使用黑人的嗓音
进入了新的阶段——

他五十年不变的脸"我曾沦落街头,卧室小丑
诗人与明星,我奔向七月的舞会然后死去。"
广播迸发出
矫揉造作的摇滚乐,是海滩男孩乐队
与辛纳屈女儿的唱片从麦克风
传到汽车的接受天线,令仪表板震动不已
这虚假的情感向着四面八方放送
把自然的声音扭曲成为人造,
如痰在喉
聪明人选择和电子技术合作——
什么是"嗨"路上最流行的歌曲?
"归家的战士啊——"
"那我留下的女孩……
我已竭尽所能
坚守家园的自由
我是归家的战士"
被骗去作战
这就是喋喋不休的广告摇滚乐与播音员
假得不能再假
"享受这块肉——"
虚弱的大西洋与太平洋超市坐落于
工厂之间,无线电讯号汹涌澎湃——

树木延伸出连接灰色天空的平行线
黄色的卡车驶过公路——
催眠的无线电讯号
在房间弥漫,你无法将其摧毁
除非你关上收音机
在开车时,它能令你的眼神飘离
遥远的雪丘,

把你的心灵从白桦林拖回现实社会
让你忘记这在冰上行驶的汽车,
把你的思想送到超级市场的走路
寻找能让你省下一大笔钱的
抛光胶水
用北越的人骨制成
就在一次介子气的幻觉之后:
全美所有收音机的超级金曲。

塔斯卡洛拉的收费站
雪原,抛锚的汽车红灯闪闪
寂静岭的阴毛在日落下黑得发亮
美丽的黄昏落在人类微不足道的
宾夕法尼亚的耳鬓厮磨间。
慢慢接近塔斯卡洛拉隧道
一路异常平静,图锡山
的雪未被破坏。
有一枚导弹丢了,程序错乱
遗失在古巴以南一百里外的
蓝色加勒比!
外交辞令改头换面
"别担心啦,不过是落日而已——"
(西方的通讯员聚集在河内)
"云朵之杯里完美的橙色皮球"
沥青公路两边是肮脏的雪堆——
山上的小树林里是男孩子们
光脚嬉戏的地方——

夜幕降临,"1967 年 1 月 4 日,梵蒂冈的发言人表示
不许在圣坛上玩爵士!"

或许在非洲
或许在亚洲,他们将滑稽的音乐
与奇异的舞蹈献给上帝
但我们的西方世界再没有爵士乐能在圣坛演奏了,
"这是一个外来的习俗——"
卢巴弥撒从收音机里爆发,恶魔般的鼓声
伴着慈悲经——
博杜安王的国里
有数百万只银质的小十字架清仓甩卖——
今年有了彩色电视——每周
教皇昏昏欲睡地顶着他紫色的帽子
被古典乐环绕——
大宝法王噶玛巴坐在锡金的隆德寺里,
每年都向大家展示他非凡的,
空行母毛发纵横的
具有魔力的黑帽子
她每一个目光都是全然的救赎——
在甘托克十英里之外——去看吧!

* * * *

玛丽·加登死于亚伯丁
杰克·鲁比死于达拉斯——
车内点起芬芳的绿色焚香。
(空行母沉睡的头低垂,金刚菩提子的珠串
装饰她的发辫
加速驶过宾夕法尼亚州
朱利叶斯,大胡子,一天没吃东西
蜷缩着膝盖,抿着嘴唇,风平浪静。)
睡吧,亲爱的鲁比,在美国睡去吧,在得州睡去吧和从芝加哥赶来的杰克一起睡吧。
他是黑帮的朋友，警察的朋友
与舞女的朋友——
在书店附近的高架桥下
在被开道警车进攻的医院
在夜总会，在所有达拉斯
呻吟的躯体与他们愤怒
的口舌之下
睡吧杰克和鲁比，终得安宁，
伴着癌症的香甜，
鲁比，奥斯瓦德，那肯尼迪死了
1967，新的一年来了，
雷诺兹金属公司阳寿过半
九十二岁高龄的玛丽·加登，在今夜的亚伯丁安眠。

有三辆卡车在黑泽中缓缓向前，黄灯摇曳，
在冬天暗含的触手下，光秃秃的枝桠，夜幕降临。
在塔斯卡洛拉山下，走不完的隧道，
波士顿 WBZ 电台开始播音——
"没人需要冰淇淋没人需要大麻
没人需要电影。"
……"公开讨论。"
性交可是有益处的？孩子们能应付吗？
驶出隧道
波士顿的声音又回来了："在可控的情况下……"
开入隧道，只剩静电干扰的宁静，
卡车穿过碳尘的迷雾发出阵阵怒吼，
心中的恐惧已经沉睡。
怀特·伦布兰特，这丘陵——
高于房屋的圆顶储仓发出银光

在这纯白的现实里
路边的农场,
雾的静谧覆盖森林,
四处是沉寂的现实。
直到双眼被户外广告吸引——
霍华德·约翰逊无言的真理
"一切大不同。"
学生们对于下一届国会会议而言只是炮灰
杨柳丘,杨柳丘,炮灰,炮灰——
那些战争贩子的孩子们却拥有豁免权
不需要参加他们父母的战争——
这些有知识、有能力、有钱的家伙们在大学里
直到1967年——
慢慢地,收音机里战争的消息
将理智侵略——
罗切斯特的黑人照片
克利夫兰的斧子杀人犯,
有种愤怒压在心底
在全国蔓延——
丈夫准备谋杀妻子
估计量大幅下跌
我可以开开心心地拎着一把斧子劈开彼得的头颅——
大卡车爬上陡坡
匹兹堡郊外荧光点点的灯火,
"身穿蓝裙的魔鬼"从收音机里渗出,
车头灯在黑暗中照亮汽车旅馆的招牌,
邪恶之本逼近了大自然
用树林的尖锐。

机关枪的破碎的巨响,蝗虫的鸣叫,飞机的轰鸣,
蒸汽风笛的尖啸,咻……

1967年1月4日

芝加哥一扇打开的窗

冬至之夜,
克拉克和霍尔斯特德伴着本周的降雪大吵一架
街角的油桶火星闪烁
数十年前
烟囱林立高入云端,水塔
静静地安放在蓝色街灯的大街
天空比东边愈发昏暗
所有那些钢铁的尘烟
自南而来,遮天蔽日。
闹市——好似蝙蝠侠的哥谭市
战舰灯火通明,
摩天楼在云端闪耀,
警车的爆闪照亮街道,
城市上空布满煤烟
汽车拖着红尾灯划过,
排出冬季的哈气——
放开肚子吃吧,招牌上这么写着,
于是我便走进这家西班牙餐厅
柜台边有个姑娘,松垮金发的
黑色发根[①]在她的愁云满面,
用有伤疤的指节
搅着咖啡,
这午夜的手腕上一串针眼,

[①] 一种向上梳的,露出头发根部原色的发型。

疤痕烙在她的胳膊上：
"想和我去开房吗？"
这个有毒瘾的姑娘
三十年前就在芝加哥的午夜徘徊，
我和我的胡子来晚了！

街角的油桶暗含光芒，警车掉头
把满满一车的流浪汉送向监狱，
黑制服的家伙们正在巡逻
这街上的苦主
正伸出饱受帕金森折磨的
颤颤巍巍的手
向你讨烟抽。

精神病医生来酒店的十二层出诊——
这些怒气自何而来？
从外面！那些广播的消息，电视的图像，
电子网络的天罗地网
害怕光天化日的谋杀——
"传播媒体"
助长了越战的气焰与它对于巴士公车
和旅店里每一寸肌肤的渴望——
坐着，幽静地冥思这身外浩瀚的宇宙——
收音机哗哗滴答滴，雪花的沙沙声
在电视机里，
炸弹丢在肉上
他的肉还是我的肉，都一样。——
空行母在旅店房间里睡着了
正当战争的新闻的光芒穿过乙醚——
街角传来叫喊

流浪汉正爬进金属的大号警车。
芝加哥的中心有一座小小的教堂
黑色的尖顶指向黑色的天空
地平线新近竖起的高塔，各有各的功能。
凌晨四点，闹市区霓虹灯炽热的光晕
仍将楼房的墙面染红，
这些人类闹市去引以为荣的光芒与建筑
在凌晨四点看上去如此可悲，旅者们在期间穿梭，
从旅馆房间的窗户凝视着天际——
我们能力的极限就是建造这么一个小小的城市？
这些小爬虫一样的塔楼
无比自豪于他们的上司
为了做广告
他们已在闹市区竖起巨大的招牌
老旧的康纳保险的招牌在砖楼的侧面
渐渐褪色——
雪落在停车场与荒废的屋顶上——
世界的杀猪户？
出租车般和谐的现代性已经锈迹斑斑——
这漂亮的存在！坐在窗口边
对着芝加哥
温柔地将自己堆成天际巨厦的
石头与砖瓦
发出悲叹

我趴在窗沿上，
沉思着，比这里任何一栋建筑都要高达
蒸汽从我的头顶飘散
和光同尘
电梯在我的腿里上上下下

夫妇在我的肚子里埋怨着旅馆的床铺
在我的心脏里生儿育女,
双眼闪烁好似航标灯,
头发垂下如若黑云——
在芝加哥闭上你的双眼,成为上帝吧,
整个芝加哥便是,你所见的一切——
金融大楼成排的灯火
于底层静静安眠,
守夜人搅拌
纸杯咖啡,在古铜色的玻璃门后——
那桥下,棕色的河水
裹挟着肮脏的冰块从
在这多风的都市
等待着一颗炸弹的
高楼脚下流过。

        1967 年 1 月 8 日

回到漩涡的北边

雪落在爱荷华
冰封的山丘上布满
玉米的枯秸，
巴士车轮于午后的辉煌中沙沙作响
驶向康瑟尔布拉夫斯
猪在晒太阳，沥青路上有死掉的兔子
经过布恩维尔，起重机静静矗立，
公里如此空旷，死寂
就像房子的门开着，饭食在桌上放着，
却没有人在家——
透过挡风玻璃看到招牌
还有一百英里到密苏里。
玩具似的红包波迈香烟的浮雕图案
玻璃纸在阳光下发亮，
印第安头像的印章上刻着羽冠，
炫耀它历史的干叶，向我的双眼
现在我不再把手伸向烟灰缸
自圣诞节后再未点过一根。
我记得十八岁那年
嘴里吞吐男子气概欣喜的麝香
在我的鼻孔里萦绕
我第一次吻了另一个人类的躯体——
那时正和乔·艾米混，是他引诱我
成为烟民——
我将送给斯瓦米一份礼物，像圣诞老人那样——

没有依恋——
没有肉也没有烟草——甚至连性也不可靠
现在在美国渴求它
数十亿战争的针头。

将你自己从物质剥离,看看
爱荷华明媚的雪景,
天与地映衬着
彼此的荣光,
运肉的小卡车下坡
驶向奥马哈的深处。
这便是历史,放弃吸食
进人的肺部的
愤怒的烟草,
回首从后窗瞥见
山林间成排的墓碑。

这便是历史:爱荷华杰出的漫画:
星期日,雷克斯·摩根医生遭遇暴风雪,
大胡子的坏蛋眼露凶光
一头欧洲人的长发
对医生故弄玄虚
"与此同时,在 LSD 的影响下
维罗尼卡正在田野狂奔
于突发的恐慌中"——

作家达尔·柯蒂斯
在一个紫罗兰色的盒子里
她的大奶子坠在雪地上。
密苏里河上飘过灰白的浮冰,奥马哈落日西沉

主教的自助餐，德国巧克力，铺天盖地的地毯
唵啊哈，唵啊吽
"这土地征召了他们，他们满心欢喜"刻在花岗岩
邮局的门梁上，沃特·迪斯尼
在全国游玩，于他去世的前一周。
餐桌服务，壁炉，扶手椅，
在奥马哈获得了体内的平衡。

史蒂夫·甘阳的彩色漫画：
美军的两栖直升机
正架起浮桥
在"黑风湖"上
雪花公主将
"手持扩音器
对牧人发表演说——
他们不会认为这是一个
对华出口管制委员会的诡计。"
十余年来
趴在地毯上的周日暖阳里
梦着颧骨松弛的金发美人
阳具巨大的史蒂夫·甘阳
搞着孤独的直升机里
那些裸体的，黄肚皮的
疲惫面庞
在星期天晚上那可敬的牧师
C. O. 施塔格弗洛普——
七十二号霍普金斯，明尼苏达
以赛亚正在谴责这国家邪恶的根基
每年有一百四十二亿灌入债务货币体系，
回到内布拉斯加州的黑暗中——

上海水电站被敌人破坏
我是一块石头,我是传送广播的灵魂孤岛
哭着喊着穿过林肯闹市区微光中的地平线;
议会大厦的角楼闪耀的红灯下
挤满四四方方的银行
电塔升起白烟
如丝带般将屋顶相连
在城市那洋溢着红宝石光芒的夜里——
请越共击败美国军队吧!
在广阔的平原上丢出预言的骰子!
广播频道里满是行军鼓声,怒火在嘴巴里行军,
木琴与小号尖刻的呼号穿透美国人的大脑——
年复一年,我们的暴力未曾减退
在美洲的中部回归,我的预言反对我自己的国家
我沉迷于催眠之战
如果我的心愿成真,我们将失败,我们的意愿
将破碎
而我们的敌人四散而去,如同我们懦弱的幻想中
虚无的游击队四散而去。
母亲在哭泣,儿子掩口无言
你的兄弟和孩子们谋害了
印度支那美丽的黄色躯体
那是在梦中,是电视留在你的虹膜里
和所有你收音机式的胡言乱语,
你政治的地图上点缀着纸星
思想意识
从感觉感动幻想
这五蕴中繁生,佛的领域
已被电子媒体入侵,KLYL
新闻局

而你困在红灯闪烁的堪萨斯
一个巨大精美电线的触角林立的
内布拉斯加狂野里隆冬的黑暗中
现在是1967年1月
我希望我们输掉这场战争。

林肯空军基地,红宝石,戈纳
美国八十号公路在大布卢河旁,
广播里是圣经时段,得克萨斯的达拉斯
一阵巨大的噪声从仪表板里喷涌而出
要你对你的信仰作出承诺!
奉献你的钞票去支持
圣经时段。
你要向上帝保证
每月寄来一百块,十块,两块
或者一块钱给
圣经时段——
电子化的网络出售着自己:
"媒介即信息"
即便如此,来吧,我主耶稣!
笔直地穿过内布拉斯加的午夜
向着北普拉特与奥加拉拉
回到那通往丹佛的高速公路。

1967年1月8日

探访威尔士

山腰,白雾徘徊不定
树林在风的河流里飘荡
白云浮动,如滚滚波涛,
那巨大的漩涡卷起雾气
游过茂盛的蕨类植物
精妙地摇摆
这绿色的峭壁间的一瞥
穿过烟雨迷蒙的山谷镶有床条的玻璃——

吟游诗人,那便是我,吟游诗人①,默默无语
只吟唱我阿尔比恩的溪谷中所闻与所见
那些人们,他们的物理科学在生态学中终结,
尘世交往的智慧,
那些嘴巴与眼睛的联系千年以来
将被太阳照耀的果园转换成心灵的语汇明示于人,
那些邪魔的蓟草摇摆着它多角而均匀的
花朵高于它姐妹般的雏菊草丛那粉色微小
如灯泡点点的苞蕾——

可记得远离一百六十英里外伦敦
对称又荆棘丛丛的高塔
与电视图像闪烁令你的自我遍生胡须
那羊群在山坡的树荫下,这些日子它们咩咩的叫声

---

① 原文 Visitacione,指古代到访威尔士的吟游诗人。

传到布莱克的老耳朵里,还有那年迈的华兹华斯的静思
死寂
云儿经过丁登寺骨架的拱桥——
无名的吟游诗人无边无际,身在旷野喋喋不休!

村庄在颤抖,动作延伸而齐整,风
吹拂着山地的茵茵绿草
这浩瀚的烟波沉陷在白雾里
向着红色的沟渠优雅地蔓延
山坡上
枝叶蜷曲摇摇又摆摆
在花岗岩间逆流而下——
托起那不定的星云缓缓上升,托起那树的臂膀
托起那满园春草于圆满一瞬
托起那羊群令其静止又乖巧
托起那山的绿意,用一次庄严的波动

一片广袤的天堂之地,雾气弥漫,穿谷而散,
无穷中的一朵浪花,拍打起巨浪穿透兰托尼的溪谷,
穿透整个英格兰,一个又一个溪谷都包容在天堂
乱云奔腾的海洋里,
——天堂平寂于草叶一片。
山风缓缓低吼,身体的叹息,
某个存在于这山坡间温柔地悸动着
精致的鳞片在各处均匀地颤动,
眼望多云的天,那边的天底涌动的雏菊
已达百万英尺,
一个威严的动作搅动起湿漉漉的草地颤抖着
向着白雾最远的蜷曲倾斜而下
穿过山顶萧萧的花海——

这生机盎然的山没有瑕疵
溪谷低语，天与地一齐移动，
雏菊布展数英尺黄色的空气，植物战栗，
绿草幽幽
羊儿令山峦遍生斑点，眼神空洞地嚼着什么，
马群在温软的雨中起舞，
树木连排的渠河围绕生机勃勃的农田，
山楂树遍生的山坡的石墙边满是蓝莓果，
野鸡在草甸鸣叫有着蕨叶般的羽毛——

走吧，走上山坡，走进这海的巨响，走进湿润的空气间
轻柔的微风，
瘫在草地上，啊多么湿润，啊母亲，你的身躯是避风
港湾！
紧紧注视你，毫无瑕疵的草地，
每朵花都生有佛的眼，重复着一个故事，
形态各异——
跪在毛地黄的绿芽前，淡紫色的铃坠
压弯了杆茎上颤抖的花蕊，
盯着那打有烙印的羔羊
在滴水的山楂树下
它们呼吸着凝视着，平静而木然
我躺下，将我的胡须和山峦湿漉漉的毛发混合在一起，
嗅着棕色的阴道般超市的大地，纯真而无恶意
品尝紫蓟的绒毛，如此甜蜜——

这某个存在是如此的平衡，如此广袤，它最轻柔的呼吸
也能感动寂静的谷底中每一朵不足道的小花，
令沾染了青草露水的羊毛发颤，

让树木拔地而起，让狂风中的飞鸟
保存风雨中的气力，承受相同的负重，

呻吟声从胸膛直至脖颈，一声叹息！向着大地的心脏
呼唤我们的存在何为一体
那个惊天的秘密不再是秘密
感官随风而去，
可见之物展露真颜，
阵阵雨雾穿越多芒的谷地，
灰色的原子湿润了风中的卡巴拉
敲着腿坐在暮雨中的岩石上，
雨靴踩在松软的草地，思想沉寂，
在路边的白色雏菊里颤抖地呼吸，
那是天堂的呼吸，与我同步而合一
空气惊扰着我肚皮上
鹿角状的绿色蕨类，那呼吸如穿过崴芬教堂[①]的呼吸
阿列夫与唵的声音
穿透密密麻麻地软骨组织，
无论是我的头颅还是上帝在赫里福郡隆起
阿尔比恩天下大同。

我注意到了什么？细节！那
伟岸的唯一真可生出万物——
烟灰缸里升起旋转的烟气，
房子的炉子快要熄灭，
这夜仍湿润，郁郁寡欢的黑色天堂

---

① 原文 Capel-Y-Ffn，指村中的教堂遗址。

没有一颗星

伴随温润的风飘然而去。

1967年7月29日，LSD①

至1967年8月3日，伦敦

---

① 诗人在致幻剂LSD的作用下完成了本诗的第一稿。

五角大楼驱魔 [1]

"无代表,不纳税"

谁在五角大楼代表了我?谁甩出
我精神的数十亿美钞给战争的工厂?谁
把大众征召到炸弹的咆哮那不情愿的狂喜里?
"洗脑!"思想恐惧!州长的语言!
"军工一体化!"总统的语言!
财团的声音在电声中喋喋不休从摩天楼的网络传来
身体的疼痛,化学的混乱与物理的奴役
到透明宇宙眼的军人暴政 [2]
电影的歇斯底里——让我交税?威斯特摩兰 [3]
没有想做魔鬼的人,有些人为他那将军的权力而送命
以保护家园为名持续伤害着数百万的生命
又化身为电视这个抽离的宇宙中的图像
农家男子汉正被烧伤,黑皮肤与白皮肤的
在森林与村庄——
这种描摹不及操纵我的那些用魔法
智力改变物质的科学家们与洛克菲勒
银行电话战争投资高利贷 [4] 机构

---

[1] 指加里·斯奈德在1967年湾区对于五角大楼的抨击,名为"诅咒在华盛顿五角大楼里面的人",此举帮助开创了"花朵力量"时期"使五角大楼浮于空中"的群众和平示威运动。
[2] 来自诗人在意大利旅行期间观看的几个科幻电影的标题。
[3] 美国越战时期扬言要不惜一切代价取胜的将军,威胁向越南增兵,并对中国进行核讹诈。
[4] 暗指诗人庞德的货币主义理论。指银行放出的高利贷破坏了信用体系,追求假想的利润而不是有利于生产,是整个西方经济体的毒疮。

八 美国的陨落(1965—1971)

高管们从麦道公司跳槽到通用电力
在这尘烟弥漫金属声刺耳没有树木的城市里
喇叭在不停巡逻催泪瓦斯散布着恐惧,生意人啊!
花掉你们数十亿明媚的钞票为了这些受苦的吧!
五角大楼在星球的沉睡里醒来!万有复兴!
精神起舞,精神啊精神起舞吧!
把五角大楼的骨架变成纯洁的神殿,啊幽灵
格瓦拉!嗡叻沙叻沙吽吽帕者萨婆诃①!
愤怒控制了你的自我令其害怕混乱,窒息
的身体死于国会山上,围绕着石头的雷达哨兵!
回去!回去!回去!五角大楼这台中央思想控制器被
意识挫败!幻想显灵!一百个美国
凝视着人类精神这赤裸的五角星形!心胸博大的回应
发往北京,那个孤绝的异度空间!

1967年9月29日,米兰

---

① 出自《喜金刚密续》,为西藏传统宗教仪式中净化举办场所之用。叻沙指能量守护神。

切·格瓦拉挽歌

《欧洲论坛报》照片里的男孩怒目圆睁，
这年纪轻轻乳臭未干的
容光焕发到有些女孩子气的孩子
向后靠着笑着看着天花板
如此平静，犹如有姑娘的柔唇正在亲吻身体看不见的地方
成熟，平稳，天使一样的男孩子的尸体，
敏锐的阿根廷医生，任性的古巴少校
叼着烟斗，在蚊虫横行的亚马逊里
坚持写着日记
睡在山上，放弃了哈瓦那愚蠢的王座
你的脖子比约翰逊
戴高乐与柯西金的
悲哀的老脖子更加性感，
还有被子弹射穿的约翰·肯尼迪的脖子
双眼在登载你死讯的报纸上更加有神
相对于让你担忧的国会现场直播的摄影机
传送电视屏幕上像素的双眼而言，还有戴眼镜的
麦克纳马拉，一把老骨头的杜勒斯……

戴着圆顶礼帽的女人坐在泥泞的市郊
头上一万一千英尺是天堂
伴随拉巴斯的头疼
卖着自地球之巅的边缘
从普诺的山边采摘的

黑色土豆
她应该拜倒在你的欲望之下，亲吻你新耶稣面庞
而他们将露出凶光毕现的战争面具后面
那白色的獠牙去恐吓
射穿你肺叶的鬼一般的士兵

不可思议！一个男孩从手术室走开
去潘帕斯治疗发黄的眼睛
去面对美国铝公司的储藏室，无数
联合水果公司杀人不眨眼的董事会主管们
芝加哥污染行业的代理人
用无物置人于死地的律师
约翰·福斯特·杜勒斯，沙利文与克伦威尔法律事务所
艾奇逊的小胡子，杜鲁门的消瘦的帽子
去遁入疯狂，藏身于热带雨林，骑着驴把枪口对准美洲国家组织
对准腊斯克①自负的故作斯文，那五角大楼铁血的部署
没有底线的广告人与失语的知识分子
从时代杂志到联邦调查局
一个男孩去和股票市场斗争，整个华尔街便尖叫四起
自从诺里斯写下《陷阱》一书
就害怕免费的美钞自观察家的露台倾泻而出②
被他那位弟弟狂笑着撒下，
对抗罐头公司，对抗电讯社，
对抗远红外感应的资本主义的
那些疯魔于金钱的科学家

---

① 越战时期的美国国务卿，鹰派。
② 阿比·霍夫曼1968年在纽约证交所的街头行为艺术中，将一袋钞票扔在证交所的地上以示反战。那里的露台是被玻璃包裹的。

对抗看着威奇托家庭频道的数百万大学生

一张热情洋溢的脸和一杆枪一齐疯掉了
起身对抗这电花四溅的巨网。

1967 年 11 月，威尼斯

战争利润连祷

致埃兹拉·庞德

  我将列出通过这场战争赚到钞票的公司的名字
公元 1968 年，希伯来纪年 4080 年
这些团体通过推销使皮肤燃烧的磷
或者能分解成数千根刺穿人肉的针头的弹片赚取利润
  这里有一长串各数百万的预算送给那些制造它们的联合企业
  这里有可观的利益，指标在十年间不断膨胀，谋划成功有效，
  还有那缔造这些工业的创始者们，打电话推动资金的说客，
  董事们的名字，命运的制造者，还有这些一丘之貉的上市公司股东们的名字
  这里有这些资本的大使的名字，立法机构的代表，那些坐在酒店大堂里饮酒的掮客，
  将分别列出，那些通过军方，小道消息和辩论丢下大量的安非他命的人，并游说
  提出政策的创造语汇的提出策略的，只为获得资金如同大使对于五角大楼意义
  顾问对于军方的意义，他们背后都有付钱的资本：
  还有那些军方的将领与首长的名字，他们正为战争的产品制造商工作
  除了以上这些，还要列出银行，联合企业，与掌控这些企业的投资信托公司的名字
  还有那些有银行背景的报纸的名字

还有那些拥有航空站的联合企业的名字；

还有所有这些产业中数千名平民雇员的名字；

范围从1958年至1968年，这些统计数字储存在有序的思想中，连贯而明确，

这首连祷的初始形态始于1967年12月化身为我为这些州而作的诗歌。

1967年12月1日

献给尼尔·卡萨迪的挽歌（1968）

献给尼尔·卡萨迪的挽歌

好吧，尼尔
你空灵的精神
明亮如流动的空气
幽蓝如城市的黎明
快乐如日光洒在
城市崭新的大楼上——

玛雅巨大的砖块浮现
重建下东区
窗户在浓稠如奶的雾里闪光。
展示着多余的存在。

彼得一个人睡在隔壁房间的忧愁里。
你转世了吗？你能听见我说话吗？
如果有谁
有勇气听去那些无形者的话语
敢开车穿过玛雅的城墙
那便是你——
你身在何方，精灵？
曾在身体里的精灵——

这身体的灰烬

撒在铁路沿线
圣米格尔阿连德的沙漠里,
城市之外
精灵依旧是精灵
机器却化为尘埃,

柔情的精灵,感谢你抚摸我的柔情掌心
当你年轻时,当你在那美丽的躯体,
多么纯净的触碰,那萌生的希望超越玛雅的血肉,
你现在在哪里,
不具人格的,柔情——
你向我展示了你的肌肉/温暖/在二十年前
当我躺在你的胸口颤抖
让你的胳膊将我的脖子环绕,
——我们在一百零三街的那所空房子里共处
听着木质收音机,
双眼紧闭
夏布达① 永恒的红
溅入我们的大脑
在伊利诺伊雅凯那萨克斯风颤动的音符中,
路易斯·乔丹预言的号声,
蜂蜜滴勺,把门打开理查德
迎接上帝的天启——
这些摩天楼那么脆弱——
那只是我纽约的幻象
在东部的办公公寓房外
昨夜那里有电话响起
一个陌生人用友好的丹佛口音

---

① 瑜伽修行的一种方法,梵文意为"声"或"震动"。

八 美国的陨落(1965—1971)

问我，我可曾听过来自西部的消息？

某种破灭凝聚一起，俄勒冈州尤金市或是好莱坞正在逼近
我有种预感。
"没"我说——"这周都在外地，"
"你错过了西部的大新闻
尼尔·卡萨迪死了——"
彼得圣灵般的一声"啊"出现在分机里，他也在听。

凝视你的照片是如此快乐，泪涌，筋疲力尽
点起蜡烛，
一根家务之神的绿香。
军人的暴政压制了大学，你的预言
接近它最亲切的感动将我们
击垮
到那大年①的觉醒。
凯西在俄勒冈构建着小说的语境
孤零零地在家庭农场。
没什么可希吉拉②的？你的工作可都完成了？
你见过你的第一个儿子吗？
你为什么离开我们？
那场战役可已胜利？

我是一个满口白牙的游魂野鬼，脑壳
在枕头上休息

---

① 占星学认为两万四千年前中，每两千年就使得十二宫循环一次。
② 希吉拉，旧译"徙志"，原指先知穆罕默德从麦加迁徙到麦地那传教。在垮掉派文化中，也代指尼尔·卡萨迪作为驾驶员参与的 1964 年凯西巴士之旅。

呼唤着你的精灵
上帝呼应着意识,我悲哀地
对自己喋喋不休。

晨曦的哀歌毫无价值,
世界正伸展它的腿脚,
欲望已被满足,你的历史画上句号,
故事已被讲述,业力分崩离析,
祈祷圆满
幻象成真,新的觉悟实现,
精神归于循环,
世界仍旧孤零零地立在那儿,巴士吼着穿街而过——
垃圾散落在人行道堆积成山——
庄严已经凝固,幻影般熟悉的命运
回到了汽车横行的黎明,
你的命运跌落铁轨
我的身体平静地起伏,
我独自躺着
活着
在友谊淡出肉体的形式后——
沉重的幸福压在心中,
我可以永远地与你交谈了,
这种快乐取之不尽,
精神对精神的话语
呵,精神。

可敬的精神,宽恕我的罪过,
可敬的精神,请再赐予我您的祝福,
可敬的精神,原谅我幽灵身躯的渴求,
可敬的精神,感谢你仁慈的过去,

天堂里可敬的精神,你凡人的化身具何差异,
宇宙这场大戏还能有什么登台?

热情一挑而动的世世代代
充满问题? 笔直向前的得州夜游记?
迷幻巴士中的旅途爵士,
绿汽车的诗歌,灵感就在路上?
忧愁啊,杰克在洛威尔 ① 看过最多的鬼魂——
比大家都要孤独,除了你高贵的自我。
可敬的精神,我是不是也正独自飘零:
唉,唯有深深一叹。

1968年2月10日,凌晨5点至5点30分

---

① 马萨诸塞州梅里马克河畔的红砖工厂小镇,凯鲁亚克的故乡,也是他多部小说的背景舞台。

在芝加哥到盐湖城的飞机上

如果给哈德森·鲍尔温的脑袋来上一枪,他是否会暴怒?

如果给约翰逊总统的脑袋来上一枪,是否就算现世报?

如果给《读者文摘》的脑袋也来上一枪,它能不能变聪明点?

1968年3月号,第五十四页"越南快报,重挫敌方"

……"心中那1965年的凄凉景象,就在我匆匆抵达越南后,

已被颠倒:盟国正在胜利,敌人被重挫。"

署名"纽约时报著名军旅作家"

一个老古板正缓缓接近芝加哥。

坐着联合航空公司延误的航班。

在机舱后排,因为手中的《读者文摘》火冒三丈

什么哈德森·鲍尔温的"盟国"?什么哈德森·鲍尔温的"敌方"?

和精神分裂者辩论是绝望的。不如给脑袋来上一枪。

鲍尔温先生建议多打几枪,以解决他在越南的麻烦。

哈德森·鲍尔温是个舔军方屁股的家伙。

死去的尼尔就出生在盐湖城,吉姆·菲茨帕特里克也死了。

花谢花又开,红色的花蕾在草地绽放。

愤怒,我身体里红色的花蕾

一英里外化学的泥泞中出现了底特律的湖
灰色的污染从表面漂向中央
大半个湖如同褪色的金属——
蜂巢般棚屋如癌症的滋生，DNA的分子模型
微观的密集物插着一根根电视的天线
地平线的边缘聚拢的灰云从东到西，风过不散。

他们把地球毁了！哈德森·鲍尔温一手把地球毁了，
排出一长串军旅毒云于《纽约时报》12月26、27、28号。
"纯粹的军事考量"他在电视上说——
直到政府的拉萨尔说在选举季之前院长都不可能平静，
鲍尔温点头表示赞同。

一群环肥燕瘦的精神分裂者掌握着这星球的思想波。狗屎，暴力，子弹在脑中
徒劳无用。
我们陷得太深无法自拔。
等待着性高潮么，鲍尔温先生？
没错，只不过在等待性高潮而已。

他们想要性高潮就给他们吧。
给他们性高潮吧，给哈德森·鲍尔温他遗失的性高潮吧。
给《纽约时报》与《读者文摘》他们久违的性高潮吧。

这个黄金的危机！没有足够的性高潮可以分配
"我爱管点闲事"坐在我旁边睡觉的老头说，
钢笔和钱包插在他的口袋里，一身黑西装黑皮鞋绿色的

领带,

"从有这个世界开始黄金就是衡量孤独的标尺。"

金色的阳光洒向爱荷华,云层银光闪闪,天空蓝得深邃这西部的太阳光线散布来自太阳系的中心的明媚。

尼尔生于盐湖城。死于圣米格尔,我们在丹佛相遇,在丹佛相爱——

"去丹佛 / 去丹佛 / 我去那里赴死。"

杰克·凯鲁亚克,四十八

飞机,脖子酸痛,穿过天堂,沉重的咆哮,

太阳留下的飞机尾云,在犹他州峡谷的峭壁之后。

给天堂性高潮吧,给克利须那你全部的高潮,给云,给伟大的盐湖!

菲茨帕特里克在纽约和犹他哭个不停,他的神经因为眼睛通红的苦痛而扭曲。

别了吉姆先生,在明媚的天堂里,如尼尔般无形……

洗脑般大叫的罗姆尼,污染州长,

密歇根的湖上一层绿泥

——"人民如今看透了当局正持续不断的给大家洗脑"
《芝加哥论坛报》美联社快讯 1968 年 5 月 16 日

思想是碎片……无论是你忆起去年的《时代》周刊,还是今年内布拉斯加灰云密布的晚霞,

雷奥·琼斯左侧太阳穴的发迹线边深深的棕疤痕……

……唐·麦克尼尔出现在中央车站脑门缝了六针,因为被警察按着撞碎了玻璃,他的记者证上全是血

进入灰云的深处,这里一定有隐形的农场,有隐形的农

人在云的山坡间上上下下。

"头上的血窟窿"……是另一个世界，在美国，在越南。

火星人的头上也有窟窿，像摩尔的雕塑。

如果长得像海豚土星人的舌头是隐形的而他们狂喜的语言供不出任何黄金的下落

我们就将谋杀他们，像谋杀一亿只北美野牛——

在内布拉斯加的喷气机上跳起水牛舞，回到快乐的1890年。

狼吞虎咽试验项目负责人桑德斯

而伙计的荷尔蒙丰富的白肉鸡腿在感恩节毒害了郊区孩子的腺体。

骑着他们的自行车和中毒的腺体与滴滴涕的肝脏一起，电视上是幻觉的小小越南人。

拨云见日，上帝的高潮出现在西方，

云的居民中破产的一些正在内布拉斯加干燥的平原放牧——

太阳在飞机的前方，是不是密苏里将平原撕扯得支离破碎？

让康瑟尔布拉夫斯与普拉特河消失不见？

啊，那可是洛基山脉？灰色的峭壁与花岗岩缝隙尽是皑皑白雪。

哈德森·鲍尔温也落满了雪花。

铺天盖地的氧化铁，向日葵在云中开放，心中尽是愤怒，

"鸣冤者与怀疑者"……凝固汽油弹与权杖：无赖！

大地泛起涟漪，河流如蛇，铁马奔袭的轨道与汽车公路及其微细

——瓦萨奇山也落了血，北峭洁白的春意令沙漠湖耀眼无比——

在盐湖城黄昏的街道跟随着流金溢彩一路向前。美丽万盏明灯的闪烁不停!

尼尔的故乡是天堂!

1968 年 3 月 30 日

亲屁股

亲屁股是和平的一部分
美国将必须亲大地母亲的屁股
白人必须亲黑人的屁股,为了和平与快乐,
同往和平唯一的道路,亲屁股

1968年4月24日,休士顿

三十年代的曼哈顿闪现

长石板的街道了无生趣,无数机器的轰鸣千篇一律

一排又一排精力充沛灵魂空虚大量复制千人一面的家伙在兵站木讷地驻扎着

一模一样一模一样一模一样除了冷酷就是冷酷

这势不可挡的鬼迷心窍的机器大军,我们面无血色的奴隶,

如果他们将我们包围,我们也便成为单调的一体——如了无生趣的长石板街道,

早上八点半,地铁涌出行政秘书的大军

细胞的血流穿过电梯组成的动脉,阶梯的腺体指向打字机的意识,

爱迪生联合电力公司摩天巨厦的钟楼顶端在黄昏落日中金光尽显。

1968 年

预言一则

啊，未来的吟游诗人们
自头颅穿透心脏直到屁股的赞美诗
只要语言存在，将永远存在
使所有乐弦发声
使所有意识晕厥
我在纽约州
这心灵的监狱里
停电
雨在山边拍打
思想填充城市
我将离开我的身体
于某寒酸汽车旅馆
自我逃遁
经由未曾诞生的耳朵
不是我的语言
而是一个声音
念着有模有样的咒语
尘世间留存的
并非历史的骨骼
而是有声的音色
呼吸与眼睛万岁
光耀着蓝蓝的天
那儿飞升的火箭
将把我送回家园

1968 年 5 月

比克斯比峡谷

小径生满野蓟蕨类与蓝雏菊，
晶莹的绿草，苍白的牵牛花
三三两两在花岗岩的山边
钟声飘荡在悬崖的灰海，
干燥的欧洲蕨芽，海藻环绕
那儿的蜜蜂在沙洞中死去
身上蚂蚁成群
海湾晶莹的巨浪口含白沫
自在天的涟漪在洞穴墙壁
海鸟
得意地在风里溜冰
阿咪克里希那唵吽帕者萨婆诃在空气里隆隆作响
自海的嘴唇
昨天
尼尔的海边沙堡，白浆的小球环绕着
果冻——
骨架的空管似蛇，后面
的鼻孔塞着海草，已经干燥发皱
棕色的海藻球与红尾仙人掌花瓣
组成的舌头——
其实更像棕泡菜海水腌番茄
橡胶尾巴树叶肉片
的意大利杂烩面，
黏糊糊软趴趴的，头上顶着月桂枝的帽子
鲸鱼爷爷的软泥几近透明

黄叶与卵囊沾着沙子
白莲花瓣被卷回
冰冷的海浪中
老朽的海草扎成的花束
在斑驳的篮子里，触角向外伸展
如祷告的圣地
赫耳墨斯的银火
溅于一浪又一浪刺目的阳光上——
那宇宙的秽气中焦虑地沉思着的裸体男子
——柔美的骨质烟斗！
带有音乐性的海的膝盖软骨橡胶般的弹性
打着嗝拍着脚满脸胡须睾丸甩着的同性恋
大海发出喝汤的嘘声
"萨巴哈达巴迪"的念诵
是对邪恶的限制
设立限制，设立限制，如何对海涛的欢畅
设立限制？
又如何限制鸟鸣，限制语言中的无限？
再比如说
你可能用眼睛看到
《国际歌》《疯狂的旅人》
与《马赛曲》
在政治特异功能的眼电波里吗？
我以阳光下的自由之身赞美如蜜的自由
没有义务去遵守禁止裸体的牌子
它就插在花蕾无言怒放的小径，代表
花儿无限制的愚蠢的艺术形式——
潮湿的海藻繁盛的泡沫渐渐退潮，阳光吞吐
桥下浓重的迷雾，
灰崖那云的皮肤光辉浮现

是旧日格调里黄色的阳光
洒在青苔岩上，潮汐的泡沫
也在毫无恶意的金色光线里累积——
啊，慧眼闪耀！生万物的轮回之父
我们也曾从那里跃出，穿过你明亮的
彩虹号角，寂静！
石桥下劳作的人，歌唱吧，
吹响管乐，祈求雪崩。

　　　　　　　　　1968年6月16日，大苏尔（大麻后）

横穿美国

银翼之下
旧金山的高楼如嫩芽
穿过薄薄的污染,
泰莫帕亚斯山在太平洋的碧蓝中
隆起黑色的乳房
山脚是松林密布的伯克利丘陵——
利里博士在他棕色的房子里起草着独立宣言
打字机放在窗边
银色的全景在自然的眼球里——

萨克拉门托溪谷的河道里中国龙
的火焰舔舐着绿野的北方浓雾中
州政府金属的碎片,干燥龟裂的田野
延伸到群峦间——经过里诺,金字塔湖
如蓝色祭坛,是内华达沙漠中纯净的水源
在这片褐色的荒野上,满眼可见轮胎的划痕

杰里·鲁宾被捕了!被痛揍,投进监狱,
尾骨断裂——
利里掉链子了——"光天化日下的威胁……
美好往昔的人们……不成熟的
判断……精神病检查……"
简言之就是闭嘴或区疯人院或抨击

雷奥被流浪汉用枪指着抢了,七千块的

律师费，一整年的会谈——
'斯波克有罪'临时起的标题，琼·贝兹
的情人丈夫戴夫·哈里斯进了监狱
迪伦对政治保持沉默，非常安全——
快要有一个孩子，一个男人——
克利弗被枪击，被逼疯，被撤销假释，
越战堆积如山的肉体越来越高，
鲜血自肉山四溢涌出
在西贡唐人街的人行道流淌——
金发小子们坐在飞机的座位里看着彩色的画面
杀人犯与死亡的和声并肩前进
穿越冲洗照片的地下室，
我塞了耳塞，装在塑料盒里的牛扒
上桌——看着这幅图景——
如果美国衰落，我又有什么可失去的？
我的身体？我的脖子？我的品格？

          1968年6月19日

滚滚尘烟街

皮肤长了红色的疥疮
警车转向垃圾站的角落——
刚才是枪击!还是汽车回火或摔炮?
啊,成了,闭会儿嘴吧,
已经结束了。

这人自远方而来,
独木舟穿过消防车,
大城市的发电厂的烟雾
有乡村别墅的主管们——
水滴渗透贫民窟的屋顶
成了,闭会儿嘴吧,
已经结束了。

       1968 年,6 月 23 日,纽约

百日咳

总是乙醚前来
劝阻那
山羊般的
感知力——
或
一氧化二氮的循环
导致了讽刺
自杀性的笔记——
匹敌者：卢梭在蒙巴特
涂涂抹抹或兰波即将来到，
这新鲜的乙醚
与婆罗门的冷月同辉
回味，午夜乡愁。

1968年6月28日

黑色尘土的漩涡扫过 D 大街

白雾笼罩曼哈顿的大厦
仲夏,肥厚的绿香蒲
环绕着霍博肯泥泞的
垃圾场,
风儿轻拂普拉斯基悬臂桥
镂空图案的密网
卡车碾过贝永的车道
发出金属引擎怒号

恶臭自赫卓埠夫工厂里升起
起重机吊起破碎的大地
大脑的云沸腾,锥形破碎的锡炉
纽瓦克附近一片灰雾
七月的酷热在飞机上闪烁
拖车的轮胎把歌唱献给储油塔的森林,
铁三脚架里电网翩翩起舞,
油罐在荒原炙热无言——
关于大豆油储藏古老的丑闻
在电视广播里回响,
家用轿车在沥青路上朝着明媚的墨西哥颠簸向前。

1968 年 7 月 10 日

暴　虐

墨西哥城药店的柜台，高大的
性成瘾者脚蹬黑皮靴
臃肿的同性恋休闲上衣里
隐隐藏着利刃；
特奥蒂瓦坎犹豫的阳光里，我
拍了我金发碧眼的侄子一巴掌
因他嘲笑我迷失于月亮
金字塔。
在奥克兰，传奇般的警察射杀了
一个从政治集会的地下室里
裸体跑出来的黑人男孩儿
五角大楼里庞大的机器低吟
霓虹的拱廊发出哔哔的鸣响
自动机械与插座里，按钮喀嚓作响
铅笔，胃酸的处方药
日落——
楼梯上的纽约，那傻乎乎的
面色苍白的吸毒者拔出匕首
死死地盯着你看——受害者
喘着粗气说
"哪儿凉快哪儿待着去"
接着，六罐装的可乐
跌落黑色的破台阶，
越南造作的火焰
流过无数鬼魂的面颊

在这星球的电视机上呈现——
肾上腺素在腋窝里奔涌从洛杉矶
到巴黎、哈莱姆与戛纳
爆炸穿透平板玻璃,日落大道与索邦大学
满是长发的天使
被防毒面具和迷幻药武装,
愤怒的民主人士在芝加哥聚集
幻想着军队
从下水道手持棍棒
蜂拥而至
我走在胡尔瑞斯大街,铺有
鹅卵石的阴影中,忧郁横行的街灯
照亮桑伯恩游廊,我后面跟着
暴虐时髦的同性恋恶棍
迫不及待地想用
血债累累的双手
割开我胡须下的喉咙。

    1968年7月22日,凌晨4点30分

经过银色的杜兰戈起伏褶皱的山峦

西部的母亲之山延伸向太平洋，这壁崖间充满绿意的峡谷宽阔堪比墨西哥城

但这里没有路，只有似云似雾的花海影影绰绰地开放在植物的峰巅国度——

殷红的河床蛇行在这天堂里，不消费一丁点电力

——惠乔或塔拉乌马拉族人方寸之间孤绝不定的栖息地，蚁途通往瘦石嶙峋的高原，

那坑坑洼洼皆是印第安人孤独的谦卑，双手开垦出的山麓良田——

无瑕的朵朵白云默默飘过无言的绿崖。

啊，这万径人踪灭的圣地，大脑形状明亮的云朵凸显于一片蔚蓝之上面向太阳

头戴白色水雾中彩虹的花环，这在洁净的空气中毫不设防的绿树为衣的躯体啊，

美洲夺目的绿色野兽！

比母亲之山昭然的赤裸要壮丽，比人类发明的全部细菌炸弹要广袤

坚不可摧的云城随波逐流，无缘无由，

天顶紫蓝的海洋里白色的雨船飞落——

地平线的远端没有海港或都市，翠绿的台地脊部隆起无尽的花蕾，这儿河流与蚂蚁

默默收集着人类于墨西哥山谷遗弃的垃圾——

钢铁将在树的根须下腐锈，被大地吞噬

喂养它那从自我中萌生的敏感卷须，遍布于无意识的青苔覆盖的花岗岩群峦。

天堂与海洋相映着它们的碧蓝,地平线在迷幻的黄雾中渐渐隐退——

加利福尼亚半岛蓝色的水域平静地躺在美国棕色的腋窝里,

河流的淤泥冲积出的三角洲也饱含犹他州泪水洗刷下来的尘土——沙漠中的方形农地

灌溉良好满含绿意——

那粪堆彩色的烟气,洛杉矶中因辛劳而产生棕色的阴霾一齐上升与群峦比肩而视——

灰雾飘散穿过低矮的垭口,城市已无形。

漂浮的扶手椅从天而降

在一片阳光里,在空气污染的大地上前后摇摆。

1968 年 7 月 22 日,上午 11 点

化为灰烬的尼尔

忧郁似落基山脉的美丽双眼已化为灰烬
乳头,肋骨,我曾用拇指将你们轻触,现在也化作灰烬
我数次用舌头触碰过的嘴巴已是灰烬
温软地枕在我肚皮上的枯瘦面颊已变成渣滓,
灰烬
耳垂与眼皮,青春洋溢的阳具顶端,蜷曲的耻骨
胸口的热血,男人的手指,高中生的大腿
篮球运动员二头肌的胳膊,磨炼得丝绸般柔滑的屁眼
通通化为灰烬,再一次,通通化为灰烬。

1968 年 8 月

去芝加哥的路上

两万两千英尺的朦胧下农田整齐划一
我正接近芝加哥自己的死期,或继续在这大地飞行四十年
死期,无足轻重却让人害怕,那颗敲碎骨头的子弹
如同浩瀚的癌症细胞令现象蒸发殆尽
在一个老头的床上成为现实,或是燃起历史性的天火
衰减两万两千年后才终结的亘古原子

湖面再现蔚蓝,天空也同样可爱,尽管纸张与鼻子
谣言如焦油渗入自然的宇宙将让天使感到双脚黏腻。
我听到了天使王的声音,一位无形但声线优美的少年
在我心中说出不朽的话语"信任最纯粹的快乐吧——
人民的愤怒只是幻觉,人民的喜悦才是上帝
我们的先父是淡蓝色,你看到的真面目也将你望见——"

如何穿过肃立的警察与革命的暴怒
还记得吗,无助者正是武装警察声言保护的对象
革命者又密谋借无助者的自由之名去夺取荣耀——?
我是天使王,天使王唱道
伴随着暴民们在斗兽场,街道,圆形大剧场与办公室里
通过肉体或金属麦克风绝望地吼叫声

1968 年 8 月 24 日

格兰特公园,1968 年 8 月 28 日

清新的空气里,树下,孩子们和老人坐在一起,
身体赤裸,在酒店的墙边互相注视着,
身穿棕色衣服的躯体围成一圈,携带武器
静静地靠着他们的步枪,悠然而立——

麦克风发出刺耳的声音,直升机咆哮着——
用种莫名涌动在肚子里,未来的游行者
和密探们裸身共处一床——
哪里?就在这星球,不是芝加哥
是长日将尽——

这悲惨的野餐,在警察国家或是伊甸乐园?
在那竖起高墙对抗天空的建筑里
魔法师们将一切翻云又覆雨,用钱做选票
不停地握手——
催泪瓦斯飘向
浴室里裸体的副总统
——在马桶上边拉屎边哭泣?
又是谁想当总统
去统治伊甸乐园?

车 祸

一

暴风雪播撒着
冰的力量
飘向灰色密林边
砌有石墙的花园。

黄色铲雪车隆起驼峰
巨大的轮胎震颤着
在路上前进,
昆虫般的铁脑袋上
红灯闪烁。

喵,一只得了痢疾的猫。

阳光融进人形安居,
树的年轮世世代代
石林不停累积着的原子
已走过九千三百万英里,
碳的积淀深入床铺,
山的峰巅呼吸着阳光,
地球的秀发拢起万缕金丝
多亏叶绿素,诗人们才能
在绿色的灌木丛中散步

心中萌发出太阳的词语。

破损的骨头在床上休息,
胯骨和肋条被汽车撞碎,
积雪掩埋了橡胶轮胎,
树桩凝结,躯干被砍去
供给冬季暂时的治愈。

二

那便是躯体了吧,啊!
你的肉在昏暗的床上被它击败。
男性朋友开始长出皱纹,在雪中发抖。
女孩面对她们母亲的棺材把眼睛哭肿。

香烟耗尽了我花蕾般甜蜜的青春,
我闻着我爱人的后背,
这次车祸毁坏了我的胯骨与肋条,
啊,砰,每次呼吸心口都一阵恶心

我的大肠处于麻痹中已整整四天——
眼镜也碎了,眼球还算完整——
感谢上帝!唉,还活着但要说的话
正在我的体内死去,在疼痛中思考死亡。

想起在雪中健康的一日,呼出白气
穿着暖和的羊毛袜,包着耳朵的帽子,
热气腾腾的肉汤,在温暖的起居室里一丝不挂,
勃起并射精,有名,没毛病,学习着,王权,暮霭

与北极光,滚热的猪肉,火鸡填料
都已在这颗破损的头盖骨里消失。

不稳定元素,包括视力听觉肉体抚摸
与味觉,所有的气味,再加上
坐在冒烟的车后座上鼻梁骨折间的意识——
那不稳定的空间,却比较好逃离
如果你用金属的牢笼和脑癌相比
靠不住的血肉,在医院的床上
挥舞着一个鸡骨头——和你去年吃下的
牛排与烤鸡落得相同的境地
"自我感觉良好先生",再也不是了,
死掉以后将爬满蛆虫,并拥有蛆虫的思想?

谁还在看着,或者说
谁还记得这次将头颅
从脊柱上分离的车祸?
谁从身体里逃脱,谁被关在
一个疼痛绵绵不绝的小盒子里
当天堂的燃烧弹堕入腹腔,
胸膛,与脸上?舌头
被残忍的利刃剪去?牛的舌头?还是人的舌头?

不能说话的感觉是什么样的?
死在了后座上,疼啊!

1968 年 12 月 21 日

三

松林阴冷如墙壁,结满冰花的窗户
已经三周了,白雪皑皑的平原
溪谷的草原里有串厚厚的脚印,
狂风夹着尘土席卷而来,橡树枝
蜷曲的冰凌微微发亮,门前的雪在早上融化
留下黄色的污点——我拄着拐杖
出门去看白月光如何使雪变蓝
——三个男人于上周刚刚
开着宇宙飞船围着月球绕了一圈——在比夫拉
和巴勒斯坦咬牙切齿,
刺客和宇航员从雅典
向着金星的女性创造者的海洋旅行——
爱人的争吵被放大数十年
变成疯癫的暴力,半裸的农家子弟
手持利斧站在厨房餐桌前,
带着瑟瑟发抖的罪,切着鸡蛋
葡萄柚的乳房在早餐的油毡上。
老了,老了,词语已被遗忘,
心灵跳进了坟墓,词语被遗忘,
爱已是古老的字眼,词语被遗忘,
彼得剃了头留了胡子
在午夜自言自语又大哭大闹。
这是新的一年,今晚却没有聚会,忘记了
过去的爱,过去的词语,过去的感觉
雪落在房屋的四周,
我关掉煤气灯走上楼

一个人读这书,想想死者的照片
月球的背面,我的胯骨碎了,猫病了,
耳膜里充斥着我意识里强烈的音乐,
在一所热热闹闹的房子里,穿着内衣睡觉。
尼尔化为灰烬业已经年,天使
在他的午夜里不请自来,
杰克在我的脑中或佛罗里达喝醉后。
忘掉过去的朋友,过去的词语,过去的爱恋
过去的身体。巴提韦丹塔如此劝告基督。
这副皮囊独自躺在床上的1969年里,
一本深奥的书放在膝头,无尽期的人世
环绕着我的寓所,青少年时的兰波
十六岁的冷笑划过紧闭的嘴唇
绿色眼睛在过去的时光里留下卵形的影印
——1869年,他的丝绒领带斜扎着,头发
凌乱而褶皱,因为警察的强奸。

1969年1月1日,1点30分

众州牧歌（1969—1971）

回到丹佛

　　耀目的阳光下点点灰云的污脏，山脉向西延伸，飞机
温柔地在丹佛上空咆哮——尼尔的周年祭——清静的郊区空场，
　　适合为同性恋的先驱者盖一座公寓
　　淡紫色的小巷，赶在十年前未有原子弹前。
　　没有尼尔的丹佛，嗯？没有橘色日落的丹佛
　　没有巨型喷气机展开银翼向着旧金山翱翔——
　　这星球的红色冷光间是一座座的瞭望塔，当掌管地球的天使死去
　　留下无生气的地球将像机器一样旋转
　　还有昆虫们在金属的城市里跳来跳去

1969 年 2 月 13 日

想象的宇宙

接到处决间谍的命令后,我把手枪
塞进他的嘴里,开火。
他的脸低垂生命离开了
他蒙着眼的跪着的身体

不,我从没干过那种事。只是想象在落雪的机场,
奥尔巴尼的航班正在吐出乘客。

是的,那墨西哥样貌的男孩,十九岁
身穿水兵服,坐在我旁边
飞机在盐湖城下降,伴随着他
越南兄弟的身躯。
"亚洲佬跪在我面前,
哭着求着。有两个人;
他们举着我们的人丢给他们的卡片
那是发给投降越共的
保命卡。"
"但为了我最好的朋友
和我的兄弟我把两个亚洲佬都毙了。"
没错,不骗你。

1969 年 2 月

飞过底特律街道漆黑的夜

璀璨的网把触角伸向黯淡的郊外
密歇根的运河穿过街区泛起点点银波
王冠之脑的灯捆扎起闹市,绿色的信号
光亮凝聚,这闪烁的金属的祷告者
明媚的克利须那神将心电感应传入天堂般的黑暗
我俯瞰,我崇拜,啊,多么的美!
谁竟造出人类这么酷爱冥思的机器!那文雅的脑波
柔软与心悸,温存如蝴蝶落在肚皮,
如懵懂的性的魅力一样明亮,那容光焕发的青年男女,
无论黑皮肤还是金发碧眼都深知此意
地球之死近在咫尺,或是伊甸重生千年绿意
它们的命运在你们人类警察的意志里,啊
　大师们、父亲们、市长们、参议员们、总统们、银行家与工人们
　愚昧地挥汗如雨失声痛哭吧,在你们痛彻骨髓的玛雅行星上……

1969 年 2 月 15 日

致坡：在这星球飞行，奥尔巴尼到巴尔的摩

奥尔巴尼在雪中登上王座！冬天到了，坡，
北方的纽约如镰刀
刺入精神的领域，挺拔的乔木与葱郁的森林
散布在鸟鸣声声的耻骨坟堆——
没人能预见到这些弯弯曲曲的路被铺上柏油
上山，过桥，抵达有教堂的小镇，冷风在
田地间咆哮吹出金属碎渣的横纹。
这空中的小舟也带着雷霆万钧的咆哮向巴尔的摩进发！
农田被卷进机械工人的天启
那滚滚铁流中！
……旋转着在阳光间下降，悬浮于
蜂房般密集的摩天轮闪耀着光芒，
冰天雪地的纽约
在这个垂死的世界发亮。
飞机降落在跑道颠簸
克利须那神保佑！

费城在金色的阳光中冒着浓烟，粉色蓝色
绿色的储存罐暗房在地狱的平台，装满氰化物
许多的烟囱暗含火焰，城市四野病毒横行
沿着地平线的烟雾间特拉华的港湾——
飞机在威尔明顿之上
丝丝的黑色污染中滑行——钢铁的寓所
从曼哈顿到首都无限地蔓延。
坡！你可曾预言出这尘烟的土地，这恶焰，

你可曾梦过从天堂俯瞰巴尔的摩
用诗人在火雾中震惊的双眼,
煤炭毒气中的目瞪口呆!
坡!你可知你预言中红色的死亡
将从费城的天际倾斜,像地狱般的梦魇?
关进阿芒提拉多的地下室!人们
拥挤着哭着醉着涌进国防部
疯狂的部长们建造的防空洞!

南方!长胡子的沉睡者对着历史
眨眼睛,哈德逊河已被污染,
萨斯奎哈纳河的棕水从桥下流过
交织着工厂的尘烟——
切萨皮克正在发酵的土地,
弹药与大炮
埃奇伍德与阿伯丁
军需的化工厂
在花语缤纷的丛林中隐藏,与世隔绝——
坡!弗兰肯斯坦!谢莉你们的预言,
这个造物主竟组装其物质的工厂
去炸碎恶灵的行星镜像
割裂原子与两极分化的意识
使那无边的空虚从五角大楼中流出
把白宫覆盖真空无边的尘埃!
伯利恒数英里之外,耶稣在那边出生,带来人子的启示
机械电影般的精炼厂沿着大西洋排列,
巴尔的摩屎棕色的阴霾越来越糟
坡的世界走向尽头——红色的尘烟
黑色的河流,灰色的硫磺烟云雀点工厂
海滨浑浊泥泞,浮沫不断推向海岸——

八 美国的陨落(1965—1971)

红色白色蓝色,各色的游艇在巴尔的摩海港,
飞机颠簸着降落,经过汽油储罐,
加油站,喷出毒烟的烟囱,
高速路似剃刀割断茂密的森林,
连接器地球上人类的都市
爱伦坡曾在这里死于,被鬼魂绑架
密谋着选举的胜利
在那十九世纪死气沉沉的贫民窟。

1969 年 3 月

复活节

树木被融化的雪压弯
白气蒸腾,鸭群单脚而立
眼睛和嘴藏在胸口的绒毛里,
耶路撒冷的石柱布满金色的阳光
窗户点点黄斑,明亮的射线
如白刺在泥泞中闪烁,
啄木鸟在枫树上啄食,
马儿低头顺目,缓缓而行
绵软的嫩草枝,无雪的冬季里棕色的
植物毛发——被晶莹剔透的水滴清洗
冰雪化作溪流
将大地的污浊一扫而净,
流淌过落叶沉寂的
河道欢快地歌唱,流向午后
白光泛泛的天边——

山羊前行,铃铛碰撞,
黑色的幼崽蹦蹦跳跳,
用头撞着母亲毛茸茸的侧腹和柔软的乳房
一个咩咩叫的小羊挤在贝茜奶头下吃奶
鸭群摇摆着黄色的催吧,新草被融雪淹没,
山猫在谷仓的稻草上喵喵叫,
石墙上长起点点的药草,湿漉漉,亮晶晶
点缀着融雪的微光,鸟儿的哨音
从光秃秃的灌木下冰晶的河床里响起,

微风轻送着公鸡的啼叫
穿过松林繁茂的地平线
带来寒意未尽的光明。

1969 年

在美洲沉睡

我们栖息之所如此伟大，如此飘渺，比乌拉，人在这里和大地联姻，绿草蔓生四野

小小的原子轮环旋转出光辉，世界将天堂折腾得天翻地覆，这个星球在尘埃中重生，

原子的灰烬间阳光打出火花，植物飘浮空中，青苔先于树木颤抖着

默不作声，

岩石吃光了天空里的太阳光有着炫目但不可见的无数嘴巴而花朵是岩石的粪便——

亘古以来原子旋转产生无数的逆转，世界中的世界交换着彼此的居民——

从虫子到人类轻轻一跃便是地球到地球的距离哦灵魂承受着永恒的健忘——

居民们吃着他们自己的肉，玫瑰的甜气飘逸在面色红润的马群。

意识每夜不停轮替，有头脑的颅骨里，梦包含鲜花与崭新的宇宙。

在漆黑的床上听着窗外巴士咆哮驶过，只有眼中留存青草的绿光

将我拉回到那什维尔。

1969 年 4 月

西北航道

马天堂山下香气四溢
空载的伐木卡车轻装前进
平静的瓦卢拉湖波光粼粼
帽子岩下油漆刷着
高中的指示牌。
化学污染蒸腾
在泛着铝光的云顶——
烟雾在铁路边聚集
车辆已在轨道上腐蚀生锈——
工厂影影绰绰比约翰逊峰
还要广阔——看看那该死的玩意!
闻闻吧!有三十多根烟囱正在冒烟!
污染着瓦卢拉!博伊西加斯凯德公司
的集装箱遍布四方!
那些包裹就是产品,故作诗意的
1967年的麦克卢汉——
在《华尔街日报》4月22日
用整版的广告正式宣布:

我们掌握了树木!我们
掌握了大地!
我们得虚构出更多的形式
为纸板箱的国度!
我们要将森林翻个底朝天
寻找天赋精神的上帝之物

把那黄金的树根在华尔街出售。
把你的钱给我们吧!订购我们的
纸板垃圾桶!
我们刚刚发明的,用来抛弃行星!

树木在天堂里破碎!含有硫磺的尿液
在博伊西倾泻,雪佛龙与布瑞亚
的污水管泛起蛇与瓦卢拉湖
一样耀眼的波澜
这里,萨卡加维亚为白人领路
走过蓝天下清泉甘洌的小径
向着心中湿润的松山并发现塔拉萨
塔拉萨!绿盐的波浪
冲刷着石山,太平洋瑟罕的生命!
听,他的陪审团说
"我们裁定,死刑。"

绿盐的波浪冲刷着华尔街。
雨打湿灰色的贤者
于标准石油公司连接的埃尔托皮亚附近,
平顶山一片寂静!真假嗓音
交替变换地唱着
般若波罗蜜多心经
揭帝揭帝,般若揭帝。
般若僧揭帝,菩提僧萨婆诃
一路远行,在这水域广袤的乡间
可爱的老路易斯安娜,
汉克·威廉姆斯也在乡间颂咒
大自然中,电线横行
在棕色的被爬犁耕过的麦田里——

瓦卢拉被污染了！瓦卢拉被污染了！瓦卢拉被污染了！

"对于多数的大型投机企业而言为了使公司获得尽可能长的延续性，和当地政府与腐败警察的媾和是非常必要的。"《俄勒冈州人》第一页"筹划一场耗资六千一百万的战争以对抗有组织犯罪，尼克松总统建议……"

"就连耶稣基督都无法
拯救我。"瑟罕……
"欲哭无泪
他面色灰白"美联社报道
美国破碎的心脏，

棋子，越南，瑟罕。
百分之五十二的民众认为战争
总是一桩大错，这数据来自
1969年4月的盖洛普民意测验。

布拉格的劳动节游行被取消了
警用频率向着远方
曾经的五月之王报告——
SDS[①] 透过意识的麦克风
在每一所大学里大声疾呼着。
此刻，披头士与海滩男孩
已登峰造极
经由迷幻药那卡里纪的主神，经由
超自然的冥思，

---

① 美国激进学生组织（Radical activist Students for a Democratic Society）的缩写，一度是美国民权和反战运动的先锋，后被美国政府的特工渗透瓦解。

念诵着礼赞克利须那爬着埃菲尔铁塔,
阿波利奈尔与米拉巴伊①脑子空寂
再加上卡比尔,一起从启示录的广播中
向外播音,他们的声音共鸣发出怒号
从一百万行驶在世界的道路上
绿色汽车的音响里——
物质变得如此紧密,认知如此沉陷于
懦弱与孤立
"爱是不会自己死去的,我必须把它
扼杀"
上帝独自啜泣,基督在车祸的救赎中
和克利须那融为一体!

"检察官约翰·霍华德声称瑟罕是一个冷血的
政治刺客'尚未特别声明对其需要进一步的保护。'"
木兰路相交于二十六号公路
经过两棵高大的美国梧桐
慢慢接近哈柏,
这里可有人有"特别声明
需要对其进一步的保护"?

这些羔羊游走于考河
的春季里,在美国式的黄色阳光下
无声无息——
"就连耶稣基督也无法将我拯救。"

喜鹊,草地鹨,彩虹

---

① 14 世纪印度女诗人,狂热的克利须那崇拜者。她所创作的祈祷歌至今仍在印度民间流传。

种种异象穿透灰云
昭然现于人世。
狗
只能看到黑与白。

整整半轮的彩虹
横跨公路的两山之间
一罐又一罐金子
是美丽的桥抛下的锚,
风滚草从桥底经过

"西贡(美联社)美国 B52 轰炸机于昨夜在柬埔寨边境执行了越战以来规模最大的空袭任务,经美方司令部证实,共有多达两千余吨的炸弹丢到西贡西北部三十公里的狭长地带,'主要目的是骚扰敌方使其陷入混乱不能有效集结',美方发言人声称。"

捷克学生在布拉格的示威没有被报道
霍华德·马奎特大学与乔治·华盛顿大学里正在静坐抗议:
冰雹袭击了刚刚犁过的棕色山顶——
黑色的积雨云和彩虹同时出现于阿尔比恩的路——
驶过溪谷,驶向大路
西雅图头等全国汽车专卖边上
是每个人的银行。

1969 年 4 月 24 日

索诺拉的沙漠之鹰

"唵阿吽班杂咕噜叭嘛悉地吽"塔唐活佛传给加里·斯奈德又传给德拉姆·哈德雷①

棕色的岩峰石柱
无云晴空
树形仙人掌伸出祈祷的绿色手臂
脊柱和肋骨挺直
四肢有啄木鸟留下的洞
与多刺的顶端
正向你举手致意——
针刺遍生的蔓仙人掌躯干上
橘黄色的花儿作它的眼睛
泰迪熊仙人掌的雌蕊紧闭已完成授粉
似眉毛,阴户般
在小拇指粗细的尖端萌生出嫩芽——

尘烟萧然
似白羽般轻盈,在荒芜的平原,
那是化学的雾,是红铜的军机
正在慢慢腐朽,
另含百分之四炼铜厂的污染

---

① 此句是莲花生大士心咒。塔唐活佛是加里·斯奈德在伯克利大学的朋友,德拉姆·哈德雷是亚利桑那州诗人,也是他的朋友。

——在鸟笼里，秃鹰的雏鸟
长着乳白色的弯喙，尾翎
低垂在爪子握着的枝杈之下，身上匀称的
羽毛有着美钞一样的棕色密纹，
杀虫剂令它们中的许多成鸟
绝育

——鸭脖子绿毛的光泽
如登月舱一样幽冥
黑嘴巴乌鸦蹦蹦跳跳充满好奇心
草原狼的鼻子在空中敏感地嗅着什么
眨着犀利的眼睛
如同大腹便便的红衣主教的象牙口哨

一尊明快的佛像
矗立着，
沙漠谷地忧郁的阴霾——
感知中仙人掌的教训，
树木像是疯癫的胡萝卜——蟒蛇
冶金厂那白羽般的尘烟飘散在
圣曼努埃尔，或是道格拉斯的
菲尔普斯道奇？——
黄色的三齿拉瑞阿在颗粒分明的
土地里生长，山坡上有吉普的车痕，
草原土拨鼠站在仙人掌的阴影里，
背骨颤抖。这是所博物馆，

是心灵聚集的嬉皮城——鸟儿鸣叫的
无线电播音——霍皮人的雨：

1969 年 4 月 29 日

惺忪睡眼中的倒影

为罗伯特·勃莱而作

三千四百八十九位友好的人
榆木树林，柳木，布卢厄斯县的
红色畜棚，这小小的封地
丘陵间遍布喷撒毒气的管道，
巨型的甲虫与蜥蜴——
漆成橘黄色的
起重机，卡车与出租车，
绿色的播种机笔直前进
科学的玩具在大地竖起。
刚灌溉过且播过种
平滑的数亩土地下
玉米的棕色残株被翻到地底，
拖拉机拉着圆盘驶过围有篱笆的农地。
老朽的羽叶槭拦腰折断
坠入泛滥的泥塘，
白漆的储气罐静静立在
斯普林菲尔德铁路货车的森林边，
小小的火车列队前进经过肉类
杂货店与北极星种子公司
我们的旗帜迎风招展
电视伸出天线，枝叶茂盛的
树木伸出绿色的触须，
躯干于阳光中挺立
绵羊在风暴统治的山上，

一片山野绿景——
这森林自加拿大
延绵至此——青储玉米安放在网箱里,
特雷西风车旋转,
蓝色珐琅瓷的粮仓
戴着铝的帽子,白色阳光下尖塔座座。
大麻滋润了干燥的淋巴腺体,
特别能缓解下列症状:体寒,
流感,耳压过大与咽喉不畅——
有棵树拦腰折断,
树冠倒伏——
此地地广人稀,墓碑石
精雕细琢
银质的尖顶指向天际——
唵,唵,福特,信箱
电话线杆一路抻拉电线。
湖畔的小屋尽是篱笆
树影长长投向山间的墓边,啊
莱克本顿起伏的清波——
终于,这些砖瓦的谷仓
时候已到!倒塌吧!
老橡树的树干埋进
深深的地底。
庄稼汉驾驶着农用机械转动轮盘,
铁器削割着土地令其平整光滑,
山麓平原起伏不定——
乳牛在赤杨的长枝下吃草,
弓着四肢在通彻的棕色
河床,树站在岸旁
将阴影凝望

奇异地挺立或跪于地面
汽车坟场目不暇接
钢铁的闪光,镀铬装饰条
已锈迹斑斑——
白色十字架下,教堂的钟
为越战亡灵鸣响
汽车和孩子渐渐增多
卖汉堡的小摊
开始营业,谷仓的笑容包含
白窗的双眼,大门的嘴巴。

1969 年 5 月 9 日

独立日

超乎想象的刺目橘色鹰眼在一千片草叶上眨眼——
赫尔蒙博士因为在花园里种大麻被捕
虽有联邦许可,却仍被被当地警方起诉——
甜美的鸟鸣,从树顶到树顶,橘黄色翅膀的
鸟儿用划伤的喙发出电报般的信号萦绕于金凤花的耳坠旁——
苍蝇嗡嗡作响回荡的音符坠于啭鸣与甜美的哨音中,
喷气机的咆哮从云端翻滚而至——
一只小小的蚂蚱躲在梯牧草的残株间,鸟儿无法将它们寻见——
热烈又温柔的叶片生长着对称的萌芽,
微风吹弯了温和的花蕾向着蓍草鞠躬——
眼皮沉重,夏日的沉重满含恐惧,枫树干布满沉甸甸的叶片——
超乎想象的鹰眼那紧闭的花蕾在多毛的高茎上瑟瑟发抖。

*

红壳的臭虫爬过战争的床单,
城市的垃圾糟蹋了潮湿的供孩童玩耍的人行道——
一通从得克萨斯打来的电话告诉我警察国家最新的暴虐。
啊,自我纠结于电视的天线,白人的判官与律法
你们喷气机的爆鸣响彻云端,你们滴滴涕自天而降毒害

海藻与棕色的鹈鹕——
　　尘烟笼罩玛雅，偏执狂身穿蓝色的西服持械在大城市里行走，
　　——这数十亿的叶片们可能获得安全么？
　　我的胃酸发作，城市加速运转，消耗金钱——
　　超乎想象的犀利的鹰眼！马蝇与蜜蜂！
　　金丝桃草面向太阳摇曳着黄色的铃铛！双目紧闭与你的存在中，我躺在你
　　温软的绿床，看着光穿过眼皮透出殷红的明亮，语言如鸟鸣在我的脑中挥之不去。
　　独立日！乳牛深沉的哞哞声也是唵的唱诵！

1969年

在隐士洒满月光的小屋

看着那洁白的化身,动人心魄的月亮,白雾在林间弥漫
金丝桃草与鹰眼还有偶然可见的薹草湿漉漉地在绿草坡上生长
"你难道想让你开运输机的飞行员抽大麻吗?想让你登月的太空人抽风草吗?"
这史诗是怎样的一出喜剧啊!羔羊降落在酒精之海——深沉的声音传来
"这是一批不错的数据"——那是人类首次登上月球的时刻——
还有一百五十万人在比夫拉挨饿——橄榄球运动员做着玉米片的广告——
电视里不停地念叨着美国与人类如何如何——布里洛附赠给你月球地图——两张标签
哥伦比亚广播公司不断重复地说这是人类的史诗——沃尔特·克朗凯特再次现声
"这些词语多么轻柔……令人后背一阵颤栗……
苏联瞠目结舌!占世界五分之一人口的中国,没有广播片言只语……"
女王在温莎宫收看了登月直播——
在迪士尼乐园拖出一剂欺骗性的催眠,头戴方巾的人群对着摄影机招手——人造月亮——
"今日,没有任何地方像月球那样创造了历史"——
追逐着时间钻进太空服里——
一轮明月高悬于羊群遍野的草甸中央——
西方人惊心动魄的庄严时刻!

树林里落下的雨拍打着古旧的小屋!

我要!我要一架梯子从森林这夜的深渊直上银色的月弯——

记者的太空服上插着国旗——

彼得在床上呻吟咒骂,最终还是从疯人的负担中解脱——

这是静海基地,这是悲剧降临的前夕。

太阳耀斑的警报,时钟滴答作响,天线的静电——死亡般迅猛

我从没想过我们能看到今夜的景象。

插下旗帜你就毁灭!生命是一场梦——沉睡在树木的眼中,

天线在天花板划出噪音。静电和暴雨!

三十七岁时看到了梦中的地球,从外层空间的某个阳台望去,它在云的怀抱中时隐时现——

梅里爱——眼花缭乱——电视显像管的疯癫——

"人类登陆太阳!"十年纪念的句型——

无线电中的人愚笨的嘟囔着"一百四十二——"

独自在太空中:释放登月舱的压力!

盛赞克利须那!在厨房的工作台上举起我的铁金刚!

没有任何的科幻小说能虚构出这种全球视野的意识

同步地开启天堂的入口。

一条在似曾相识中的蛀虫!

这便是那瞬间——开启入口——每一秒皆是沙漏中滴下的一粒沙——如开开启了!

那病毒将在六十个世纪里演变成浑身是绿意的爬行动物,

狼吞虎咽地啃食他们的父亲如同我们把上帝吃干扒

净——

　　幻想正在今夜死去！登月者正闭上双眼！

　　叹息飘远一去不返……所有人都困了……在月的游廊——

　　一位三十八岁的美国人站在月球上——

　　炭粉上的脚印——迈步出舱

　　这便是我们熟悉的那个月球，如海底或山巅，是一个地点——

　　"月球上美极了！"啊，是纯金的——

　　一个声音呼唤着"休士顿呼叫月球"——两个"美国人"成功登月！

　　一片美景，在地表弹跳——"世界上四分之一的人否认他们的统治者而否认这段影片"！

　　插上旗帜吧！

1969年7月登月日，樱桃谷

雨打湿了炙热沥青路，垃圾袋溢出空易拉罐

我拖着没有生命的床垫走向垃圾成堆的人行道，
从帕特森到下东区踩过的旧毯子都长满了臭虫，
灰色的枕头，曾被街道珍爱的沙发垫倒在了街道上
——出街，去听凶杀的奇闻，今晚遭到袭击的是第三街的骑车人——
他独自在雨中被人痛揍，混乱笼罩在城市上空，
化学蒸汽的裹尸布飘荡在屋顶——
拿起《时代周刊》，尼克松说登月反射出天下大同的讯号，
我却仍找不到一个男孩同眠度过长夜在这凌晨三点蒙蒙细雨的街——
那些被淋得精湿的床垫躺在五个已经满溢的垃圾桶边——
芭芭拉，玛丽埃塔，彼得·史蒂文斯与妙龄少女多年前曾在这些枕头上安眠，
那些湮灭的姓名，也曾和我做爱，我在地板上使用这些床垫已经整整四年——
杰勒德，吉米曾逗留数月，还有晚些时候金发的戈登，
有着美丽大阳具的保罗，那住在宾夕法尼亚的男孩，
那些湮灭的数字，年轻的如梦似幻的爱情与爱人，尘世间的肚皮——
许多强壮的年轻人都闭着眼睛，来叹着气帮我达到高潮——
欲望已然湮灭，温柔的人们互相满足又吻别
每次我在黑暗中手淫都在梦着尼尔或者比利·巴德

——昙花一现的无名天使——悸动的心与哭泣的眼只为那可爱的幻影——

从宝石水疗归来,走进玄关,后面的世界只一闪

便和那堆充斥着臭虫在夜雨中湿透的床垫永远地告别了。

1969 年 8 月 2 日

全线死亡

"这个星球完蛋了"

一轮新月俯视我们病态又甜蜜的星球
猎户座追逐静止不动的大熊星横跨半空
从冬季到另一个冬季。我在床上过早地醒来,这飞翔的尸体
盖着轻盈明亮的被单,我的头疼,左边太阳穴
内部的脑神经在我于全线一手创造的死亡中战栗。
鸡舍里中毒的老鼠与不计其数的虱子
杀死它们的砒霜也慢慢渗进小溪,城市的蟑螂
被踩死在乡下的地板上。没有婴儿为我哭泣。
把地球上男孩与女孩混居的群落一分为二,自由地呼吸
带来革命的超级电脑说:
这蓝色星球即便一分为二它孕育的人口也已太多,
让那些阴云密布的肺远离恶臭的肺炎。
我叫来的杀虫专家将我家上上下下浸透在
毁灭臭虫的死亡之油里:谁又将为我的大脑浸透死亡之油?
我先于拂晓醒来,担忧着我木质的财产,
我饱含知识的书籍,我聒噪的嘴巴,老套爱情的沉默,美貌
转换成想象的铅笔,我的体态臃肿性意寥寥,父正在死去,
地球的城市饱受战争的毒害,我的艺术前途渺茫——
心灵变成碎片——却仍抽象——钻心之痛
在左边的太阳穴,生不如死——

1969年9月26日,樱桃谷

记忆之园 ①

黄叶遍地
晨雨潇潇

——这是怎样的倾盆大雨呵
他抬起他的手
写下宇宙乃大梦一场
再穷其一生去证明

满月升起在欧松公园
机场巴士穿过暮霭
向着曼哈顿赶路,
男巫杰克在他
洛厄尔的坟墓里
这是第一夜——
杰克啊,我用你的眼睛
看到那
迷雾中辉煌的光
于曼哈顿的尖顶洒下金黄
但你将永远无法亲见
那些烟囱冒出的烟
污染墓园中圣母的脸

---

① 诗人在前往凯鲁亚克的葬礼途中偶然看到的墓园名称,有许多诗是这次旅途中所作。

黑蒙蒙的峡谷
耸立在萧瑟的
河岸
明亮的花枝招展的广告
卖着埃索的面包——
复制品不断繁殖的胡须
和十字架永别——
亘古不变，用蜡绘制的
苍白的大头佛陀
安详地休息着，并非在棺材里——

纽约的街
如空洞的头颅
营养不良的幽灵
充斥着城市——
蜡人在公园大道
行走，
眼镜片中光芒隐现
声音在麦克风里回响
中央车站的水手
在抵达此地二十年后
渐生哀愁——
对那二战时的纯真年代
阵阵的怀旧——
一百万具尸体跑过
第二十四街
玻璃大厦越升越高
透彻
的铝窗——
人造的树木，自动沙发，

愚昧的汽车——
通往天堂的单行道。

*

灰色地铁的吼叫

一个满脸皱纹的棕皮肤家伙
双手浮肿
靠在映出白色灯标
闪烁的厚玻璃板上，轨道上沉重的电车
向着哥伦比亚的住宅区摇摇晃晃地前进——
再也不会有那个在宾州车站下车的杰克啦
办他不知所谓的"事儿"，在纽约人饭店附近吃三明治
喝啤酒或走在帝国大厦投下的阴影中。
我们是否透过整个车厢凝望彼此
或透过报纸上挖的洞看着一张张脸庞上的头条新闻？
性意盎然的阳具与饥渴的肉体那么年轻，看着
美妙的兰波与从哥伦布环岛骑车上学的
甜美的珍妮。
"这些温和的毒瘾者活了下来。"

而乡巴佬警长打了那长发飘飘的男孩
的屁股。
——百老汇一零三街，二十年前我和哈尔[①]曾在这乞讨
被他人戏弄。
时间啊，你可能倒流？我还能枕着那些一百一十号街

[①] 哈尔也是卡萨迪和凯鲁亚克的朋友，垮掉派早期金斯堡等人曾在曼哈顿和流氓乞丐厮混，体验社会底层的生活。

那些年轻人的肚子吗?
或在蓝砖铺陈的哥伦比亚招牌下
和杰克一起走下电车吗?
至少那我曾有过神圣幻象的
棕灰色车站已被重建,陶瓷墙面光滑透亮
遮盖住四分之一个世纪的污垢与痰迹。

*

拖着一道黑烟飞向缅因州
凯鲁亚克的讣告出现在《时代周刊》
头版的简讯里——
帝国大厦在天堂的日落间一片殷红,
熟悉的十月,白雾降临
于布朗克斯区不计其数的树木——
太多,令人眼花缭乱——
杰克见识过哈德逊河彼端日落的红艳
二三十年前
三十九,四十九,五十九
六十九
约翰·霍姆斯[①] 抿起他的嘴唇,
迸出泪水。
烟从海边的烟囱袅袅升起
飞机向着蒙淘克咆哮而行
在红色的日落中伸展铁翼——
北港,树林里,杰克酩酊大醉
肚肠腐烂,为鸟儿吟着俳句
它们在他门廊栏杆的黎明中鸣唱——

---

① 垮掉派作家,创作了垮掉派首部冒险故事《走》(*Go*)。

十年前,重重地倒在地上
在佛罗里达的花园里
目睹了死亡那金质的轻盈。
现已全盘接受,灵魂飘然而上,
身体下沉,进入木头棺材
与水泥的封盖。
我亲吻手中潮湿的泥土
丢向下面的封盖
轻轻叹息
看了看克里利的独眼,
亲爱的彼得拿着一朵鲜花
牙齿掉光了的格雷戈里
弯着指节操纵着摄影机——
这便是一个口无遮拦的诗人的结局
他放肆的声音
贯穿了西北航道。
忧郁的黄昏降临赛布鲁克,霍姆斯
坐着,准备进行他维多利亚式的晚餐——
《时代》杂志有整整十页
关于同性恋小妖精的屁要放!

这么说吧,只要我在这里一天
我便有一天的工作——
什么工作?
去消除活着的痛苦。
一切别的事物,醉醺醺的
哑剧。

1969 年 10 月 22 日至 29 日

闪　回

汽车穿过埃尔迈拉的灰烟
巨大的少年感化院烧砖厂
二十五年前也是这朦胧的山脚溪谷
我曾和乔·艾美曾于此闲坐，传递绿色的大麻。
杰克已不在此地，尼尔的灰烬
孤寂无比令老人不住悲叹，上帝般的孤独，
闭嘴吧，女人，别再大呼小叫你的宝贝疙瘩。

1969 年 11 月 10 日

事后回想

面对着镜子,梳着
灰白的胡子
我的眼神可够犀利
可够吸引那些年轻人?
这是糟糕的魔法
或者更像是——
某种愚蠢的魔法。

1969 年 11 月

G.S.在普林斯顿朗诵诗歌

金色长须顺垂如中国人脑后金灿灿的辫子——
这金色不日将化作银丝——年轻的面容磨损,前额爬满皱纹,颧骨深陷的笑颜,
碧蓝的小耳环,绿松石戒指,波罗蜜多念珠穿起象牙的骷髅串——
在鹿山之巅,在船舶钢铁的肚子里,盘坐于普林斯顿的沙发,
用身体念诵着熊经,给些年轻的心——她的长发垂在地毯上,粗布工服里的腿盘起莲花坐;
那有一半印第安血统的男孩一脸严肃,悲痛地靠在树边十分痛苦
他比别人更同情那些熊,臭鼬,鹿,草原狼,铁杉,鲸鱼
相较于自己性意勃发的阳具。啊,蜥蜴达摩
是什么在吞吐气息,那一声声的"唵"穿过榆木粗大的树枝与岩石密布的峡谷
一如穿过哺乳动物头颅的低喃,
这唱诵抵达盛放于头骨的思想中,现已遍布全球各所大学
太多,那些紧缩的面颊憧憬的双眼温柔无比,菲茨杰拉德也愿流着泪和他们对视么?
看看这些学生的脸庞如此清澈,好似天国的居民,这长发的天使般的生灵能在地球毁灭时看透无数人类的双眼么——?
永恒的普林斯顿!晚秋,十二月的树林白雪皑皑

八 美国的陨落(1965—1971)

半个世纪前老诗人们的骨头已在死亡中折断

酒精仍在不朽的眼睛中颤动,菲茨杰拉德与凯鲁亚克哭泣着,再次重现大地——

大地的声音感动了时光,古老的誓约与预言又被提起,山祷不断地复诵,

加里的声音空洞地回响于那些环绕着他的兴奋的羔羊。

1970 年

黑色星期五 [①]

阵阵爆炸撕裂报纸灰色曼哈顿午后轻盈的尖顶，
飞机在云端咆哮，阳光照在蓝绒般的雾水上，
我向着死亡旅行，乘客们穿着丝绸的衣裳手持鸡尾酒从纽约到芝加哥一路烧着汽油——
在天空发出爆鸣，留下的是一连串的大买卖，涉及数十亿身躯的贸易，
全部的革命与消费，制造与通讯
炸弹的爆炸，蔬菜饼，橡胶圈的性玩具与才华横溢的电视喷气机联邦调查局笑话驱魔屁咒语
或电子战老挝援助盖世太保在圣多明哥训练
同样地去屠杀草坪，花的力量在煤电厂的尘烟中筋疲力尽
——啊，从云的洞看下去，多美的雪国啊
这是雾气重重通向伊利诺斯的天路间一瞥——
我有什么权利用汽油枪去吸食汽油，使用金属，从地球的心脏
我有什么权利去空中燃烧汽油，有什么权利在皮奥瑞亚，韦恩堡和艾姆斯午夜信号灯的转角
于地面摩擦橡胶的轮胎——
何种的祷告才能复原东方鲜嫩的草原，能让煤渣污染的大地生出黄土，腐锈的山坡长出铁杉，
让帕塞伊克的河床再次透明，蓝鲸重新在珊瑚湾里繁衍

[①] 暗指纽约西十一街的地下气象员爆炸案，由美国宣扬暴力推翻政府的激进组织"地下气象员"所导致，该组织有三名成员在制作炸弹中丧生。

生息——

何种咒语才能让我妈走出疯人院,让二等兵布莱克菲尔德离开莱文沃斯,让尼尔从阴曹地府里逃离,

汉普顿,金,古德①,被谋杀的自杀的与数百万被地狱般的战争撕裂的

那里无头的尸体抽动着被撕裂胳膊与腿脚心脏收缩痉挛在成堆的炸弹与汽油弹的碎片中

声音传向曼哈顿西十一街的我

就像战争中炸弹爆炸的烈焰沿着颈椎溶解的国度蔓延从河内到芝加哥从自由②到华尔街,

炸药像癌症般转移向着地球的大脑令人类世界的形态慢慢溃烂——

银行起火燃烧,男孩死去眼眶内含子弹,母亲们的尖叫是大广场街降下的无数以吨计的凝固汽油弹的明证,弹片在海防市的墙壁反弹

机关枪在霍尔斯特德不停哒哒作响,那国家暴力的业

冲刷着恐怖的浪涛扑向全世界的每一个角落再涌回郊区一家家厨房电视的夜间节目里

这是三年前的景象,显像管像素那噩兆的尖叫的冲击波穿透了浴室的墙壁,

瓷砖与管道在纽约猛然爆炸和在西贡的使馆街一样

——"诺斯洛普公司在新一轮对战斗机制造白热化的竞标中脱颖而出抢占了丰厚的海外市场"——《商业周刊》1970年3月7日

地球的污染和心灵的污染完全一致,意识污染一如肮脏的天空,

---

① 弗雷德·汉普顿,被 FBI 和警察在睡梦中谋杀的芝加哥黑豹党成员。金,被刺杀的民权领袖马丁·路德·金。古德,在地下气象员爆炸案中身亡的西奥多·古德。
② 原文 Tu-Do,是美国占领西贡期间一条经营旅馆咖啡店的街道。

下流思想中盘算出的高利贷同步伴随着在河道里排放的金属尘埃

对大鱼和小鱼的谋杀和自惭形秽的短发思想控制一模一样,

用权杖镇压街上的学生娃和用滴滴涕灭绝秃鹰全然等同——

母亲的牛奶和父亲的思想一样都被下了毒,所有贪婪产生的污渍遍布设计汽车的操作台

诗歌能起到何等作用,花朵如何能幸存,人如能掌握众多正确的思想,听到他心中的音乐,感受阳具的愉悦,品尝

古法烤制的纯天然的全麦面包与甜美的蔬菜,闻着他自己脖子那婴孩般柔美肌肤的香味

当有百分之六十的国家财政从战争机器的烟囱里化为剧毒的青烟飘上天际?

当暴力自天而降将这个国家淹没,鲜花遍野的土地被夷平因那自动机械扩散不止的

金属根须与渗进表层六英尺之下的沥青,

当那些背着炸弹的学生从初中浸透着性意识的体育馆里毕业后

害怕那些被军方财政支撑的骨肉,害怕头发里的大麻味被警察嗅出来,

谁能预言和平,谁又能对后人订下誓言

但后人大概只是被武装的昆虫,

尖尖地铁触须的士兵们,生殖器附近长着白色的睾丸炸弹,

蓝面具的喷雾昆虫,头戴防毒面具的大军在军械库红砖的巢穴中——

(满身芒刺的蜘蛛在雾气中排列,房顶上地下自己酿造

的砷汞粪与塑料准备为蜂王献祭

在萨克拉门托、新泽西、凤凰城、迈阿密？）

这个国家散布出的瘟疫包含子弹炸弹与燃烧的词语

二十年前，在亚洲撒下从华盛顿的厕所排泄出的思想——

如今大恐慌已踏遍全球，涤荡着报纸灰色的气息

一波波的恐慌穿过天堂那云儿朦胧的河岸

烧着汽油的环球航空公司的飞机突破音障坠毁在曼哈顿。

芝加哥芝加哥芝加哥大审判，尖叫，泪水，暴权，煤气，黑手党公路——郊区的车库里老套的屠杀！

汽车转向在永世的洪水中融化的市政厅，

警察与革命者如鹰翼下的云雾般消散。

"你叫什么？"秃头的男人问道，如一台吃下所有姓名与表格的机器，

历史比思想更为迅猛，诗歌在短短数十年间即被荒废尽管或能伴随缓慢的曲调在永恒中起舞——

战争的语言降临，定有炸弹在一分钟前爆炸，煤矿耗尽了地球的心脏，

芝加哥一格又一格新建的郊区撕开了地球的皮肤暴露在骄阳之下，

不计其数的汽车加速穿过灰色的空气抵达喷气机的登机口。

塑料的奴隶！脚蹬皮鞋身穿斜纹棉布裤子的囚徒！沉迷于发型的瘾君子！吸涤纶的毒虫！

条纹领带的上瘾者！背上背着短发的猴子！喝威士忌的疯子因为每年燃烧的五千三百亿根香烟而无家可归！

酷爱听星条旗升起时音乐的上瘾狂人！高速公路上邪魔一样的汽车尘烟妓女！

增长率这个旅行者催眠了湿地的不动产！狼吞虎咽大嚼牛排的人在电视上筋疲力尽！

老太太沉迷于股市中——华尔街不变的纸钱的推手！

中央情报局击毁苗人的鸦片田！中国游说集团扼住了缅甸的罂粟！

这上瘾的政府支持我们烧油的玩意与惹是生非的毛病已多久了？

射击这汽油以电的速度在蓝色的光爆发与警察永恒的嚎叫与人类万劫不复的毁灭之前？

自动化的机场没有灵魂的市场电子化情报商务摩天楼街道

通通没有灵魂，通通在爆炸。

纯粹的物质正在碎裂，瓦解，回归空虚，

空与梵天岿然不动，玛雅的城市爆炸如同中国爆竹，

轮回流出崩溃的眼泪——暮霭笼罩芝加哥，灯火闪烁于林荫道两旁，

长着虫眼的汽车缓慢地在忧愁的街灯下行驶，

飞机引擎在耳膜里嗡响，城市云顶充满了灰色的毒气飞向平静的天际——星球地平线的远方有极光般微冥的条纹，

人类卡车的混乱之上存在着蓝色的宇宙，空虚的天空

与空虚的思想孤悬于芝加哥上方，宇宙也展现出他秘不示人的全貌。

啊，杰克，你可算是逃离了这真切的洪水。

潇洒的阳具，半遮半盖，我拖着这具多毛的肉身如丧家之犬穿过血红的天际

穿过云层抵达芝加哥，日落的火焰被黑色的毒气涤荡得一干二净。

1970 年 3 月 13 日

反越战和平动员

骄阳下的头颅被汗水浸透
华盛顿纪念碑大理石的金字塔尖顶
穿透熙熙攘攘的灵魂直入云霄
孩子们坐在恬静的草坪上，脑子里却发出尖叫
（穿着吊带蓝工服的黑人从土路的十字路口走来）——
蓝天下皆是心灵的亮光
在它们聚集的白宫前充满了留着小胡子的日耳曼人
警察一排排的纽扣，军用电台，中央情报局的蜂鸣器，
联邦调查局的窃听器，特工处的步话机，挂着对讲耳机的缉毒警
和小警察，还有佛罗里达黑手党实业的投机分子。
十万具赤裸的身体面对着这台钢铁机器人
尼克松的大脑中那总统的颅骨壳上方升起监视的望远镜
自那座尘烟四起偏执狂的工厂东翼。

1970 年 5 月 9 日

牧　歌

千年后，如果仍有历史留存
美国将被如此铭记：下流的小小国度
充斥着蠢蛋，多刺的温室玫瑰
被懦弱的园丁培育。
毛主席践行着他的政治观，身为亿万人民的领袖
年老，健硕，不可或缺
尼克松却是个花花公子，只对他自己的工业孤岛拿手，
一个娴熟的偏执狂技工——
地球不停旋转，古老的舌头传播着史诗
渔夫讲述着岛屿的传说——
汽车腐朽溃败，
树木四处生长。

*

砺风呼啸，枫树萧萧
在窗边拍打，
花园里传来一阵惊恐的喊叫
贝西牛在玉米地附近闲逛！

这小小的空行母演奏着她的铃铛
听着最近流行的男中音迪伦的歌
在起居室里跳舞几乎忘记了
牧场里的电池
已支持不了多久的电力。

椅子在楼下移动，厨房的声音
苹果的香味，番茄在炉子里冒泡。
在鸡舍后面，铁铲扬起尘烟
一小时接着一小时，明天那边会出现一座大坑。

编辑在他的床上安睡，清晨的庶务已毕，
钟的指针向着午间移动，猪沿着石板的小径
翻拱地面，纸张与信件静静地躺在
许多桌子上。

到处都是书，卡巴拉，诺斯替的残篇，大涅槃与喜金刚根本续，伯麦，布莱克与光辉之书，梵歌与娑摩吠陀，某人阅读——某人下厨，还有个人在挖猪圈的地基，有个人把牛从菜园轰跑，有个人唱唱跳跳，有个人在笔记本上写字，有个人和鸭子玩耍，有个人沉默不语，有个人撩拨吉他，有个人搬动巨石。

发电风车的螺旋桨
飕飕作响，树在风中摇曳
有棵林边的枫树已变红。

墙下的鸡群在尘土中嬉戏，
栅栏里的兔子伸着鼻子在闻一把玉米穗，
苍蝇停在窗台上。

在食物链的末端，比利在篱笆下的草中
令这个循环圆满，我靠近
看他胯下一根红色长棍
在两腿之间悸动不已

不久便喷出液体，他低下头看着
舔着他细细的尿流——
这就是为什么他一身山羊的骚味。

铁丝网边的马儿舔着盐，
抬起它的长脸，嘶鸣声
就像我拨开柳树林
寻找刚刚三天的小母牛发出的一样。
她卧在长长的草床，棕毛湿漉漉——
她的母亲站着，鼻子上被一百只苍蝇覆盖。

井里泉水充足——
铸铁的连杆
把水泵向高处
借由那水压
摆脱引力的束缚
随时喷涌而出，
灌满厨房的水槽。

某些在睡袋内度过的夜晚
蟋蟀声此起彼伏在草场的露水间，
漆黑的天际白星纵横闪烁，
昏昏欲睡，我竖起耳朵仰望星空
直到眼皮闭合，当我在凌晨四点
的沉寂中醒来，天空已变化了它的模样，
新月高悬照亮林地。
上周某个冷夜
夏天消失得无影无踪——
老树上的苹果变红
番茄也红了，映着翠绿的藤

青南瓜躲在巨大的枝叶下，
玉米粒披着绿油油的外衣，
睡袋被晨露打湿
林边那棵树的叶子红了！

风声再大些吧！多来一些激情唱出甲壳虫乐队的旋律！

夏天就要结束，猪儿又白又肥
重量可比乔治亚州
雷·布雷姆泽三岁大的孩子
在后腿上抓挠着别咬我牌驱蚊剂引起的瘙痒，
侧向一边，发出甜蜜的呼噜，
闻着草根的香味，肚皮柔软而温暖。

爱尔德里奇和他的保镖一齐被放逐到阿尔及尔
里瑞于一间铁牢里沉睡，
约翰·辛克莱在马奎特被关了一年
报纸一天天变得愈发暴力——
战争恬不知耻的炸弹
从印度支那到明尼阿波里斯
读着这些字里行间的谎言
与监狱里的拷打
我的肚子一阵难受——
沙发上呼吸急促
拂晓床边的孤寂——
在水槽里洗碗，喝茶，煮蛋——
在城市里沉思着
那沿着被油膜与化学细菌覆盖
的哈德逊河二百英里外
数百万的受苦人

隐士艾德下山时
折断了一根枫树枝
把绿色的嫩叶送给红眼兔子。

桦树枝下，豚草与草叶片间
黄色的蘑菇萌生——
吃下它，你会死去或者达到高潮见到上帝——
等待衣着讲究的霉菌学家前来拜访。
冬天就要来了，快快建造粗木栏
堆满马粪，热气腾腾的马粪，
在房子的四周。

牧羊人与牧歌！
世界开端是赫西奥德，
维吉尔在尽头等待——
卡图卢斯在远离御林军的乡下
为人口交。

帝国过于庞大，城市过于疯狂，垃圾遍地的罗马
满街是喝醉的士兵，肥胖的政客
与马戏团的经理——
农场的生活更安逸，更健康，在意大利你可以喝
你自己酿的葡萄酒，在美国抽自己种的大麻。

排水管生锈的顶端下是两英尺深的池塘——
梯牧草已变黄，盖着新撒的肥料
阵阵浓郁的甜腻，
数月后它将被白雪覆盖。
里瑞会在圣路易斯奥比斯波身披白雪吗？

他思想的雪花在全国飘散。

共济会员唐·温斯洛可参观过地下室
我们可能隔出一间根须丛生的地窖
供以储藏土豆，甜菜，胡萝卜，
小萝卜，防风草，装玉米和豆子的玻璃罐
办丧事的人会在下一个冬天来看我们吗?

黑色的苍蝇在唐金属网上爬来爬去，
苍蝇的腿弄痒了我的前额——
"我要把苍蝇的腿当长笛吹
敲响蚂蚁肚子的鼓"
唱起印第安盖丘亚族的歌
抽胡加的鼻烟，中世纪
秘鲁的二甲基色胺。

菲利普·维纶在日本
搅拌着米饭，眼望着花园，
笔记本边放着削尖的铅笔。

杰克在洛厄尔翻动着充满蠕虫的土地，擅长
潦草的笔耕。
尼尔的骨灰放在一张堆满书本的桌子
橡木的抽屉里，
阳光洒进郊区的窗户。

风呵！旋转起发电的轮盘吧，制造饱含电力的果汁
驱动崭新细腻的噪音录音机，我会前来唱诵
你那树的旋律。

咯吱作响的滚滚叶波与贫瘠的豚草，黑色柏油毡
微微颤动的塑料布覆盖着堆积的椴木
汉密尔顿·菲什在给国会的信中
建议"以更强硬的法案抗击街头巷尾的尘烟"
在床边挂满尘埃的蜘蛛网上摇摆。

风车能产生多少安培的电力？我们可否用尽明日
记载最高最完美的智慧，
或下一周布莱克应接不暇的男学生？

美妙的斜风细雨冲刷着灰色的门廊
可回收使用的姜汁汽水瓶子
散落在木栏旁，白漆脱落
裸露处如点点橘色的花蕾
花园里，雨
落在青草，树叶与屋顶上，
落在洗衣房。

*

晚风唏嘘穿过阴沉的枫树林
煤气灯的光
在农舍上层的
玻璃窗点亮
厨房中似有风在流动，空空荡荡
之字形的仙后座
云中时隐时现的银河

9月4日

小猪尖叫着，尖叫着

四蹄僵直立于草地
尖叫着尖叫着
哦不！哦不！
它的下巴在滴血
已被马蹄击碎。
整个午后都在稻草堆里睡觉，闭着双眼，
猪鼻子放在蹄子中间——
吃流质的猪食——再过两周
他脑袋的伤就会痊愈
穿工装裤的兽医说道。

满身泥泞的鸭子坐在门口
从六月到劳动节，孵出
三只黄色的小雏
等到我在车库旁看到时
只剩干瘪的皮骨——
与两只未孵出的蛋，晚风渐有凉意——
下周，把她的窝
移到喧嚣的鸡舍去吧。

我们把狗妈妈埋在了苹果树下——
她一身斑点的女儿罗陀
过来嗅着她浮肿的尸体，苍蝇
在眼球与干枯的鼻孔边嗡嗡乱叫，
甜腻的腐败气息，四肢僵硬，肛门松脱，
悲伤的眼中仍存留那辆致命的牛奶卡车。

人们在河里捞起过多少具无名尸体
只为寻找古德曼切尼与施韦尔纳？

丈夫和妻子,在顶楼哭泣
尖刻的言语过后,
是低声的威胁。

越南那些折断的腿!
在天堂里凝视的双眼,
在人间哭泣的双眼。
数百万具痛苦的身躯!
谁能与这种意识共眠
又心胸坦荡地在日出时醒来?

田园生活是一个谎言!
疯子们培育着巨型有机绿皮南瓜
为芦笋施肥,煮熟冬储的番茄,
风干豆类,腌制黄瓜
令其充满甜味与蒜香,用盐渍卷心菜做成德国酸菜,
把新鲜的玉米装进罐头,为贝西牛挤奶——
玛丽·安托瓦内特已经准备好了挤奶工的制服,
在去往绞刑架的两轮车里
罗伯斯庇尔的眼球挂在脖子上——

黑豹党在帕特森被打得满地找牙,
红色的血凝结于毛茸茸的黑色皮肤——
数百万具痛苦的身躯!

一个接一个剥着橘子剜去柔软的马铃薯瓢虫
棕叶干枯清脆
把他们丢到煤油里,
或用小石头碾死在地上——

八 美国的陨落(1965—1971)

登月火箭拍摄地球的照片，如孔雀般绚烂，
钉在木头墙上，
漆黑的苍穹
转动的眼球沐浴在云的涡流中——
地球母亲可受到了惊吓？
她知道么？
哦不！哦不！连绵不绝的悲鸣
来自于那头猪
"别咬我"在后院
歪斜着它血淋淋的额骨。

山坡上的松树林地
印第安和平的烟管弯曲穿过干枯的松针，
半透明的霉菌，半金属的花朵

青蛙半掩于泥泞的浅滩
小鱼翻起银波的水面下——
凝视着我们的宇宙——
这里有太多的鱼蛙，虫豸蜉蝣，沼泽的蕨草
——太多的以西结式滚动的蜻蜓
悬停在古老铁杉的根须旁——
当人类离去时，它们岿然不动

在凌晨两点的滴答声中醒来
我梦见了什么
可是我的身体
亮起警灯穿过泥泞的街道？
是法官的狗在田地里嗅寻大麻的种子？
他们会不会发现我从窗口扔出去的
小小的棕色纽扣蘑菇？

在我读这首俳句之前?

早上四点
肋条颤抖双眼睁着——
低沉的嗡嗡声穿透了房子——
是风车的呼啸?是山顶雷达的碉堡?
是山谷五英里外闹市中的车流?
国家机器何时将派来警车集结在
国家公园的松林边?
从窗户探出头——猎户星明亮的排列,
昴宿星与北斗无言地闪亮——

浴袍,手电,这个月的银河
在我房子的正上方湍流不息
——可还记得去年秋天金牛座挺立的牛角?
牧羊草场里白色的兔子,越过了铁丝网?
在手电的光柱里蹦蹦跳跳地跑掉?直到
上帝般的牧羊犬醒来?
回来吧!他会咬你的!这里有一片绿色的天才叶!
噗呲!噗呲!噗呲!

阁楼的窗在树木间发着光,
云儿飘过镰刀一样的月亮——
黑暗的天空里点点闪亮
星星与蟋蟀四处散落
激动的哨音闪联
吱吱地眨着眼睛
黄聪的行星中
和风寥寥嘶鸣——
草蜢在秋草冰冷的露水上

唱着它们的爱之歌直到死亡。

　　　　　　　　＊

清晨，白兔已经僵硬，双目紧闭，
肚皮朝天倒在草坪上，牙齿突出，
旁边是肥料堆——挖个洞埋了他吧
——应该在白天把他介绍给狗认识——
瘸腿的杰克赶着鸭群
打量着它们——
所有的蛋都已无法产生后代，
在石头上砸得稀烂，散发着
内脏湿漉漉的臭气与腐烂喉咙的痰味——
满身泥污的鸭子妈妈，
拖着稻草巢
啄食着我手腕的皮肤，
整个中午走来走去嘎嘎叫着
钻过铁丝栅栏

她旁边的猪醒了，
大嚼着多汁的甜菜，死死地趴在门廊的木头上
把断掉的下巴忘得一干二净——

晨露，轻盈的树叶与向日葵的花瓣
被不速之客从粗粝的茎秆上剥落，
这是谁干的？去修理铁丝的篱笆
已经太晚，通人性的贝西牛在月光下游荡。

里瑞爬过了铰链的围墙与编成双股的
铁丝网

本周末,"持械的危险分子,"
伴随着天气预报员做出预示!
革命开始了么?第三次世界大战降临了么?
希望窗户上,钥匙孔里或
他白发苍苍的脸紧贴的步枪瞄准器中
没有恶魔窥探的眼睛吧!

半弯月亮在美国升起,
散落于山间的树叶隐隐现出红色,
下面的牧场奇异的树橙色的额头里在惦记着
秋日的松林——
林边的枫叶红得好像着了火一般
澳大利亚的土著永恒的时光之梦即将成真——
曾是那东坡上的熊,老铁杉下的狐狸,
曾经是水獭——甚至浑身是毛的猛犸象也在
永恒的时光之梦里——
里瑞就在外面世界的森林里——蟑螂可免于
辐射的侵害?
理查德·尼克松打算终结人类的世界,
我们有的是自杀的机器,
在这星球的丛林间为蒂莫西·里瑞祈祷吧!
唵嘛呢叭咪吽
礼赞克利须那!
"免我们的债,如同我们免了人的债。
愿你的旨意行在地上,
如同行在天上。"①
贝西啊,你吃掉了我还未出生的太阳花!
"上帝从不重复自己",哈里·史密今晚来过电话。

---

① 《圣经》中主祷文中的两句话,顺序有颠倒。

我们可能不会回来了,理查德·尼克松。
我们可能不会回来了,亲爱的隐士蒂姆。

彼得可会修好水槽的手泵?地下室结冰了么?
后院的草散发恶臭,如果厨房的污水
排放到化粪池,细菌可会死于
肥皂,氨与煤油?

要么丢掉那台老拖拉机,要么修好它吧!
车库边的纸板箱在雨中渐渐腐烂!
苹果树下有间倒闭的老报社!拆了它
作柴火吧!
我们在哪里可以储存夏天剩下的瓶子?
气泵,损坏的曼陀林,旧轮胎——
丑陋的后院——那些车库的搁板!
胡乱堆的木材看上去有什么方便?
买发电机的钱在哪儿?冬天该把拖把放到哪里去?

里瑞正在逃亡,辛克莱十年前就放出来了——
尽管全世界百分之三十八非法的鸦片
正在中央情报局于印度支那的大脑中发酵!
联邦调查局全国麻醉品管理处叫卖着毒品——
尼克松从黑手党手里得到了一顶安全帽,
五角大楼公共事务部在公元 1969 年发放了一亿九千万
的贿赂。
　埃德加·胡佛是个性成瘾的敲诈犯,
《时代》杂志同情"理想主义的学生们"
警察杀了四名黑人,于新奥尔良
这法西斯美国的一部分:——

警察掌握了城市，而不是市长或哲学家——
警察，只有警察，犯下了多数罪行。
预防性拘留法案已在华盛顿通过
墨西哥与塞内加尔拒绝长发飘飘的亚当入境
许多的苹果在果园里荒废，
而今夜的晚餐，苹果酒又是如此甘甜——
煎过的洋葱和卷心菜——
水井满溢，液压泵
终于再次正常运行，
牧歌！城里洗衣店去污剂中的磷酸盐
污染了斯奈德清澈的小溪——
有一个美丽的男孩在房中与我为伴，
学习键盘的乐符，和弦，再即兴表演
于午夜自由地在布莱克的祷文上驰骋。
赫西奥德记录了文明的开端
我记下不会再有人读的结局。

向众神致敬，他们赐予我们意识。
向众神心中人子的意识致敬！

狂风骤雨！
整个坡地变成了湿漉漉的金山，
树叶之死开始了，全世界的九月
一成不变地在枫叶上显现
屋外听闻山羊的铃铛声，无所谓，
花园里也没有什么可以吃的了
牛已经踩烂了甜菜——
狗听到了什么？
鸟鸣与鸡叫混在一起
久久在房间的四壁发出回音

文明正在崩塌！冰箱的冷冻格
温温吞吞，谁知道为什么？
年久失修的厕所从脚后跟的地方渗水——风力
发电机软弱物理电池几近耗尽停摆——
数百只长了黑斑的番茄
在厨房的柴炉附近静静等待
"毫无意义！毫无意义！暴雨向海洋奔袭！"
凯鲁亚克，卡萨迪，奥尔森，都已归于尘土，爱尔兰佬里瑞
正在逃亡的车上，
从纽瓦克到阿尔及尔都有黑魔法师暴怒的厉嚎，
我们的垃圾桶里堆了多少的罐子与酒瓶？

1970年秋

上师唵

1970年，10月4日

汽车车轮在高速路的水泥地上咆哮
达拉斯夜色已浓，双塔在镰刀般的月亮下闪现
许多姑娘和小伙子因为他们的身体诗歌与愤世嫉俗的思想被投进监狱
我的肚子空空如也，叹息声直入我的心房
上师唵上师唵在宽阔的胸中不断蔓延
上师有着人类棕皮肤的肚子与阳具长发白色的胡子短发橘色的帽子面无表情
这种极乐独行而至与我的身体无关但令上师唵永驻我的心灵
我是否应该拨响那些纽约的电话告诉我的朋友们我在何处沉默不语
我是否应该敲醒我的脑袋，命令我的声音归于沉默但是
我这双目紧闭的身体巢穴是多么的巨大，沉默如羽毛般柔软啊
进入身体是困难的，那肚子里装满了恶臭的气息
身体正在消化上个周末的肉惦记着抽不到的烟，男孩闪亮的双眼
当迷幻的八个小时等于八个小时"唵"连绵不绝地吸引着注意力——
上师等于追寻者口中的"唵"
上师上师上师上师上师上师上师上师西塔拉姆阿穆卡王

侯微弱地连祷明示出
　　"放弃恋童的欲望"
　　德霍拉哈瓦·巴巴坐在恒河上，人们说他用呼吸法吃喝
　　尼提安南达飘过他巨型画像的身体
　　巴巴吉的手那死者的手被我这死者的手指紧握
　　飞机舷窗外棕色的烟气升上天际蔚蓝的海面
　　——如何达到这头脑中诗意的电影的尽头？
　　如何告诉卡比尔·布莱克与金斯堡闭上他们的耳朵？
　　被沉寂包围的无形无意的上师等待着用"无"填充他的身体
　　我正慢慢离开这个世界，我会闭上眼睛，休憩我的舌头
与手指。

1970 年 10 月 5 日

　　心无怨恨地看着这座城市
　　月亮橘黄色的边沿沉向了蓝色的云海
　　又是一个汽车咆哮着向那地平线元端闹市的高楼前进的夜晚
　　飞机在月亮和银行大厦闪烁的航标灯间飞行
　　内涵电光的迷雾在人类灯火点点城镇上空弥漫
　　这心灵的城市以固态的方式显现。
　　从远方的大厦窗口望去，是何种的岁月流逝堆砌出这样
的城市
　　炽天使在希尔顿酒店的扶手椅中体会到何种巴比伦式的
似曾相识？

1970 年 10 月 6 日

　　达拉斯的大厦堆砌着石块纠结着钢梁那点点电光在上弦

月之下闪亮

一辆辆汽车在嘲鸫大道上撞毁,药店与超级市场的招牌那无声的引诱

在中北高速路不停地旋转

里瑞身携利剑翻过围墙,艾洛·佛林已长眠于大地,旗帜与炸弹在达拉斯的证券交易所上空飞翔

石油从希尔顿的水龙头里洶洶流出,汽油燃烧的废气将迦乃士普里的苦楝树林窒息——

玛雅在橡胶轮胎上旋转,轮回的玻璃巨厦亮起霓虹,幻觉之门被铝质的铰链拉开——

我的母亲本应去练瑜伽修得昆达里尼①,而不是身穿紧身衣,在罗斯福生日那天被联邦调查局电击——

身体的哪个部位包含拇指大小的身躯,他们告诉我说:脖子

半个拇指关节大小黑色的因果体在何处,难道藏在心脏中?

小扁豆大小的宇宙尸身藏在何处,是否是那肚脐上蓝色的污渍?

所有战争中的生灵都以肉身出征,铁甲的战车与燃烧弹,步枪与燃烧的茅草屋,华尔街的权杖,催泪瓦斯在崩盘的股市泛滥。

看看这脑袋的厅堂,神经紧张的腿的厅堂,宇宙在胸中朦胧婴儿的国度安放于头颅

---

① 在瑜伽文化中代表被唤醒的能量。

"你看过这场电影吗?"

老枫树多毛的躯干把根须从沥青地延伸到草场的边缘,十一月的枝杈上罕见地生着树叶,

长着木腿的巨大的电缆塔伸展出的电线穿过了池塘森林与高速路,白太阳西沉于山的彼端。

汽车驶过交叉隧道,广播里嚷嚷着"在法庭里鲍比·西尔手脚都被捆住嘴也被封",已否决了律师的无罪推定吗?

用MDA这爱的麻醉剂治愈毒瘾?一英里外罗契斯特出口的标志在大众汽车的车窗外闪烁——

蓝天镶着云朵的流苏如鲸鱼般幽兰的鱼群向着北方飘飘荡荡——

跛扈,跛扈的曼森在法庭上叹息,议员先生,有多少人因为大麻而入狱?

高速路大事故!政治!警察!毒品!经常被持械洗劫的东十街,不可能有人愿意卖给它们保险。

——优雅的棕鹿绑在行李箱里鹿角伸出蓝色的车尾眼睛还未合上,老家伙们坐在前面,他们准备把它吃掉!

救命!好哇!这里发生了什么?轮回?幻觉?现实?

这些拖车上山去做什么,怎么人越来越多?莉卡如何能安睡?

乳牛在卡南代瓜的田野间向那用橡胶不锈钢和塑料制成的自动挤奶桶里分泌着奶水——

革命性的自杀!车里烧着波斯人的汽油?

消灭鲸鱼与海洋?啊,一个像我一样的美国人会向湖海排泄出一千倍的化学废物相较于任何一个中国人而言!

如美国自取灭亡那将治愈这个世界的癌症!包括那个依

赖化学品、汽车、美钞、金属可乐罐液态丙烷电池大麻莴苣鳄梨香烟圆珠笔与牛奶瓶的我——别忘了还有电力

纽约市甩不掉的习惯，从梦魇般炙热的街道去除那些十年间吸食着电力的空调机几乎是不可能的事

庞然大物非原子能的热电污染。唵。地球这地方有多少的生灵中毒饱受农药的残害？

啊，秃鹰与蓝鲸哀怨的猫鸣——啊，哭泣的鲸鱼在海里发出绝望悲号的声波！

将你王国的歌唱给充耳不闻的美国吧！将你黑色哭嚎的电波射入太空——

在已死的美国嚎叫吧！亚哈船长有没有愤怒地咒骂像他猛然丢下鱼叉

向着地球母亲的身体，向着白鲸这自然界的化身，

在被油罐污染的病态水域那智慧痛苦无辜的广袤中垂死挣扎？

所有北越的炸弹坑都将表层土毁坏在老挝暗中投下的炸弹比第二次世界大战还要多！

湄公河的沼泽被孟山都五角大楼学院的死亡之脑污染！

是哪种智慧教给他们犯下这样的事？哪个黑手党集团控制着新泽西？哪个又和联邦调查局的埃德加串通一气？

什么是仙蕾的威士忌的商人弗莱施曼的胡佛研究所？

何种鸦片夹带在中情局特工的行李里穿梭于西贡，曼谷，雅典和华盛顿？

何种麻醉上瘾的特工不需要狗屎便能生活？

何种银行的钞票创造无价值的服务供给孤儿，寡妇，僧侣与哲人？

或者说何种银行的钞票服务于在寡妇的花园铺就沥青的不动产？服务于五角大楼衰老的尼克？

印第安长者的预言中确信鬼魂舞能传播和平恢复牧场与野牛或白人佬的先祖

八 美国的陨落（1965—1971）

在他的梦中被回归的牲畜那雷霆万分的再生之身踩踏致死！

啊，糟糕的人类！我们对世界做了什么！啊，人类，你这地球母亲的资本家剥削者！

啊，虚荣卑鄙的人类奴役着金属的奴隶，在伊利湖边，在无比温柔的帕塞伊克河与被金钱熏臭了的哈德逊河！

拉克万纳的投标腐败事件败露，水牛城新闻的头条丢在橡胶地板上，汽车振动着向宝石红的落日林边宁谧的黄昏平稳前行——

广播发出嘶嘶声和断断续续的词语仪表板后混合着杂音的音乐——每分钟都是天启的摇滚乐！

因为滴滴涕，褐鹈鹕的蛋壳变得柔软。北欧海豹的肝脏已经中毒。难道2000年的海洋将是生物的坟场？

电视公民地球的百分之六居民：美国人。却消耗着星球一半的资源如同锡拉丘兹的通用汽车侵吞的那样。仅靠着华美达酒店八条车道高速路的出口就是那电力驱动的阴郁的机器人宫殿。

超大号卡车在有着大摇大摆的金属过客经过的地表干裂的河岸边静静沉睡，

电缆的高架桥下，金属垃圾在地表闪亮——

树木幸免于难，将目睹下一个复活节无声而沉闷的庄严——

车灯点亮，西部大道尽头黯淡的黄昏落向这机械般永不停息的国度。

1970年11月

密勒日巴[①]体会

我是谁?唾液,
菜汤,
空空的嘴?

麻烟,深吸
屏息,呼气——
尘埃般轻逸。

[①] 喜马拉雅山脉养育的诗人、歌者,藏传佛教噶玛噶举派第二代祖师。

在拉勒米

西方世界的空中之船
在积雨云中起起伏伏
下面是烟灰色的洛基山脉
初春点点的雾霭,
看看外面的丹佛,艾伦,
别再哀念尼尔,
过去鬼魂的爱终会散尽
新的生命将在平原上雀跃,雨
冲刷着洛基山的山腰
人间在太阳的注视下显现
世事多变,夏安族人干燥的高原
已是高速公路横行之地
我的口袋里有一块腕足动物的化石
前寒武纪石灰岩中的蛤
虽然只是指甲盖大小
却已有四亿五千万年

大脑消失,肉体在无数灵魂的转世中
不停更迭,
这有着微妙脊状线的贝壳多么地精致
如同凝固的思想。

——在拉勒米,弗兰特岭
的松树兜着团团白雪,
庞然的水泥巨物将轻盈的浓

裹挟着尘土与毒气
弥漫在红色的平原
散布向新世界

1971年4月12日

比克斯比大峡谷到杰索尔路（1971）

比克斯比峡谷海滨小径词语拂面

小蝴蝶用它橘色镶边的翅膀
拍打着阳光的耀斑
从一朵紫罗兰
到
另一朵紫罗兰

大海是私密的
你必须去拜访她
才能见到她
悬崖下花园中
杜威花的粉红，
苦涩的薄荷，
海边的鼠尾草，
那橘艳燃烧的
笔刷上
点缀着绿颜料的
峨参，
星形叶片的紫罗兰丛，
那有着嫩黄花蕊的
一簇簇蓝雏菊——
红刺的荆棘上
成熟的酸黑莓，

黄蓓蕾的
羽扇豆
脑袋摇摇摆摆
于这暖日的
微风
小河涓涓细流
冲刷着山涧
云为其桥
晨光
轻柔的牛铃
令其渲染
酒一般的殷红,
守护它的是橡树枝
毒油的枝杈
绿色角状的
小小英国繁缕,
生有烛苗大小叶片
的结实的黑茎上
丁香绽放醉人的花蕊
呵,笛声迷离的清晨
荣耀的蓓蕾
萌发
雄蕊黄色的根管
一阵发痒
那是一只六足
的虫
正把它带针的脑袋
伸进分岔处
寻找花粉,
翻过你脉纹密布

花蕊的墙
到那明媚阳光下的
花唇边
再次钻进
你舌头一般的雄蕊那
根部的细管，你的盛放
在日光下
显露无遗——

在你的上方
蜘蛛留下了
他那串
如丝的肠线
明亮地
连起
沫蝉泡沫沾染的
薄荷叶
与多籽的丁香
在新绿树叶间的
星星点点
花岗岩巧妙地
飞走于小径间
黑胡椒豆荚的边缘——
灰岩漏下
种子
灌木枯萎的手指
纠结一起
面无表情
——于绿梗
爆出

嫩芽——
洵洵溪水之上
是飞机
桥梁
水泥
拱形阳台
低垂
任海浪拍打
波涛
从空洞的眼中流出
起伏着
流向远方

清晨与黄昏的幽冥
庇荫桤木的
路边——荨麻有
叶子的双肩
与植物的双翼
孩子的面庞,
绿色的五官
慢慢发芽
芹菜五指张开
治愈一切的手印 ①
对"为何是我"充满疑问。

阳光令枝繁叶茂的柳树
翩翩起舞,
嗡嗡作响的黄毛蜜蜂

---

① 印度宗教和瑜伽修行者用手做出的姿势,象征特定的教义或哲学理念。

长着黑角
弯进一股股的淡紫色
于蓟草嘴边,
杜威生着蛛网的喉咙
绿针的衣领
对称地
小锚架笔直而立
鲜艳地荆棘
在高大的豚草茎上那
阳伞般的花蕾之底生长——
桦木枝上柔嫩的
串串松果
挂在皮革般坚韧的
叶脉间锯齿横生的
叶片之下

红眉甲虫 ①
栖息在埃及
蜘蛛蕨
那柔软地
搭在一起的钉刺
构成的桥
河水棕黄
流淌
矮灌木
麻雀歌唱
棕黄的翅膀

---

① 来自布莱克的诗《天真之歌》中的《神圣的星期四》:"灰头甲虫由此过 / 魔杖洁白如雪。"

鸟鸣回荡
冷水中的鹅卵石
倾泄银光……
被四散的
尘烟
覆盖，那潮气
沾染枯萎的叶片，
被遮蔽的茎管
与一台索尼小电视
电线脱落
电阻生锈的
冷凝器

巨大的
草叶
如茅
牵牛花傍山而生
高悬于空地
所有的树枝都
伸出
芽孢薄如纸的外皮，
蕨类如阳伞流苏
倾轧在一起
笔直的垂立
把蓟草
挤到一边
麦穗低伏倚靠着
海滨小径——

啊，海的白浪

倾泄
饱含泡沫的噪音
拍打在多岩的沙岸
雪佛兰的文书
贴在散热器口上
私家领地
禁止入内
的标识
刻于
木质的横梁

煎鸡肉来自
阿肯色!

蚌壳
带铁丝网的墓地
脚印——
杜威在灌木边
守卫着海边
的小径
用无数绿色星辰般的
树叶纹章
抚育着白墙边的
露珠

电话线
木杆
卡在
滑坡的
土中

覆盖着冰叶松叶菊
绿色的蟹爪兰
三叶草结实的
边沿,
许多粉色的
手指般的花瓣
海葡萄盛放
棕色的干海藻被冲洗着
脉络清晰可见
在潮湿的棕沙上
堆成一堆
聆听着
海的咆哮
等待月球
带来
徐徐的潮汐。

溪涧清泉
直冲过
海滨土丘
与沙的悬崖,
亚利桑那州湿润的
洪水似唇轻触
——悬崖
抚育着最后的
平滑的灰卵石
随雨而泻
那雨是
春季暴风
撒下的尿

从
山林
丘陵的膀胱
小小花岗岩上
黑色的凹痕
炉底石
冲向最后的歇息
海波似
盐渍的口舌
轻轻抚弄
涌进
沙的喉咙
河床
留下残沫
咽回点点气泡
从那铁制
汽车的腐锈
车厢下
海藻的茎管
与棕色的底盘，
一只黑色的
橡胶轮胎
在沙地上
已被刺破
不停冲洗着岩石
哦，凯鲁亚克
你报废的
汽车正被
这沙滩
浩淼无情的

鸡的
咸水
消化
海的砂囊已饱餐
无意识的
大理石岩——
夹杂在泥石流
倾泄于
路面！
到海崖
突起
的石尖

啊，看这条
海藻的
巨蛇
甜菜静止的绿脑袋
与莴苣的毛发
向前延伸
粗手指般的尾根
附着海藻的花纹
朵朵涟漪
拍打着浮沫
无言的话语——
这巨藻
可有思想
那爱因斯坦的毛发
无面容的一团

啊，父亲

欢迎!
海豹
从波涛下
探出头来,
黑脸上的圆眼
凝望
于水面
漂浮不定!
请再回来吧!

白色的
巨浪席卷
从灰色的朦胧中
鸟儿啸聚
岩石生出泡沫
浮于海面
那
地平线
湿润而
皱褶的
皮肤
如祖母
海的裙边
隆隆席卷着
鹅卵石
与耳朵间
丝丝的银发

1971 年 5 月 28 日

谁炸的!

一

谁炸的?
是我们炸的他们!
谁炸的?
是我们炸的他们!
谁炸的?
是我们炸的他们!
谁炸的?
是我们炸的他们!

谁炸的?
你炸了你自己!
谁炸的?
你炸了你自己!
谁炸的?
你炸了你自己!
谁炸的?
你炸了你自己!

我们能做什么?
我们该炸谁?
我们能做什么?
我们该炸谁?

我们能做什么?
我们该炸谁?
我们能做什么?
我们该炸谁?

我们能做什么?
你炸的!你炸的他们!
我们能做什么?
你炸的!你炸的他们!
我们能做什么?
我们炸的!我们炸的他们!
我们能做什么?
我们炸的!我们炸的他们!

谁炸的?
我们炸的你!
谁炸的?
我们炸的你!
谁炸的?
我们炸的你!
谁炸的?
我们炸的你!

1971年5月

二

为什么要炸?
我们不想轰炸!

为什么要炸?
我们不想轰炸!
为什么要炸?
你不想轰炸!
为什么要炸?
你不想轰炸!

谁说要炸的?
谁说我们必须去轰炸?
谁说要炸的?
谁说我们必须去轰炸?
谁说要炸的?
谁说你必须去轰炸?
谁说要炸的?
谁说你必须去轰炸?

我们不要炸弹!
我们不要炸弹!
我们不要炸弹!
我们不要炸弹!
我们不要炸弹!
我们不要炸弹!
我们不要炸弹!
我们不要炸弹!

为唐·切瑞与艾文·琼斯而作
1984年6月16日,纽约

九月,哲索尔的路 ①

数百万的婴儿看着天空
肚子浮肿,眼睛圆瞪
在哲索尔的路上——竹条搭成的茅屋
没有厕所,只能蹲在撒着沙子的沟渠

数百万在雨中的父亲
数百万在受苦的母亲
数百万的兄弟正在烦恼
数百万的姐妹无处可逃

一百万的蚂蚁正在挣扎没有面包
一百万的叔伯正在为死者哀悼
数百万的祖母陷入悲哀无依无靠
数百万的祖父已在沉默中疯掉

数百万的女儿满脚泥巴
数百万的孩子在洪水里挣扎
一百万的姑娘哀叹又呕吐
数百万的家庭不可救药地孤独

数百万的灵魂一九七一年
无家可归者在哲索尔路上

---

① 诗人旅行至此地,遇到了成千上万的从东巴基斯坦逃出来的难民,他们挤在这条孟加拉与加尔各答之间的路上忍受着洪水和饥饿。

头顶着灰白的太阳
一百万的人已死，另一百万的情况
是从东巴基斯坦向加尔各答流浪

出租车驶过哲索尔九月的路
骨肉如柴的牛拉着满车碳木
经过水田与积雨的沟壑
树干上的粪饼，塑料顶棚的农舍

长长的队伍拖家带口地走着浑身湿透
沉默不语的男孩长着营养不良的大头
骨瘦如柴，眼神呆滞
披着人形伪装饥肠辘辘的黑天使

母亲蹲坐哭着对儿子们指指点点
细瘦的腿如老修女一般软绵绵
枯干的双手合十放到唇边祈祷
于此停留的五个月来很难吃饱

坐在一张毯子上还有一只空水瓶
父亲举手示意，表明他们的处境
眼泪从母亲的眼中涌出
苦难令妈妈如玛雅人般痛哭

两个孩子在茅屋的阴影中
眼望着我，懵懵懂懂
口粮分配，扁豆是每周的施舍
奶粉为厌恶战争的婴儿带来些许平和

没有蔬菜，没有钱，父亲没有工作

口粮吃上四天孩子们便要轮流挨饿
三天后万不可狼吞虎咽填饱空腹
吃得过快一定会反胃呕吐。

啊哲索尔之路，母亲伏在我膝边抽泣
用孟加拉的口音哭着说：先生求求你
身份证丢在地上已裂成几块
丈夫仍在难民营办公室的门口等待

看着玩耍的婴儿我泪如泉涌
那些人对我们说再也没有食物提供
我赛璐珞的包里只剩下最后一口
无邪的婴孩演绎我们死亡的诅咒

数千名孩子把两个警察簇拥得动弹不得
他们推推搡搡等待那每日口粮的快活
警察手持长长的竹棒哨子含在嘴里
击打着孩子命令他们排队停止饥民的诡计

跳到最前面，冲破了队伍
钻进圈里偷走一头瘦弱的家畜
两兄弟狂奔不停步在泥地上跳着舞
警察吹着哨子追赶他俩满脸暴怒

谁知道孩子们怎么会挤在这里
笑着打闹为了一点空间你推我我推你
他们为何满含快乐与恐惧困于迷茫
为什么由这所房子发给他们口粮

那个男人哭着从发粮的办公室败退

数千名男孩女孩注视着他张开的嘴
是喜悦？是祈祷？
他说："面包，今天再没得给"
数千名孩子一齐尖叫着"万岁！"

跑回帐篷等待中的一家老小
小小的信使抱着美国的面包
今天再没得给！痛苦的孩子
居无定所，他已开始拉肚子。

数千的枯槁数月来营养不良
是痢疾污染了他们的肚肠
护士出示病历卡写明肠球菌
悬而未决，也可能是氯球菌

难民营有几间草棚给他们看病
母亲细瘦的膝盖上躺着新的生命
一周大的小猴子风湿的眼睛
肠胃炎败血症将带走数千的魂灵

坐着人力车九月的哲索尔路
难民营五万个魂灵划过我的双目
洪水里一排排的竹屋
和排水明渠，一个个湿透的家庭在等待食物

边境的卡车困于洪水，食物不能及时送达，
美国天使的机器请快快来吧！
我们的邦克大使要向哪里出动？
他的赫利俄斯可在用机枪扫射玩耍的孩童？

美国的医疗直升机正在何处盘旋？
他们是在曼谷的林间偷运毒品的走私犯。
何处是雷霆万钧的美国空军？
他们日日夜夜在老挝北部投下炸弹的集群？

何处是总统黄金打造的部队？
那亿万巨富的海军慈悲又无畏？
将带给我们药品粮食与宁静？
还是用凝固汽油弹轰炸北越制造更多的不幸？

我们的眼泪在哪里？谁会哭泣，为这些痛楚？
这一个又一个的家庭在雨中能去向何处？
哲索尔路上的孩子们双目紧闭
我们又能去哪里睡，当父亲有天死去？

为了获得照顾与白米，我们该向谁祷告？
在夹杂着污秽粪便的谎言中谁会送来面包？
数百万的孩子在雨中独行！
数百万的孩子在苦痛里哀鸣！

发声吧用尽你们全世界的舌头为了他们的苦难
发声吧就向着那我们不知晓的爱大声呼唤
发声吧释放出你们电击的痛
发声吧在意识清醒的美国大脑中

我们有多少的孩童在此离散啊
那些变作冤魂的姑娘是谁家的女儿？
我们的灵魂为何已是如此冷漠充满伪装？
如果你有胆量，为什么不痛快地哭泣与歌唱——

蹲在茅草屋砂井边的泥地里哭泣
睡在水泥管里躲雨，处处是粪便的土地，
在抽水井旁等待，这是全世界的灾祸！
是谁的孩子仍在他们母亲的臂弯中挨饿。

过去的我怎么对待的自己？
诗人苏尼尔，我该如何脱离这步田地？
难道把他们丢在身后，不给一分钱？
难道我还能继续对耻骨间的爱有所留恋？

我们为什么要那么在乎城市与汽车的存在？
用我们火星的食品券，该如何继续购买？
有几百万人坐在今夜纽约的餐桌旁
享受烤猪肉筋骨之间的芬芳？

有几百万的啤酒罐高高举起
在母亲的海洋面前？她又花费几许？
雪茄石油与沥青汽车的梦魇
令世界发臭，星光黯淡——

用你胸中的一声叹息终结战争
尝尝你人类眼中的泪水迷蒙
怜悯我们吧，你看这数百万人如鬼畜
在全球的电视中不停地轮回饥肠辘辘

还要有几百万的孩子白白送命离开人间
在我们的好妈妈感觉到伟大的上帝之前？
还要有多少由父亲们奉献的税资
重建的武装部队在吹嘘他们射杀的孩子？

有多少灵魂在痛苦中穿过玛雅
有多少孩子在虚无缥缈的雨中
有多少家庭眼洞空空?
有多少祖母不知所终?

有多少爱情得不到面包?
有多少姑妈有血洞在她们的后脑勺?
有多少姐妹脑袋落地?
有多少祖父双目紧闭?

有多少父亲痛若苦疮
有多少儿子徘徊迷茫?
有多少女儿食不果腹?
有多少舅舅双脚浮肿满含痛楚?

数百万的孩童在疼痛
数百万的母亲在雨中
数百万的兄弟承受苦疮
数百万的孩童徘徊迷茫

      1971年11月14日至16日,纽约

九

思想涌现之息

（1972—1977）

荣耀如同悲伤的尘土（1972—1974）

艾尔斯巨石，乌卢鲁歌谣

当那红色的池塘满溢便有了鱼
当那红色的池塘干涸鱼就消失。
沙漠中所造之物终会粉碎化为尘烟。
电缆与输电线扫荡一空。
蜥蜴族人逃出岩石的缝隙。
红袋鼠的族人忘记了他们的歌谣。
只有生有四肢的人类才有能力横穿辛普森沙漠。
一场雨令红色的沙漠绿意盎然。
一滴雨水萌生一个宇宙。
雨滴蒸发时，便是世界尽头日。

1972年3月23日，澳大利亚中部

沃兹涅先斯基的《无声鸣唱》

那枝叶繁茂的树杈间定有数以千计的美妙果实正瑟瑟作响,
画眉鸟啄开种子外壳的声音好似水晶银铃在美国此起彼伏,
这是一种奇异的无声鸣唱。

这无声的钟琴正在敲响,不是为大街庆祝什么
而是带来一些食物依稀存在的证明——
不是奇迹,是数百万饥饿的灵魂
无声的鸣唱。

这鸣唱默默地通报着远方
隐居的画眉那场狂欢的盛宴之音
如同数千名歌者手中的响板
或是遥远的莫斯科数百万的钟
——如梦似幻的集合体———代风气。

画眉公社啊不要害怕大扫帚,
你的鸟群延续着那古老的传统,
现已在美国遍地开花——群婚;
可是某些独裁者正将这小小集体打压,你们还不够强大!

一名沉默的个人主义者从头到尾的装饰
如棺材一般,公然抨击你们在床上折腾的小集体——

但他自己的老婆每个手指上都戴着戒指，
在那群婚的仪式中激动不已。

这温柔的一群唯一的敌人如此卑鄙
扫除这些乱吠的寄生虫吧——无声地，无声地——
人人都有能力敲碎骨头，或像猪一样嘶叫
但没人有办法击败你们这无声的鸣唱。

斋戒的纽约与悉尼的小妞们——
感谢布里斯班的鸟与芝加哥的画眉
为你们那无声的鸣唱——你的城市与树林的
叶瓣颤抖摇晃犹如
拜占庭十字架上纯金的花饰。

或许某天我们的后代
将提起这首诗——那家伙唱了些什么？
我没有敲响哈里路亚的铸钟，我没有摆弄铿锵作响的脚镣
只是这无声的鸣唱。

与安德烈·沃兹涅先斯基共译
1972年3月26日至29日
澳大利亚达尔文市凯恩斯港

这些州：迈阿密总统竞选集会

一

费城的光芒蒸腾于
云朵之下
绿色巴比伦的炙热挑逗着雨，
闪电，烟雾聚在
这活跃的城市——喊叫，货车的
震动，广播天线，街上结实的
电车在硫磺的水雾间闪闪发亮——
飞机滑翔至迈阿密海滩
大西洋沿岸蓬勃的都会

剧院的金钱使闹市生出红色的脓疮
酒吧招牌上针眼大小的灯泡
在云遮雾罩的
丝绒般的地平线的微光中闪烁
看那政治的戏码，游行队伍
向着礼堂开进，穿过闹市艳俗的
闪烁着愤怒词语的古巴霓虹灯，
雅皮士们在这场总统选举中得以幸存！

哀哉，美国，无论谁坐上你空虚的总统宝座
尼克松麦高文未知的某人或恺撒
必须颁布法令终结物质的习惯，

美国正吞下铝质的安眠药
数百万树木的哀号声从运动员俱乐部
地下蒸汽浴室电视的喇叭里划过——
数百万张黄脸通过无线电的呼叫
蓄长发的人在洛基山脉的嘶吼,
美国先知们在坟墓中的合唱
在报纸中反射放大向着
耳朵意识思想
对物质的消费必须停止,
肮脏的点金术将房屋毁灭——
十亿岁的叶片转换成惰性物质
突起物的视网膜里
塑料微粒混合起
角膜白斑中的细胞——

飞过大西洋那点点电光
的屋舍向着政治的战争翱翔
啊！这便是我的咒语——美国那敬畏的喘息——
啊，如烟火般上升
亦幻亦仙地在树顶间黑暗中闪耀
在东区公园的天际，7月4日——
开化的土著用向着新几内亚进发的鸟群
标记他的灵魂之旅
啊！疯人尖叫着
对着空寂的病房中的自己
啊，就像汽车的主人溃败于
他自己的前院
那堆废弃的金属里
啊！离婚的女人走下飞机踏上墨西哥城机场——
啊！此刻我正驾驶着喷射汽油的玩意冲进精妙的

午夜气息中
飞过云烟中的一座座城市
向着另一处治安官们与国家集权
把守的关卡进发
时钟滴答作响已两个世纪
此刻的美国
已渐渐接近这在云朵下燃烧的城市
一阵阵的呻吟声，闹市区
死亡机器的意识。
啊，它在思念花园——

二

哦，平和与愤怒的众神与政客的庆典，庆典
左派和右派！
啊！自由——我们相聚于于此的心灵
散发出的意识呵！
屠杀啊！在美国贩卖着图像
起伏的草场弹坑的照片心灵的
厉嚎与起火燃烧的面颊
眼睛被战争的针头刺透
啊！向着那曾充满感恩的一颗颗心脏
为理解叹息意义的慈悲之人——
啊！为我们灰飞烟灭的爱
啊！为我们制造的悲剧，年轻的尖叫
猪猡警察的自我
为在别处的街道与国家里暴力
与国家元首们
眼中射出愤怒的烈焰——

啊！那样我们就能更好地了解我们，
啊！那样美国便能在
死亡的物质中重生
再超越这遍布沥青与高利贷的沉重身躯
与彼此共处
与城市的怨恨颤抖着
丢下迷幻的死亡恐惧
星球的金属地表上
无爱的气息——或是
绿草茵茵的牧场
在众生平等之地，树林生机勃勃地炫耀着它们
萧萧索索的叶片——
我们在迈阿密的天地间寻找着什么呵
还是以恐惧作为结局
啊！在世界的幻象中庆祝
天空之下男孩儿的欢呼声似有飞机经过——
万物复原啊！
我们的知识与
我们良心的折磨重现——

啊！一起来吧，啊！缔造和平吧！
啊，这身体是何等的轻盈呵
而思想
堆满了中部大都市精疲力尽的呻吟
与其自身的迷茫，

愤怒，爱与战争——伟人们握手致意
这星球的毒瘤已经浸透我们的灵魂——
啊！此地伟大的意识

向我们认知的伟大本质致敬
全体灵魂的叹息,共和党
与民主党一样无意义——赋予我们公民不同的身份
瓜分世纪末的每一天
物质疯狂后的意识
意乱神迷的产品
商业消费
消耗石油的短暂的玩具
塑料,铝
有空调的旅店与老人院中
我们那些颤抖的凡人床铺
为了大黑鬼,联邦调查局中央情报局
民族解放阵线国际电话电报公司苏联与美国
伟大的政府啊机器操纵的国家
在我们头上支配着我们的新闻,
转接我们的电话线传递着文书
为这场魔法的战争,
啊!让我们回到身体警惕而
悸动的四肢,肺叶与心脏
空洞的鸣唱,轻盈无比
我们便知那人间天堂
大同世界瞬息可见

我们的叹息——为那背负着苦难的理解
我们的身体浸泡在疼痛里
啊!我们的愚昧!我们的欲望!
这苦难可有尽头啊,
甜腻的死亡终将包围自我——
我们的叹息——为找寻出路
穿过八正道崎岖的小径!

啊！为了我们在美国打造的地狱，
啊，为了我们栖息的地球！
啊迈阿密的街道，酒店大堂里熙熙攘攘的
集会！啊，为了那肥胖而阴郁的警察——
啊，为全世界被遗弃的哀伤的士兵
啊，为被白宫庇护的疯子
他们梦想掌握这星球的命运——
沮丧的军备？明显在
消耗一切的汽车！伟大的叹息
保护我们吧！啊！为这石油化工产品的乐园，
意识无限闪耀的巨厦
雾蒙蒙的梦中霓虹
为充满魔力的加重语气
催眠的钞票
一只装满叹息的皮夹！
啊！塑料片的信用卡
在垃圾桶里已七零八落
为我们的行当，幻想出的或真实的
啊！啊！啊！
啊，戴利市长，健谈的参议员汉弗莱
在极乐世界中被救赎，啊，劳动者
头顶乳草与金针菜的刻薄鬼，

尼克松与阿格纽二位酋长
头顶附带着新泽西问候的
马齿苋与雪球温柔的蓝色花朵，
华莱士州长身上挂满蘑菇，魔法的
伞形毒菌与裸盖菇素，牵牛花的花环围绕着
头顶月桂和玫瑰的麦戈文和麦卡锡，
我们的身体盖着一层普普通通的绿草，

平民的喜乐，啊
啊！字正腔圆的，未来要当上总统的
不管你是谁，我都要对你叹息一声
啊！为这苦苦营生的共和国，啊，
凄惨的旗帜，颜色尽褪
遁入三界
这篇祷文送给美国每个灵魂
每个身、口、意的公民
啊！啊！啊！

      1972年7月9日，晚10点15分

圣诞礼物

梦里，我遇见了爱因斯坦
普林斯顿春意盎然的草坪上
我跪下，亲吻他稚嫩的拇指
像个红衣主教
仪表堂堂，面色润泽
他说："我发明了一个抽离的宇宙，
如处女般未被触碰"——
"没错，那自体而生的生物"
我引用麦斯卡林的词句
我们坐在这宇宙的夏日晴天里
吃着午餐，教授的妻子
在网球俱乐部里，
一如所愿，我们的相见是永恒的，
我恭敬地亲吻他的拳头
从我没提起的原子弹来考虑
那拳头出人意料地圣洁无比

1972 年 12 月 24 日，纽约

坐禅之思

唵①——那芳香的钱币，音乐与食物均来自中国，一处静谧之地

嘛——无比嫉妒！那五角大楼百万名忠实的追随者有数十亿的美钞准备花在摇滚乐上，饭店内高高的宝座直插充满电子轰炸机的天际——啊！他们多么地嫉妒那肚皮干瘪的越南男孩。

呢——心中的欲望是为了那盯着粉嫩突起物在楼上的卧室里裸体看书的男学生，高中更衣室中的淋浴，在床上伸展的四肢，年轻吉他手的屁股

叭——无知觉，猫喵喵地在窗边叫出极自然的词句，狗吠中迎来愉快的清晨，蟑螂的胡须试探着墙壁，苍蝇四仰八叉地躺在窗台上如死亡祈祷的姿势发出长长地嗡嗡声，人弯腰向着被遗忘的书籍，花蕾在新年的破冰之际迸发萌芽，绿草的嫩枝在融雪下悄悄生长，河内数千张嘴的嚎叫声飘向远方——

咪——空悲切，那醉酒驾车导致的断腿，对下一支香烟的贪婪，我身无分文买不起咖啡，没有一块卢比用来买米也没有不动产我只有腺体里的饥饿我的肚子蹲下马铃薯我的膝盖被坦克压断——

吽——猪猡们的脑袋里有块石头，联邦调查局有一只眼睛与血淋淋的思想和舌头，瘾君子把我的音响和电视卖给了收垃圾的人，我恨那只在我地毯上拉屎的狗，恨外国佬的

---

① 佛教文化中的六字大明咒，作者将六字拆开，在诗前面一部分作为每句话的开头。

天堂，恨他们地狱里的嬉皮士散发着大麻恶臭烟雾迷蒙的城市。

唵——随风而去，诗歌的祝福散落一地将被出租车碾过，独自走过中央公园回家在一片空寂中煮你的豆子看着蛆虫蠕动穿过肉的墙壁——

嘛——盘腿坐下全身放松，用你疯狂的枪械强攻天堂？放弃吧就让天使们独自在好莱坞弹着吉他在山腰厕所的宁静中吸食古柯碱——

呢——和光同尘，对尼尔的爱恋升华成为诗韵，对彼得的爱恋升华为蔬菜园里种下的玉米与番茄——

叭——狗吠！呼唤着思想的上帝！西贡酒吧后巷幸福地尖叫我的妈妈在警察令人作呕的强奸暴行中痛苦地挣扎！我将垃圾箱丢进大西洋飘在父亲的鱼眼那庄严的墓地——

咪——我原理你，阔德·梅约尔[①]秘密的思想警察收买了学生文化自由代表大会并摧毁哈佛与哥伦比亚

校园内的知识分子在印度支那制造空前的大屠杀我们白日梦的炸弹掏空纽约的灵魂——

吽——悲惨的受害者，利刃的寒光，地狱天使曼森尼克松卡莉玛，全世界的警察和他们的黑帮亲密爱人，汽车推销员华尔街经纪人在对石油供应不断紧缩的愤怒中抽着烟，啊可怜的生病的瘾君子啊给你们佛陀鸦片的极乐，给你们修正愤怒大脑的神圣空虚——

唵——空虚之冠，给天灵盖减压编造有条理的思想，让光逃遁到天堂，从心脏浮向头颅，那无缘由的喜乐所在的自由之地——

嘛——净化言语，世界在酒精的享受和香烟的聒噪中平静下来，嫉妒的诅咒加速穿过出租车的城市，精神的癌症猪

[①] 中情局负责拨款给支持美国政府意识形态的组织和个人的负责人，在20世纪50至60年代资助过文化自由委员会，〈Encounter〉杂志等。

的战争狂热的机器——心脏挤过喉咙,那无缘由的喜乐所在的自由之地!

呢——多么无边无际,多么明亮空寂,多么苍老,呼吸将胸膛撑起三倍的空间,无法抑制的叹息,叹息是爱的释放,心上人闲逸的安宁与平静,心心相印——那无缘由的喜乐所在的自由之地!

叭——狗快乐地叫着在雪地里打滚,蛆虫分享着思想最沉重的部分,大象驼着天使从深深腹底积攒气息经过肚脐直至心脏吹出嘹亮号音——那无缘由的喜乐所在的自由之地!

咪——降至阴茎,这空洞如棒槌的玩意——我操过的每一个人都已归于黄土——每一个我准备操的人正在变成游魂——我阳具全部的幸福永不会遗失,它将从耻骨升起直入我的心房——那无缘由的喜乐所在的自由之地!

吽——我从屁眼排泄出愤怒,我的括约肌松开空隙,地狱的军团溃败于悠长的空间里,五角大楼已被毁灭

> 美国的部队行军跨越过往
> 中国的万马千军激愤无比
> 穿过玛雅的万里长城
> 在舞台中央齐声怒吼
> 我失去了对亚洲慈悲的心肠
> 我搬到了美国
> 我在法身①上拉屎
> 把世界擦干抹净
> 白宫里装满了可燃气体的炸弹
> 贫民窟遍布老鼠的粪便与牙齿
> 所有的空间早已注定化作空寂——

---

① 佛教用语,指三身之一,原意为"身体"。

从大地到心脏,那无缘由的
喜乐所在的自由之地

1973年1月1日

"如果失去了你会如何？"

　　创巴仁波切活佛在大理石闪亮的公寓大堂里说道
　　他看着我装满艺术品的黑色手提箱，"要做好迎接死亡的准备"……
　　小风琴是彼得的
　　围巾是克利须那铸钟与铜管菲利普·维纶从日本带回来的球形闪电
　　一本破破烂烂的布莱克的抄本，与和弦音符，城市灯火中的不良书籍，
　　澳大利亚土著的木管，绿色的香供，用贵重金属铸造的西藏指钹——
　　一周前的断腿至今隐隐作痛，在床上躺了几天后疼痛开始减弱
　　没有理由，思考着沙克特拉比的种种，父亲路易斯的种种，
　　必须抛弃殆尽的种种事物，
　　被抛弃的积雪，
　　狗消失后仍可听闻空洞的狗吠
　　吃下的食物穿肠而过变成滋养番茄与玉米的肥料，
　　那只海地的木碗对于我拌的沙拉来说过于巨大
　　教义，坦陀罗，哈伽达，佐哈尔[①]，革命，诗歌，一次次的公案
　　和雪国一并被遗忘，和世世代代
　　路边白色的渠沟离坠落的冰锥一并被遗忘，

[①] 卡巴拉灵知派对于摩西五书的通神探索。

法身被遗忘，应身被胡乱塞进棺材，报身在烛火中渐渐隐遁①

被淘气的猫嗅闻——

再会了，我的珍宝，崇拜乳头的身体，

崇拜着花之眼或想象与听觉全景中的头颅的老朽灵魂——

再会了，洗了一遍又一遍的旧袜子，蓝色的弹力短裤，防寒内衣，

农场邮箱边崭新的黑色雪地靴，

再会了，我堆满书籍的房间，我未曾探求的智慧，所有我从未读完的坎皮恩，西里，阿克那里翁，布莱克，

再会了橘色菱形羊毛毯，那些在墨西哥与喜马拉雅和阿尔莫拉的日子曾有你相伴，还有文达喇嘛与试图吃下皮糙肉厚半熟的烤鸡的彼得。

墙上的画，弥勒佛，释迦牟尼，莲花生，手持高粱威士忌穿着海地高脚靴的撒麦迪②，

书桌上眼神忧郁的巴克提维丹塔·斯瓦米③与我绝望的自我意识中的湿婆神，

堆满玩具的阁楼，塞满旧支票的抽屉，关于纽约警方与中央情报局私卖海洛因的密档④，

关于笑呵呵的里瑞的密档，关于警察国家的密档，关于生态系统密档均已褪色发黄，

没有写过字的笔记本，我亲笔写的数百首短诗与散文，

报纸上的采访，文章合集，包围着我不完美的年表上那些词词句句，即将进入永恒中的幽默，一些城市里特别的街

---

① 印度教湿婆神的信众相信湿婆具有的三身，又名自性身、变化身和受用身。
② 海地伏都教的死神，常在海地的传统墓园中放置。
③ 美国湿婆神运动创始人，诗人的朋友，于 1977 年去世。
④ 在内部揭发和媒体的调查下，美国各个执法部门于 1970 年前后接连爆发了参与贩毒的丑闻。

道工作室与女人闺房的描述——

再会了,一本本诗集,我不需要再带着你们去双叟咖啡厅像带着一只红色的龙虾

穿过巴黎,莫斯科,布拉格,米兰,纽约,雅加达,曼谷与圣城贝拿勒斯,瑞诗凯诗与布林达班啊,愿你们丰盈的生命能量将你们送到世界的穹顶——

我的呼吸渐渐平缓,静静地等待、凝望——

楼下的管风琴,音乐,拉格泰姆与蓝调,为举起美国的头骨而在家中吟诵的布莱克与经文,

再会了,C 和弦,F 和弦,G 和弦,再会了日升之屋的全部旋律

再会了农舍,城市中的寓所,满地垃圾的地铁,帝国大厦,我游荡过整个青春期迷醉于展示梵高用野性的思想与星空的秩序构建出天蓝色的浓墨重彩的画作的现代艺术博物馆——

再会了,再会了娜奥米,再会了被腿病折磨的老诗人路易斯,再见了帕特森的六十九号乔·波佐

哈利·海恩斯① 漫长的童年与帕塞伊克的山谷中弥漫的毒气,

再会了,百老汇,将我的敬意送给大瀑布与抽大麻的眼神迷离的男孩子们惊讶地听着威廉姆斯教父演讲中那无声的咆哮

再会了,本世纪受惠于庞德犀利的眼神与尖刻的口舌的老诗人们,还有沉默的摩尼之心②,汤姆·维其③ 在斯廷森海滩边的哭泣,

再会了,我演奏小提琴与写诗的兄弟们,我演奏大号与

---

① 诗人家乡的黑社会头目,《Paterson Evening News》的出版人。
② 指智慧之人,贤者,默然发誓之人。
③ 美国诗人,金斯堡曾为其作品撰写后记。

大提琴，吹响长笛或欢歌笑语唱起蓝调的侄子们，

再会了，死亡的阴影苟活的爱恋，哭泣的身体破败的身体与渐渐老去的身体，化为蜡像或灰烬的身体

再会了，美国，你的希望你的祈祷和你的温柔，你的IBM135-35[1]的电子机械化设备战场白色的圆顶房子恶龙的利齿投往印度支那的凝固汽油弹

再会了，天堂，永别了，涅槃，再见，悲伤的乐园，再见，所有的天使与大天使们，提婆，达瓦蒂，菩提萨锤，佛陀，炽天使的光环，被选定的灵魂们组成的星座哭着唱着登上纯金的菩萨地阶梯，再会了高高的王座，高高的中央地带，光芒反复涌叠的哈利路亚，向着你那朵金色的玫瑰挥舞的手臂，

吽[2]阿唵拉拉烘[3]索菲娅[4]，梭哈[5]塔拉嘛[6]，吽帕者萨婆诃莲花生马尔巴米拉岗布巴噶玛巴创巴切！双手合十，梵天，向你致敬，再见！爱神，朱庇特，宙斯，阿波罗，苏利耶，因陀罗

万岁万岁[7]！湿婆神！真理是神的名字！唵象头神，吽辩才天女哩索哈半女湿婆神拉达礼赞克利须那，此生永别了！

空无一物！再没有为眼睛而存在的泪水，没有为哭泣存在的眼睛，为歌唱存在的嘴巴，为听众存在的歌曲，再没有为任何思想而存在的词语。

1973年2月1日，樱桃谷

---

[1] 在美国入侵越南期间，部署在美国位于泰国的空军基地中世界上最大的计算机，它所参与的"电子战场"行动被用于策划对印度支那的轰炸。

[2] 身体，语言和思想的三身咒。

[3] 呼唤佛陀。

[4] 斯诺替教灵知的智慧女神。

[5] 普拉纳雅玛瑜伽呼吸法中的"我是"。

[6] 女菩萨，慈悲的女神。

[7] 也作印度苦行僧在使用大麻烟草时烟具发出的响声。

谁

  在伟大的意识幻象里1948年哈林区的房屋在永恒中矗立
  我意识到整个宇宙不过是一种思想的捏造之物——
  我师承威廉·布莱克——我将生命献给诗歌,
  捕捉游移不定的意象送给人类。

1973年2月3日

没错，毫无希望

一亿辆汽车将汽油耗尽

一百万台煤炉燃起页岩的碳尘遍布城市

毫无希望，我再也不可能和谁上床，啊，昨夜那来自新泽西的男孩拥有多么美丽的身体

毫无希望，囿于巴黎石膏制成的腿，骨骼，头颅，心脏，肚肠，肝脏，双眼与舌头

全都毫无希望，整个太阳系都在遵循热力学第二定律

而那浩瀚的银河，全部宇宙中头脑的幻觉或实体的激动皆是无望的空寂

在类星体高压的熔炉中将自身喷涌，

毫无希望啊，那三十万纽约的瘾君子

毫无希望啊，那总统谋划的战争，打着"为和平而战"旗号将国务卿送向以色列、月球、中国与阿卡普尔科，

毫无希望啊，那把手指卡在壕沟了的荷兰男孩，

能源危机，九十年代的蛋白质危机，民俗的危机，原住民的危机，白人的危机，老纳粹们的危机，阿拉伯人的危机，绿玛瑙与钨的危机，巴拿马，巴西，乌拉圭，阿根廷，智利，秘鲁，玻利维亚，委内瑞拉，圣多明哥，海地，古巴，佛罗里达，阿拉巴马，得克萨斯，新泽西，纽约，东十街的危机，圣胡安卡皮斯特拉诺的危机，还有博林纳斯湾的原油泄漏，圣巴巴拉饱含焦油的潮汐，尼斯湖怪兽的危机与都柏林炸弹的危机，

全都毫无希望，那无节制繁衍的狗，人类，蟑螂，老鼠，似王冠的多刺海星，伊利湖中的绿藻——

毫无希望，毫无希望，耶稣被钉上十字架，佛陀遁入

空门

　　毫无希望，第一禅堂，第二座复活的教堂，第三只眼系统的公司，第四不动产，生命力中第五纵队，第六感，第七封印的杂烩那迷走神经星云组织中的第八根神经那第九级至尊的三摩地那第十名在冲破高速公路的铁栏坠向罗诺克深渊的泥沼的巴士上悲剧性的乘客——

　　看吧，毫无希望，无论是《滚石》的意识，还是星期天出版的《纽约时报》厚重的身躯

　　毫无希望，全部的静默，全部的瑜伽，全部圣洁而平静的狂喜与从锡兰到不丹绝食的僧侣——

　　毫无希望，两百万印度支那的亡灵，可有五十万的共产主义者在印度尼西亚被暗杀[1]？墨西哥城被清洗的无辜百姓[2]，发生在美莱村、利迪策与阿提卡的伤膝大屠杀，西伯利亚一千五百万回家无门的游魂

　　在监狱中被迫害致死的乔治·杰克森，萨科与万泽坐上电椅的罗森堡夫妇，被子弹暗杀的肯尼迪，马丁·路德·金，马尔科姆·艾克斯，被烧死的茨温利，饮下毒芹的苏格拉底，惨遭车祸身首异处的简·曼斯菲尔德与吉米·迪安在公路上干瘪破碎的身体——

　　毫无希望，但丁与莎士比亚的诗歌，以梦为指的造象伯勒斯·奥威尔的秩序，斯宾格勒与维科的循环，莲花生·克里希纳穆提——空寂，毫无希望

　　如同波斯一望无际的油田

　　阿拉斯加的冻土与印度支那的波涛下蕴藏的石油

　　委瑞内拉裂化石油的钢罐与洛杉矶不停抽吸的泵机，

　　农场里报废的汽车，轮胎干瘪的福特，

---

[1] 指1965年美国情报机构介入的印尼政变，苏加诺总统下台后发生的屠杀。
[2] 指1968年在墨西哥城特拉特洛尔科广场，墨西哥政府使用机关枪对于千余名示威学生的屠杀事件。

奥尔兹莫比尔牌汽车耗尽的电瓶,邻家农人僵硬的尸体与先知金斯堡的行尸走肉

　　毫无希望。

1973年3月10日,纽约

世界之下埋藏着许多屁股许多阴户

许多的嘴巴与阳具,
世界之下埋藏着许多精液,与许多滴入溪流的口水,
有许多的粪便藏于世界之下,从城市涌出排入河流,
有许多的尿液在世界之下流动,
有许多的鼻涕在世界工业的鼻孔里流淌,汗液被排出世界钢铁的臂膀,鲜血
从世界的乳房喷涌而出,
浩淼的泪湖,呕吐物的海洋在半球间汹涌起伏
漂向马尾藻,还有破油毡布与刹车油,人类的汽油——
世界之下埋藏着痛苦,断裂的大腿,在黑发间燃烧的汽油弹,吞噬着手肘直至白骨的磷
玷污潮汐的杀虫剂,海上漂浮横跨大西洋的塑胶洋娃娃,
在太平洋里挤成一团的玩具士兵,拖着烟尾与炙热烈焰窒息了丛林的 B-52 轰炸机
俯冲向水稻梯田丢下集束炸弹的无人驾驶飞机,那些塑料小球将肉体穿透,落在稻草屋顶和水牛身上的龙牙一般的地雷与黏稠的火焰,
它们那带着倒钩的榴弹穿透村舍,战壕里散布着能产生致命毒气的火药——
世界之下埋藏着破败的头颅,被碾碎的双足,剜下的眼球,割下的手指与削断的下巴,
痢疾,数百万无家可归者,痛不欲生的心与空虚的魂。

1973 年 4 月

短暂回国探访

泰戈尔歌谣的注释

"往后的日子里,我若回忆起此事必将疯癫。"

读着这首歌谣,我想起了曾写给尼尔的诗
死去已几年有余,杰克也已入土
不可再见——他们的面庞在我心中浮现。
我对他们的描写可够赤诚?前些日子
我渐渐地将他们寻见,虽不在人世却并未有太多的改变。
他们的生命在书籍与记忆中永存,和大地一样强壮。

"我不知道是谁在囤积这稀有的工作。"

熟悉的老狗伸展着他僵硬的四肢,
他不久也将入土。春天第一只肥胖的蜜蜂
将带着嗡嗡声的黄色遍布新草与枯叶。
这棕色的小虫子为什么之字形的前进
穿过苏东坡的诗律中那艳阳下的留白?
去吧,小家伙,你的生命如此温柔——
我举起书用一口气把你吹向眩晕的空寂。

"我害怕其他人知道我在此地;
一位不朽者或将出现迎接我身。"

右腿断了,无法在鱼塘边散步

触摸冰冷的湖水,
重重地踏过杨柳坡向着小溪对面那处孤独的草甸——
远远驶来一辆金属的路虎车,用它刹车的摩擦声向你问好。

"你们在河岸与海边分居……"

你们住在河岸与海边的公寓里
春天降临,水面一片朦胧,那咸潮卷起油腻的粪便
日出东方,屋顶的烟囱将黑烟散尽
北风萧萧,午后的城市晴朗无云
但入夜后,满月总在砖墙后徘徊。
这数百万的人民如何能崇拜大地之母?
当这数百万的人民归于黄土,他们可能认出大地之父?

"我总能忆起那年,我曾于隘口死里逃生。"

知更鸟与麻雀在春天温和的暮霭中鸣啭
日沉于远山松林翠绿的背面
那松树在我的房顶伸出灰色的树枝在纹丝不动的云朵下轻柔地摇动
猎人的枪声在白杨树的山坡上第三次响起
当我从书中抬起头屋舍静静矗立,
那是一些歌诵雅鲁藏布江的古诗——
今春在我和盖瑞攀登冰川峰火山时它们总在我心中吟唱。

1973 年 4 月 20 日,樱桃谷

夜的微光

一次又一次穿过迟钝的物质世界传来召唤的声音
一次又一次穿过迟钝的物质世界有一个我在召唤
英国的乡亲们啊,在苏塞克斯的夜里,穿过山毛榉黑色的树枝
凌晨三点的满月之光,我仅着内衣站在草坪上——
我见到一位合我胃口的大胡子英国人,有着运动员的胸腔和农夫的臂膀,
那晚我躺在床上许多的爱恋在我的心中跳动
一夜无眠,世世代代扰人清梦的歌曲回归到我的耳朵充满智慧的记忆
降临我的身躯,我便把它们放到我心中细细思量
并崇拜彼时的爱人们,爱河中不朽的导师,年轻人与诗人
在那颗秘密的心脏,在那无光的晚上,在那轮满月之下,年复一年
一次又一次穿过迟钝的物质世界传来召唤的声音。

1973 年 7 月 16 日

我喜欢做的事

史瓦密·巴提韦丹塔说离开荒废的世界，我已四十七岁度过了半个世纪

去圣马力诺寻找布莱克幻象中的摩洛神，去曼彻斯特寻找摩洛神

在世界的西边拜访布莱克书中涉及的地点，研习着预言的书籍阐释与布莱克一致的幻象

两次踏入了同一条河流

用树木和石头建立起隐居者的小屋，在三千英尺之上的落基山脉，寒拉斯与卡茨基尔那些温柔的丛林中

双腿盘坐脊背挺直腹腔放松每一次呼吸心中均有叹息之音

久久地在书桌旁打坐窗外的松林在风雨中飘摇发出萧瑟之音

在孤寂中耗费了三年的光阴将那洛巴的六法学习①，再过一百年

也会困在中间状态里，非生非死

破译弥尔顿关于失乐园的密电埃及的死亡之书与阿耨多罗的密教经典等等。

为风写诗

对着麦克风朗诵，在平静的摇滚乐中，用人声的萨拉米出租车

充实头颅中的空虚，使神经系统受到吸引，

---

① 又称那洛六法，噶举派修行的方式。包括拙火瑜伽、幻神瑜伽、光明瑜伽、梦瑜伽、中阴瑜伽，迁识瑜伽与夺舍瑜伽。

摧毁帝国大厦致命的永不消逝的尘烟

在平静中自慰,拜访古老的城市寻找男孩子,禁欲数年,为上帝积攒宝石还有我那红润的身体,毛茸茸而又精致的触须

还有蔬菜,我吃下萝卜,用叉子扎起卷心菜,用勺子舀起豆子,煎土豆,煮甜菜,牛已被原谅,猪已被忘记,热狗被从云之仙境放逐到奇奇第斯①春天的草丛中——牛奶,天使的牛奶

再次拿起那本我在数十年间读到一半就放弃的陀思妥耶夫斯基的《卡拉马佐夫兄弟》

将本真与经验混合成新的篇章,吟唱罗塞蒂精妙的诗篇与耶路撒冷的四行诗——

战争结束了,木地板上放着软垫子,墨水瓶与花瓶相伴,忧郁的橡树在窗外凝视。

1973年8月,伦敦

---

① 垮掉派成员加里·斯奈德栖居的印第安式小屋的别名,名字取自印第安部落,有"长青之木"之意。

疾 病

我主慈悲，请治愈我右边太阳穴跳动的隐痛那书架
正慢慢升起去操在巨型木沙发铺有床单的垫子上的彼得
我那病腿啊我主慈悲请治愈那僵硬的脚踝里错位的骨头，笔直的胫骨不堪一击的痛处
我主慈悲，更近了，就在那松弛的腹肌，反胃的食管裂孔疝
我不再暴饮暴食我主慈悲吃下主的器官带着心口病痛的折磨，
深呼吸你那轻盈的身体酥麻而空荡荡地愉悦地肌肤被亲吻的阳具投降后抬起的屁股进入我慈悲的主——

进入后，我便将自己献给转换成全能的克利须那的慈悲的主，啊你那蓝色的林伽——湿婆天如此美妙！
慈悲的主你雌性而诗意的屁股，你阳具那雌性的敏感——
屁股被朱庇特主神宙斯神的口舌玩弄
伽倪墨得斯的屁股或是度母那女性的肚子

唵萨茹阿斯瓦蒂哈瑞梭哈

嘛
嘛嘛嘛嘛嘛嘛嘛

我主慈悲我的秃顶得到治愈穿过那坚定的眼睛我爱人睁开的瞳孔

我的牙齿啊慈悲的主请让它们洁净吧我每天都刷两次牙。请让我远离牙痛。

我那肚肠内的疝气请让每一次咳嗽都不带来任何痛苦吧——绵软的肌肉腹部的皱褶中缝合毫无知觉的肌肉表皮。

我主慈悲不再令我找烟屁抽——

我主慈悲令我远离你的造物与毁灭

肉身哭泣，叹息，发出不稳定的"啊"，疼痛悄然而过——

我主慈悲，我年迈的父亲手已冰凉，双腿磕磕绊绊

请使我们抵御住死亡的恐惧，有形的惊恐的面颊，与那被拥抱的小小躯体

让它们远离吧慈悲的主令我们免受撒旦的侵袭

我主慈悲，为这躯体赋予和平，还有这灵魂，精神，手掌与舌头——

这伟大的存在抵御慈悲的主你那沉默又神圣不可侵犯的证人——

我主慈悲那伟大的星球抵御我们浩淼的虚无所产生的空间镜像

我主慈悲请将我的灵魂充满山上的白雪与融化的冰川永世的灵知——

远古的声音我慈悲的主，你以千计的手臂与八种，护佑与怜悯

海螺壳，莲花，金刚杵，回忆之书，雨伞，鱼与镜子与机器的转轮

永恒而唯一的慈悲之主请接受我的躯体与你合二为一

自由挥洒那无缘由的洪福。

1973 年 8 月 29 日，伦敦

新闻简报

"非法持有管制药品——
大麻"声音从广播传来
我已经疯狂,给洛克菲勒政府寄去
一张画着水晶头骨的明信片

阿比·霍夫曼刚刚被捕
搜出一百万磅的古柯碱
我写下错误的散文
梳理一张具有神性的狗皮的毛边

有位女士在心中问起犹太人大屠杀的缘由
我将她的信存档,转身去做甜罗宋汤

提姆·里瑞已经沉默佛尔松在监狱里
我把一根塑胶阳具插到屁眼里边自慰

四处皆是灾祸今日闹起石油气荒
果不其然我回复了自己预言的邮件
我把脑袋伸进星空巨轮中
宇宙巨轮的边缘
正当最高法院无数次地又开始
打击色情作品时

将始于毒品的搜查
性爱电影警察与暗杀

越南不计其数的电视媒体
在街上行凶抢劫是你们的拿手好戏
警察兜售着垃圾
你们的拿手好戏那位总统正在崩溃崩溃崩溃
那梦的悬崖无边无际
退到天堂里
副总统正在崩溃崩溃
星辰划过大地
海浪拍打和那蔚蓝
的银河一起旋转,我经过此地
冲刷我的大脚趾
我锻炼我疼痛的踝关节
我抽了一根烟我达到高潮我写信
挠挠我的脑袋
水枪使人们四散而逃,民众
沿街而去躲避催泪弹的浮云,
骑骆驼的行者双脚疲惫的皮包骨
从干旱地带一路走来
沙漠燃起烈焰,大海咆哮无边,
细菌在嘴边滋生泛起白沫
声音刺耳
我烤面包我煎蘑菇我吃下
生玉米

军队在金边行进我注视着
一只新生的蝴蝶
扇动橘色的翅膀
围着躺在草坪上的我盘旋
尼克松和阿格纽是一丘之貉
报纸声称最好引咎辞职

我已经引咎辞职我坐在这里注视着
天的彼端层层的灰云——

布鲁塞尔有三个男孩子已被羁押入监
等待法庭宣判
只因他们翻译《无政府主义者的食谱》
我握住餐巾
垫住彼得正往里倾倒
甜菜羹的铝锅

1973 年 9 月 1 日，樱桃谷

为聂鲁达之死

于某些气息中吞吐阿多尼斯与漫歌
于某些气息中吞吐炸弹与狗吠
于某些气息中吞吐山间绿野的静雪
于某些气息中吞吐一无所是

1973年9月25日,提顿村

心灵呼吸

在提顿的空间里双腿盘坐于蒲团——
我在一人之外的铝制话筒支架之上呼吸
我在教师的王座之上呼吸,那是把黄色软垫的木头椅子
我的呼吸愈发深邃,经过正在深深呼吸的上师面前那杯半空的米酒杯
在花盆里那颗枝繁叶密的植物上呼吸
在那无边闪亮的玻璃幕墙上呼吸凝结于坐禅的僧伽在这冥想的自助餐厅里
我的呼吸穿过鼻孔从夜的蛆虫里漂浮而出向着光芒万丈的窗外拍打
呼吸向外飘散向着山脚下影影绰绰的白杨树枝那些九月间颤抖的金色树叶
呼吸山的气息,在那白雪皑皑的峭壁,围绕着无声滑过的乱云喷涌的白沫
阵阵清风从提顿吹向爱达荷,蓝色的晴空下是灰色的山峦
裹挟着精致的雪花,向着西方吹拂
经过瓦萨奇的微风令山脚下的绿草摇摆不已
晚秋的南风吹过盐湖城建有木质教堂的街道,
白盐的雾在厚密湖面上翻滚,肯尼科特矿坑里无数的重型卡车卷起尘烟,
直飘向里诺的霓虹,钞票沿着街边飞过,
和山间被秋日冷风吹落的橡树叶混在一起
那风来自山顶的雪巅,
这一阵祈祷的呼吸在地面那奇奇第斯绿色的触须间

蔓延，

向着加里瓦制的房顶，向着教堂的石柱，帐篷与山麓松丘下的石兰灌木——

一阵呼吸降临萨克拉门托的山谷，风的咆哮沿着六车道的公路穿过海湾大桥

蒙哥马利的街道上阵阵纸片的喧嚣，夕阳下，鸽子拍打着翅膀从华盛顿公园教堂白色的塔尖俯冲——

金门海峡的白浪涌向辽阔的太平洋

在夏威夷有一阵芬芳的清风穿过酒店的棕榈树，温润地扫过空军基地，关岛腐烂的海关验货篷散发阵阵潮湿的气息，

清风吹过斐济充满棕榈与珊瑚的海岸，苏瓦那些木质的旅店旗帜迎风招展，车租车穿过星期五晚上洋溢着摇滚乐与迪斯科并闪烁着英文霓虹的大楼里那些寻欢作乐的黑压压的人群——

随风飘向悉尼，在昆士兰州山坡绿草间的牛粪上生长着蘑菇，阿德莱德的山谷里那一阵阵布莱恩·摩尔的冬不拉声随风而逝——

直上达尔文的土地，伴随高夫半岛的绿海之风，耶尔卡里村里箫笛传来动人的旋律

是啊，风抚弄日本东北水银一般的海面，京都神殿里木钟空灵的鸣响在墓园波浪般的荒草间回荡

雾角在中国海吹响，西贡大雨倾盆，轰炸机盘旋在柬埔寨上空，吴哥窟那多风的夜，以多面的观世音菩萨石像的视角看去是如此的渺小，

鸦片的烟雾从曼谷黄种人的嘴中喷出，印度大麻的烟雾在尼木塔拉火葬场的大胡子苦行僧的鼻孔与眼睛里蒸腾，

木柴燃起的烟雾被风带向胡格利河桥的对岸，菩提伽耶的菩提树下焚香袅袅，贝拿勒斯的玛尼卡尼卡成堆的木材在燃起火焰将飘渺的灵魂送回湿婆的身边，

风玩弄着布德尔班多情的树叶,旧德里的小巷广袤的清真寺礼拜堂里空气凝重静谧,

风拍打着高山尼小镇的石墙,喜马拉雅的峰巅在积雪的地平线上绵延数百里,阿尔莫拉的棕木屋顶上经幡迎风摇曳,

信风带着三角帆船驶过印度洋,向着蒙巴萨岛或达累斯萨拉姆港口的河道,棕榈摇摆,水手们裹着棉衣睡在木甲板上——

轻柔的微风自红海拂过埃拉特干燥的旅店,塞满了小纸条的哭墙,一直到灵魂安息的地方

地中海的西风自特拉维夫吹向远方,经过克里特岛,在拉西提的平原上宙斯诞生的洞穴附近,风车仍世世代代地旋转不停

比雷埃夫斯布满惊涛骇浪,威尼斯浅湖的水漫过圣马可广场,将其淹没,用淤泥沾染了大理石的回廊,贡多拉在札特雷波涛汹涌的水面上起起伏伏,

寒冷萧瑟的九月在米兰的回廊间游荡,冰冷的骨头与大衣在圣彼得广场上拍打着,

从亚壁古道经过宁静的墓地,石柱孤零零地在长满草的小径,路的彼端传来一位老人劳作时的喘息——

一路穿过锡拉岩礁与卡律布狄斯旋涡,船甲板上弥漫着西西里烟草的味道

与马赛飘向云端的煤烟混合一起,蒸汽轮船留下的白沫随风向着丹吉尔漂流,

那阵呼吸来自普罗旺斯淡红色的秋季,船儿悠闲地从塞纳河驶过,有位女士在埃菲尔铁塔的顶端将她搭在紧身衣上的斗篷裹紧——

穿过英吉利海峡那汹涌的黑绿色波浪,伦敦皮卡迪利大街,厄洛斯银色的胸膛下啤酒罐子滚过水泥地面,喷泉潮湿的台阶上丢着一份《星期日泰晤士报》——

爱奥那岛的晴空与赫布里底群岛隐含芳香的微风，雾气横跨大西洋飘飘荡荡，

拉布拉多半岛的白雾凛冽，纽约的峡谷里马尼拉的纸袋从下东区一路吹向华尔街——

帕特森派克大街的公寓里一阵喘息降临在我父亲的额头，

东山吹下来九月的冷风，樱桃谷的红枫萧萧，

在芝加哥这多风的城市那意识无尽的喘息慢慢消逝，烟囱与汽车喷出昂贵的烟雾为铁轨系上丝带，

西部，那阵喘息穿过了平原，内布拉斯加农田里的残株在晚风里优雅地弯下腰

在落基山，那丹佛樱桃溪的河床里又有一阵西风蒸腾而起，

那派克峰的风雪暴在夕阳下沿着温德河山脉的峰顶向着提顿飘散，

一阵喘息回到那遍布着星星点点的奶牛的丰美草场，到杰克逊洞穴，到那平原的尽头，

向着沥青公路与泥泞的停车场，这九月多变的微风啊，沿着风中木质的楼梯前行，

走进提顿村红色缆车下面的自助餐厅

鼻孔里阵阵平静的呼吸，沉默的呼吸与柔和的呼吸。

1973 年 9 月 28 日

挽歌飘扬

丹佛鳞次栉比的高塔被灰雾笼罩
自广袤的平原沾染了蔚蓝的地平线——"复仇无门。"
暴饮暴食的艾伦·瓦茨
男低音克里斯托一声长长的"唵"
传向睡梦中筋疲力尽的哲学家的心脏
五十八岁的他身穿中式长袍将爱寻找，或试图与佛陀合二为一，盲目
如这蓝天飞过彩虹的光环冲向无瑕的浮云
塞建陀半遮半闭，复仇无门
祝福那无法用一把诗歌的利刃与厌恶战斗的死者
祝福那无知的死者，那无忧无虑不渴望香烟的死者
祝福那不用和人上床的死者，那不用吃精美的用各种调料烘焙的带着乳酪壳的杂烩锅的死者
不用喝功夫茶
不用浪费汽油去天际体验云朵
不用再浪费一字一句，因为也没有人可说
祝福那不费口舌便能发表深奥演说的自由的死者
内心空无一物的完美沉思者，在空性中获得圆满
祝福那死者，你们是最后的哲学家，是哲学家思考中的思考
从祝福与喋喋不休的祈祷中的祝福里逃脱的完美智慧的导师
从你屁股下面的垫子上那冥想的诅咒中逃脱
死者遗弃了呼吸，与情欲的肉体与中风的痛苦断绝关系，一去不回

孤绝啊，酒徒，思考者，智慧又疲惫的祖父
躺在床上于夜的静谧中慢慢死去，一言不发，一夜无眠。

1973 年 11 月 17 日

提顿村

雪山渺渺
穿过玻璃窗与
苍蝇透明的翅膀

1973 年 11 月 29 日

宣 言

请让我于开头声明：我不相信灵魂
那心脏，那我二十五年前用来写作的心脏不过是一包狗屎
我不朽的灵魂啊！年轻的诗人雪莱呼喊道
我不朽的自我啊——鲜为人知
他并不相信上帝。我也不。
也不相信全部的科学道理事实与良善的道德意识——
一如佛陀凯鲁亚克曾写道那不过是些空虚原子的集合。

也不相信伟大的爱不朽蔑视痛苦梦魇死亡的折磨西贡的警察地下的刊物真理报与人权法案——
当那一天来临，让我们废除一个个民主与法西斯英雄。
艺术如果展现出它本身的空虚它就不再是空虚
诗歌的意义飘离它的结构于空中悬浮
就像佛陀、莎士比亚与兰波。
严肃地讲，应废除因果关系之外的法律，甚至后者也有例外
没有任何的因果关系不是简单明了的。
这便是认知——将灵魂、心灵、上帝、科学、爱、政府与因果关系的梦寐混为一谈。

      1974 年 1 月 28 日，纽约，凌晨 1 点

荣耀如同悲伤的尘土

  致死者

你曾立于大地，身处城市——
今在何方？
变成地底的骸骨，
我头脑里的思想。

*

导师
请把我带向天堂
或让我一人独处。
为何给我繁重的工作
当一切都在我周围萦绕
没有束缚，就像森林里有毒的橡树
变成红色
空空的睡袋挂在
干枯的树枝上。

*

当我坐下
我看见我的眼睛里微小的尘埃
北美黄松的针叶颤抖着
在蓝天下。
闪动着绿色的光影。
风的呼啸拂过

松顶,远方
涌动的风卷起橡树
黑漆漆的叶浪
又将它们归于沉寂
亦如我的思想
已忘记
冠蓝鸦为何飞过树林
空地
于午后发出凄厉的叫声。

*

心情

是悲伤地,死去的友人,
或是昨晚我睡过的男孩
已悄无声息地来过两次
而我仍躺在色彩斑斓的
吊床上,半裸着
读着诗
在星期天
艳阳松影的庇护下。

*

宫泽贤治[1]

"一切皆有佛性

---

[1] 20世纪日本诗人,诗人施耐德作品的译者。

眼泪与眼泪之间
可有高低的差别?"
我低声念道
看着下面的一棵松树
羽毛
自棕色落叶层的一片枯叶边
飞升
在仲夏
飘飘荡荡
离地一英尺。

*

你可能降临此地?
真正意义上地降临此地
忘记那虚无?
现在的我,如此平和,空寂,
内心尽是北美黄松的翠绿
它们摇晃着,整齐划一
扇形的针叶一圈又一圈
如光环般耀眼
在日光下缓慢地移动
点亮我的吊床
令我的脸与双膝
炙热无比。

*

风划过树梢
萧萧而泣

就像特快列车与
城市里的机器
在高处缓慢地起舞,巨大
的枝杈
前后摆动,敏感如
纤毛的针叶摆动它们的顶端
——那过于与人类相似,又
非人类
那是树顶,无论它们怎么想,
这是我,无论我怎么想,
是风在低语。

     * *

月亮随着土星穿过松林,

一只蚊子在你围着你的脑袋嗡嗡叫
你知道如果它能咬你它定会咬你——

首先,你注视着你的思想
接着你注视月亮
再接着你注视着你眼球中月亮的倒影
只是视网膜表面飞溅的光斑
那遍布污渍的小孔开开闭闭
蚊子继续叫着,干扰着你的感官
令你在思想漫游之际
再也无法忘掉那拇指的疼痛。

     *

书房庵 ①

那些橡子人 ②
在煤油灯下
读着报纸

     *

在六月满盈奇奇第斯的池塘边
和加里·斯奈德一起

在月光下抄抄写写
——"青蛙点算
我的支票。"

     *

开着大众牌汽车
双脚疲惫
从黑丘火山
露营归来
经过悲哀灰烬的荣耀
在马拉科夫
矿区的路上颠簸
挡风玻璃上
萦绕的
阳光刺伤了我的双眼。

1974 年 9 月

---

① 由加州禅宗学校重建的一所日本曹洞宗寺庙。
② 山地印第安人以橡子做的面糊为食物。

自我忏悔(1974—1977)

自我忏悔

  我想让人们提起我时说：那个人是美国最聪明的人
  被介绍给世代继承低语的吟诵与践行疯狂智慧的大宝法王噶玛巴转世
  就像曾拜访过他的那位不为人知的年轻智者匿名地于十年前的甘托克一闪而过
  为美国的达摩铺路却不提起达摩的名字——不羁的笑声
  他见识了布莱克与被抛弃的上帝
  向着那救世主似的芬克发出信息在最黑暗的时刻与钢板同眠"在联邦监狱系统的某一点"
  气象员没有莫斯科的黄金 ①
  他跑到后台去和塞西尔·泰勒严肃地讨论和弦的构成与在夜总会度过的时光
  他在脏乱的小房间里和一名玫瑰色嘴唇的摇滚明星上床观众是一尊金刚萨埵的雕像——
  并用无声的思想推翻了中央情报局 ②——
  老波希米亚人会在维也纳多年以后的啤酒花园里重新出现

---

① 指被美国政府囚禁的心理学家、作家蒂莫西·利里拒绝指证激进组织"气象员"受到莫斯科的资助。之后，中情局的领导被指长期非法窃听美国的民运组织，并诬陷这些组织有间谍嫌疑。
② 1970年诗人和中情局局长在乔治镇会面，向其赠送金刚杵并建议中情局长每天用一个小时冥想。诗人与其打赌，中情局当时与东南亚贩毒组织的丑闻如果被证实，对方就要施行这种冥想。

他那些年轻的爱人有着讶异的脸庞和钢铁的胸膛

诺斯替教徒的机构与笼罩着彩虹光芒的蜘蛛网那神奇的表象

独一无二的厨艺，肺头汤，蛤蜊酱意大利面与三种调料混合的沙拉酱配方包含醋，许多的大蒜与满满一勺的蜂蜜

他那独一无二的自我，献身于达摩，六根清净

不怕隐藏在人性中的鬼怪

鹦鹉学舌地模仿着那些已沉默寡言著称的上师与天才们的随口之言——

他唱起得蓝调能使摇滚明星落泪并使孟菲斯的一名老黑人吉他音乐家捧腹大笑——

我想化身成为诗歌的奇景战胜世间一切诡计

无所不知者呼吸着他自己的呼吸看透战争的催泪瓦斯与间谍的幻觉

他持有的常识令疯子、上师与富有的艺术家目瞪口呆——

他给司法部打电话，威胁他们说他就要吹口哨

结束战争，阻止石化工业，军官们在床上呻吟肝肠寸断

劈柴，建造林中的房子与牧场

为贫穷的诗人与这土地上具有营养丰富的想象力的天才们捐钱

于爵士乐的咆哮中静坐用一支钢笔写诗——

经历他人生的第四十八载，不怕上帝也不怕死亡——

让他的大脑在笑气中化为液体，让他那颗金色的白齿被未来派的牙医拔掉

水手用一年便可掌握海的习性

木匠要到很晚才能懂得斜面与鹤嘴锄

孩子，请与老年庞德对话并和他的父亲以礼相待

——全都空空如也，全都显露无遗，全部都是为了诗意的目的

只为心智竖立出一个杰出的样本为后世留下可供参考的依据

向年轻人展示出缪斯的力量以免他们在未来自杀

但不包括他自身的谎言与谎言和平等而良好的幽默感间的鸿沟

孤零零在这充满着虫豸与鸣鸟的世间，全都无比孤独

——他没有从属关系只有他自身无数的伪装

一些飘出了他的体外化身为空气寂寥的森林与城市——

甚至爬上山去创造他私有的山，用冰镐、钉鞋与绳子，就在那冰川之上——

1974年10月，旧金山

抢　劫

一

今夜我离开红色大门的公寓走进东十街的黄昏中——
离开我住了十年的家，离开我叫春的邻居
今夜七点我离开家经过拴在水泥桩上的垃圾桶
在黑漆的防火逃生梯下行走，巨大的铸铁板盖住了地上的洞
——穿街而过，信号灯闪着红光，十三辆巴士咆哮着驶过卖酒的商店
经过街角药店的铁栏，经过砖墙上可口可乐与美莱村遍布划痕渐渐褪色的招贴画
经过华人开的洗衣店的木门与门廊损坏的水泥楼梯，刷着波多黎各式的绿色与紫色油漆的贴着"招租"字样的大厅
沿着东十街地上满是碎玻璃的人行道，黑人小孩与西班牙头发油亮的小青年啸聚在房子前面——
啊，今夜我出门在我的街区散步在纽约市万圣节前夕空气湿润的夏日天空，
想着蒂莫西·里瑞最近在做什么是不是加入了这一季的思想警察？
想着所有这些气象员派的家伙，神神秘秘自以为正义无比——难道是联邦调查局阴谋的一部分？
走过一辆把瓶子撞向马路边的出租车——
经过一些手持雨伞把手与木棍正靠着一辆已经损坏的别

克车的小伙子们

——我看着门廊上的那群孩子们——有个男孩走过来，把他的胳膊搭在我的脖子上

我误以为这是某种温柔，他却勒得更紧，把雨伞的把手顶在我的脑壳上，

他的朋友们过来拉住我的胳膊，一个年轻的棕皮肤小子狠狠地踢了我的踝关节一脚——

我跌倒，冲着门廊上这群彼此相爱的小帮派们叫着"嗡阿吽"

慢慢地开始欣赏这一切，为什么这就算是袭击，这些陌生人有着凶恶而奇异的事业

用什么来支撑——用我的钱包，秃头，骨伤刚刚愈合的腿，我的软底鞋，我的心——

他们有刀么？"嗡阿吽"——他们可有那锋利金属的木柄玩意儿插进我的眼睛耳朵和屁股？"嗡阿吽"

慢慢地在人行道上蜷成一团，奋力抗争着保护我肩膀上的那个装着诗稿地址本日历与里瑞的律师文件的羊毛挎包

他们拽着我整洁的腈纶衬衣把我拖到了一扇破铁门的横梁前

沿着被火烧过的地板拖进一间废弃的商店，洗衣房和卖糖果的柜台还是1929年的式样——

我看到满地都是报纸、枕头、表面开裂的塑胶汽车座位与蟑螂的尸体——

我的钱包和屁股后面的口袋被这队穿着钉鞋的卫兵们搜了个遍

他们开始争吵，不知被哪个神偷不存在的手指揩油，真是奇怪——

毫无线索——这蛇皮的钱包其实是塑料的，里面装着我从银行取来的这周七十美元的生活费，

只是一个破旧的钱包——和它里面沉闷的塑料片——运通

卡与汉华实业银行的信用卡——英国内政部长毒品分队的斯皮尔斯先生的名片——我的征兵证——美国公民自由协会的会员卡与纳洛帕学院的教师证

"嗡阿吽"我继续吟诵着"嗡阿吽"

我把手掌放在一个边掏我口袋边喊着"你把钱藏哪儿了"的十八岁的男孩的脖子上

"'嗡阿吽'没有钱了"

呜呼，大哥们我的卡啊新美国人的教堂新泽西与下东区

"嗡阿吽"——在这鼓鼓囊囊的钱包里有什么是没被忘记的？——是美孚信用卡，还是壳牌？记着老情人们的地址的硬纸板，书商的电话号码——

——"闭嘴否则我们就宰了你"——"'嗡阿吽'别激动"

躺在地板上的我有必要将音量提高吗？——铁门关闭一片黑暗

一个男孩摸着我半残的脚踝，寻找我袜子里面那不存在的百元大钞——第三个男孩解开我香港产的精工表粗暴地扯下来表链在皮肤上留下了轻微的擦伤

"闭嘴我们马上就完事了"——他们走了，

我从纸板的垫子上坐起琢磨着"嗡阿吽"并不能阻止他们对我下手，

我喊的声音太大了——我的装有价值一万美元诗歌的挎包被丢在破败的地板上——

1974 年 11 月 2 日

二

走出门外双眼迷茫，弯腰捡起我于被拖进来之前特意摘

下放在楼梯边缘上的眼镜——看着外面——

街道像一张被炸碎的脸,大厦一排排的眼睛与牙齿都不见了

半条街的公寓都已烧毁,开膛破肚的地下室,门厅的横梁烧得焦黄

挂在垃圾箱被灰泥覆盖的路口,沙发与床垫在夕阳下锈迹斑斑

家中无人,只有门廊上散落着几个被吓坏的黑发孩子几乎快要冻僵

穿着黑色的鞋在房门口咯咯地笑着聊天,在这破败街道的中部有的房子传出饭菜味道有的房子贴着招租的标志

隔壁是个小杂货店,有没有电话,该不该叫警察?"我刚刚被抢了"我对食品店铁皮房顶的日光灯下那张男人的脸说道——

他十分虚胖,双眼无神又水肿,有被啤酒折磨的肾和交流障碍的舌头

嘴唇肿胀就像我的双眼,正在看店的是个可怜的酒鬼大叔!

啊这个城市充满着眼神空洞目光恐惧的白痴,闪着红灯的警车在路边停下——

"嘿,或许我的钱包还在地上呢,有手电筒吗?"

回到那大门焦黄的洞穴,警察那昏暗的手电已经坏了什么也看不清——

"我那个拍档只想在车里坐着最好永远也不动窝,嘿,兄弟把你的手电拿来——"

一束微弱的光线,微弱到如同在犯罪现场的黑暗中燃起一根火柴

"喂,我什么都看不清啊"……"把这张表填了"

邻居们挤在车后面"我们屁都没看见"

门廊前年轻的女孩与孩子们笑着"我说哥们看看上次我

和那帮家伙搅在一起时留下了啥——"

他卷起衬衫露出瘦弱的胳膊，有一条刀疤赫然刻在他棕色的肩膀上

"再者说如果我们帮了你警察来抓人时又不认得谁是谁大家就都进监狱我再也不帮这种忙了以后我只管好自己的事"

"啊！"我走开了心想"上帝啊我的家和这只有半条街的距离我却谁也不认识跨过对面的C大道谁又认识谁呢？"——经过空无一人的公寓，一个老太太拿着破旧的纸袋

坐在停尸房锡板的门框前。

1974年12月10日

谁在操纵美国?

石油产生棕色的雾笼罩着丹佛
石油那红色的粪便为雾染上色彩
一层又一层跨过地平线
污染了头上的蓝天
石油统治的汽车排出废气
令丹佛的白天一片红色的朦胧
十二月光秃秃的树木
矗立在屋顶林立的街道边
飞机降落隆隆作响,又飞向天空
雷达旋转,黑烟
黑烟从尾翼盘旋飘散

石油统治的数百万辆汽车加速穿过龟裂的平原
石油来自得克萨斯、巴林、委内瑞拉与墨西哥
石油驱动着通用汽车
令福特加速
点亮通用电气,石油的火花
穿过IBM公司的电脑,
为国际电话电报公司埋下炸药
为西部电气公司放出电弧
在美国电话电报公司的线路中川流不息
石油流过艾克森石油公司新泽西的胶皮管,
在美孚公司油罐的弯管里流动,令克莱斯勒的
引擎隆隆作响
从德士古公司的输油管里疾驶而过,

九 思想涌现之息(1972—1977) 351

从海湾边损坏的油罐里流出来染黑了海面
从加利福尼亚标准石油公司海边的油井塔倾泻
污染了圣巴巴拉市的海滩。

> 1974年12月3日,丹佛至达拉斯,
> 布兰尼夫航空公司的飞机上

呼吸间的思想

车流在片刻间于沥青路上滑过前面是
达拉斯希尔顿旅馆
棕色的秃树在十二月的尘烟中滚滚而上
向着城市正方形的塔楼
下面的高压线塔一直连到乡下的水槽
向着远方条纹状的浮云与空中渐渐消逝的
飞机尾烟。
这人造的烟雾环绕其间壮丽无比,摩天大楼
直插天际,
屋顶连成的河流向着地平线延伸。
我再次枯坐去完成这一次的轮回,眼睁睁地看着
灰尘的微粒飘进我的视网膜
像一只停止电话线上的鸟,那眼球弯曲的轮廓
是我和拉斯相遇的地方——
感官中那汽车旅馆白色的墙壁——耳朵的咆哮
石油的废气,带着鼻音与通体放射出咆哮的
汽车在中北高速公路上轰鸣
能量在混凝土间奏出音乐,能量
在虚无里唱起自己的赞歌——
我在此地枯坐了四年到底悟出了什么?
无论是头脑的大厅里或是外部感官的大厅里,
皆是一样的空间
卡车咆哮着前进,向着达拉斯的摩天大楼
或是从我的脑中飘过的思想
那些思想在呼吸间消逝——到底是什么

诱发了我的冥思？
是警察国家，学生们，诗歌放肆的语言，
对于警察的愤怒与恐惧，
是石油的警察，洛克菲勒的警察，奥斯瓦德的警察，
约翰逊的警察尼克松的警察
总统的警察
是南卫理公会大学的警察托管者的警察中央情报局的警察
联邦调查局那帮缉毒打手的警察
警察们抓捕了史东尼·伯恩斯并把他送进了监狱
判刑十年零一日
只为那不到一根的大麻烟，这难道是一个公民
在共和体制与宪法的保护下，在得克萨斯应得的境遇？
我们被困在这个警察的国家深深叹息，深知
我们是被困在我们自己的身体里，
我们的恐惧来自没有肉，没有石油，没有钱与飞机
没有性、爱、吻、职业，来自于没有
工作
四处都是钢铁的围栏，机械怪兽
将我们吞噬，他们被军警所控制
被秘密警察与我们自己的思想所控制！
惩罚！惩罚我！惩罚我吧！我们都在心中呐喊
阳具孤独地
在我们的拳头里射精！
何种思维能如此令我们在达拉斯孤独的心儿澎湃？
这种穿过我们心儿的澎湃可像
从希尔顿的水龙头里流出的石油？
我们该在何地安放我们的思想，为
我们的自我缴租，如何
保护我们的身体

免于受到通货膨胀，饥荒，年老，香烟
癌症，咳嗽致死的侵害？
从哪里才能搞到钱收买我们的
骨骼？如果我们和基辛格一起工作
我们可能购买时间，假释出狱？洛克菲勒
可想让地下的报纸登载他潜意识中
为了石油策划的核战争？
第九十二装甲师可会被派往阿拉伯半岛
占领油田
一如美国新闻与世界报道在十二月
威胁的那样？
我们可记得曾说过要在呼吸之间
毁灭这些军队？
如何缴清租金继续使用我们的身体
如果我们不将自己的思想出卖给轮回？
如果我们不成为幻觉的共谋——虚无飘渺既是生活的
本质——
我们如何在达拉斯的南卫理公会大学里
寻找我们的未来？
用我们的双手劳作
就像黑鬼们在地里种着庄稼，
开垦农田并收获我们谷物一样的
命运？
啊，沃尔特·惠特曼向你致敬你深知劳动者的疾苦，
那些颇具性感天资双手长满老茧的
在泥土里苦苦求生的人们
不停修理资本主义的轮轴，沉默无言
对着幻觉中的
国务卿傻笑！
是这些脊背和阳具都被晒得通红的乡下聪明人

九 思想涌现之息（1972—1977）

支持着政府里施虐狂与受虐狂的怪胎们
警察与法西斯主义的垄断专权——
基辛格光着大肥屁股
手持皮鞭,脚蹬皮靴
给智利写着一张潦草的便条"请不要
再搞什么公民权利的演讲"
当大使正在对露天拘留场里
使用的酷刑提出抗议!
而我乘坐的飞机喷出的毒烟
是洛克菲勒收买了基辛格后的结果!
史东尼·伯恩斯[①]正在坐牢,在那石头的监狱在
亨茨维尔
低声把他的新闻向孤寂报告。
敬意
献给上师们,上师唵!感谢那些
教授我们呼吸法的导师们,
看着我们的思想在空气中旋转,
跟随着思想的起起伏伏,
幻象的盛况如一个又一个帝国
在呼吸间兴盛又衰亡!
感谢那些满脸皱纹的导师
读透我们心灵的报纸
教导我们不要固守昨日的
思想,
也不要刻意断绝前一刻的思想,只需
让那些城市自然而然地在呼吸间消失无踪——

[①] 美国民权运动者和地下刊物制作人,被美国执法机构以散播淫秽物品、煽动暴动等罪名多次逮捕。最后以私藏大麻的罪名投入监狱判刑十年零一日。本诗创作时是其第一次入狱。

感谢那些引导我们入定的导师
我们的眼中布满灰尘的微粒,
愤怒占据着我们的心灵,
这一座又一座我们于其间眉头紧闭
进行冥思的达拉斯市里充满了空寂——
具有知觉的存在不计其数我发誓
要将他们全部解救
无数种激情深不可测我发誓
要将他们全部释放
思想的形式没有界限我发誓
要将他们一一统治
觉醒的空间无穷无尽我发誓
要永远地投入它的怀抱。

        1974年12月4日,达拉斯

我们随着阳光升起又在夜晚坠落

黎明那橘色的球体在帕利塞兹丘陵上闪耀
光秃秃地挤在一起的灌木枝于沼泽竖立——
在新泽西和我父亲开着一辆汽车
沿着高速公路驶向纽瓦克的机场——帝国大厦的
尖塔，生出犄角的楼顶，曼哈顿
如 W·C·威廉姆斯在电线塔间的双眼一般升起——
六轮卡车平稳地驶过立交桥
穿过纽约的边际——我在这里
微不足道地存在于太阳缓缓升起的
白茫茫的天空之下，
凝视的目光穿过新建大楼的框架，
手中握着笔，头脑清醒……

1974 年 12 月 11 日

写在酒店的餐巾上：芝加哥的前途

风车在这个多风的城市旋转
从房顶伸出他们的触角
收集着电力
在花花公子大厦
顶层土壤肥厚的花园之上
芝加哥商品市场在暗中
积聚肥料
为近北区后花园
供应着粪肥
卷心菜，芹菜与黄瓜
在戴利市长的前院
萌发
享受着人类充足的排泄物
像往日一样浴缸里装满啤酒
像往日一样在后院抽大麻，
日光反射器在石堆里聚集热量
蓄电池放在公寓楼的墙根下
马儿在公园里吃草
街道被绿草覆盖
黑手党的头子们搜刮大地的一切
埋葬花椰菜
留下
年迈的帮派成员和他们的儿子
照顾葡萄树

1975年3月中旬

医院的窗户

薄纱似的暮霭中,淡淡的雾气似香烟袅袅
如丝带般从克莱斯勒大厦银亮的鳍片间溜过
逐渐变细如精美的针尖,帝国大厦更为高耸的
天线塔罩着一层乳白色的光芒其间黑与白的
小格子如公寓般散发的光笼罩曼哈顿的天空,
刚刚落成的办公楼暗色玻璃窗在浅蓝色的天际之下——东区
是五六十年代的风格遍布城堡一样的宅邸与水塔,七层的
屋顶铺有柏油的房子如河岸般绵延在约克大道,五月晚春的绿树
围绕着洛克菲勒大楼蓝色穹顶的医院凉棚——
水边展现出网格球顶的建筑科学——汽车行驶于
东河滨道,停在纽约医院椭圆形的门前
那里有完美的郁金香与
一千名在医院病床上健康状况极不稳定的
身患重病的灵魂。三区大桥挺立着钢铁的
橡子与托起复折式顶端的石头桥墩
阁楼的屋顶漆成橘黄色,落日染红了河流和几扇
布朗克斯的窗户,灰漆的高架桥下东五十九街
五层楼之上泛起一阵镁雾的光辉。
沿着河向着闹市前行,就像莫奈于一百年前
拜访泰晤士河那样,经过联合爱迪生电力公司在十四街的烟囱,
与在这现代化的迷雾中布鲁克林桥划开的一道微光——

那九根巨大的烟囱直插天际令人无法回避——
联合国大厦挂在一架橙色起重机下面，笔直的街上
树下红色的信号灯变绿出现一个患有轻微神经痛的
不停点着头的脑袋。达摩隐现，经过数周
中毒般的慵懒后我终于回到此情此景，我的大腿
肚子胸膛与手臂布满了小脓包的疤痕，
头疼转移消退成为了脖子疼，右边的眉毛面颊
与嘴都已麻木——因为用错了药的缘故，额头
毫无救药地不停渗出汗水，遮盖了我的愤怒
从胃到前列腺还有不停研磨的下巴与绷紧的肛门
却没有释放出那对于机械般的马亚圭斯号上恐怖的哭嚎
世界的自我中有数十亿吨金属的悲痛倾泻
从金边到那空帕农，圣地亚哥与德黑兰。
温润的清风在窗边吹送，这一日的痛苦
终得解脱，车河顺着高架桥向下流淌
建筑物不计其数的墙面与玻璃窗绵延数里
深入浮尘婀娜的天际迷惑
我空虚的心灵。一只海鸥孤独的飞过
在屋顶静默地展开翅膀。

       1975年5月20日，马亚圭斯号危机[①]

[①] 1975年一艘美国商船被柬埔寨政府扣留而导致的外交与军事冲突。

一定得在点唱机上播放

一定得像两次连赢的赌盘一样闪烁
一定得在电视里播放
一定得在喜剧时段里高谈阔论
一定得用高音喇叭大声宣布
中央情报局与黑手党狼狈为奸
一定得用老太太的语言讲话
一定得登上美国报纸的头条
肯尼迪仰面朝天，面带微笑，被卑贱的蠢货与特工出卖
富得流油的银行家和犯罪分子串通一气
中央情报局里的毒贩和古巴的毒贩携手合作
和佛罗里达坦帕市显赫的辛迪加组织合作
一定得用大嘴巴说出来
一定得在工厂的喇叭里哀叹
一定得在汽车广播的新闻节目中的喋喋不休
一定得在厨房里尖叫
一定得在叔叔们打成一团的地下室里大声叫喊
一定得被报童冲着公车售票员嚎叫出来
一定得化为汽笛声响彻纽约的海港
一定得在工人的安全帽下产生共鸣
一定得让大学舞会乐曲的音量爆发
一定得写进图书馆的书籍，加上注释
一定得成为时代杂志与法国世界报的头条
一定得在电视中咆哮
一定得在酒吧门外的小巷里就能听到

一定得在使用电讯社系统发出电报

一定得化为铃铛响个不停，喜剧演员在拉斯维加斯的一次表演中笑料卡壳

一定得是联邦调查局头子约翰·埃德加·胡佛与弗兰克·科斯特罗辛迪加的代言人周末在纽约中央公园碰面死后被时代杂志披露

一定得是那黑手党和中央情报局的媾和

在古巴的猪湾挑起战争与策动投毒刺杀的消息登上头条

一定得是那缉毒警与黑手党

在全美贩卖海洛因

一定得是那联邦调查局与有组织犯罪集团在暗中合作"对抗共产分子"

让福星卢西安诺出狱接手西西里整个地中海的毒品交易

一定得是些科西嘉的白痴们使战略情报局1948年进攻马赛港口的行动破产，那是六十个转运印度支那海洛因的港口，

一定得是跨国公司收音机清脆的响声

全球为有组织犯罪服务的洗钱机构

一定得是中央情报局与黑手党与联邦调查局的媾和

超越尼克松的权利，超越战争的范畴。

一定得是哽在喉咙里的无数次谋杀

一定得是嘴巴与屁股万众齐鸣的暴怒

胀着通红的脑袋，喉咙的深处发出的厉嚎

一定得是基辛格的大脑

一定得是洛克菲勒的嘴巴

一定得是中央情报局"家族""我们的事业"特工处黑手党有组织犯罪联邦调查局缉毒警与跨国公司

是一系列的犯罪共谋集合体

四处都是暴怒的枪手与谋杀犯，蠢蠢欲动
　　秘而不宣狂饮暴醉残忍肮脏且富有
　　在监狱的煤渣堆上，工业的癌症，钚的烟雾，满地垃圾的城市，祖母的褥疮，父亲的愤懑
　　一定得是统治者们操作着法律与命令使他们自己暴富
　　想要保持现状，想要毒虫想要阿提卡想要肯特州立大学想要在印度支那发起战争
　　一定得是中央情报局与黑手党与联邦调查局
　　跨国的资本家们拥有各种暴力机构，"为最富有的一群服务的私家侦探"
　　还包括他们的陆军海军与空军执行轰炸任务的飞机。
　　一定得是资本主义成为这场暴怒的中心，这
　　人与人的竞争，黑手党头目床上的马头，古巴人的地盘与喧嚣，枪手，在大洋间此起彼伏的帮派战争，
　　轰炸柬埔寨清算苏联飞行员秘密驾驶埃及战斗机作战的旧账
　　智利红色的民主政权已被白宫的锅碗瓢盆干掉发出对地中海政府们的警告
　　秘密警察见不得光的伎俩已玩弄了数十年，内务人民委员部与中央情报局恪守着对方的秘密，国家政治保安总局与国防情报局从不对彼此的人下手，克格勃与联邦调查局思想一致——心狠手辣
　　遍布全球，有用不尽的钞票
　　一定得有钱，一定得手握重权，一定得购买哈佛研制的最新科技
　　一定得谋害印度尼西亚五十万人
　　一定得谋害印度支那两百万人
　　一定得在捷克斯洛伐克大搞谋杀
　　一定得在智利大搞谋杀

一定得在俄国大搞谋杀
一定得在美国大搞谋杀

      1975年5月30日，纽约，凌晨3点

勇敢的小伙子，来吧

来吧，百老汇大街阳光里
玉体横陈青春盎然的你
来吧，迷死姑娘的棒小伙
吻着金色卷发，柔软赤裸
来吧，你们这些金色的胸膛
在你老去之前，和我上床，
脱掉蓝仔裤，咱们找点乐子
躺好，我要你柔软的肚子。

来吧，英气逼人半裸的万人迷
阴道血泊中驾车疾驰而过的你
来吧，精瘦的与肌肉的
雄伟坚挺的阳具你控制着红绿灯
转身，娘们一样翘开你的腿
我保证你的屁股不会后悔
来吧，外表柔弱心如铁的男孩
我带你穿过墓地，再把你亲吻

旧你将会死去，臂弯中一个新你将会醒来
哭着笑着，缠绵依偎在我的怀
来吧，强壮的爱人坚忍的孩子棒小伙
走向新的温柔，品尝新的苦果
满月之光中我们相拥直到黎明
露水的草地我们躯体洁白如晴

靠着我的肩膀，亲吻我的眉毛
肚子贴着肚子，脖子也要吻到

没错，来吧，屁股紧致阳物雄壮的小傻瓜
我的肚皮等着你的那玩意来摩擦，
舔舐我的胸膛与腋窝，还有鸡鸡
黎明破晓时累倒在床，一声叹息
射在我的胳膊上，呻吟你的热望
再射在我的嘴里，躺下一声不响，
让我射在你的屁股里，枕在你的腿上，
我们一起射吧，一起颤抖，恳求对方。

1975年8月25日，凌晨4点，博尔德

忧郁症

主啊主啊我得了忧郁症,有事情不对劲
上帝无处可寻,青春消失殆尽
忧郁症,性欲不再
忧郁症,硬不起来
泪水充盈双眼,感觉自己是个疲惫的老婊子
我去医生那里,他给我注射带毒病菌
我走出了医院,脑袋里虫子蠕动成群
死亡二字挥之不去,父亲一天老比一天
无力独行过半条街,双脚寒冷直到指尖
我一路南下,去圣·达菲旅游
陶斯部落广场土陶小屋,印第安人有绿松石出售
拉·方达旅店里头疼欲裂,到哪儿病痛都与我相守
这大概是现世报,来自我搞过的年轻小伙
那些游魂追逐我,因我也曾追逐过快活
独自卧于病榻,唯有玩具相濡以沫
定有事情不对劲,是吃荤还是抽烟
主啊我匍匐在地,十万句悔过誓言
我的诗堕入地狱,这全由骄傲引起
又病又气,躺在我医院的床上
医生啊医生,死前请给我吗啡尝尝
又病又气在本国的宇宙中,啊头疼神伤
某天我会离开,去什么地方自己生活
没错,离开这个城市老骨头前行霍霍
如果真的走了,你们会想患有忧郁症的我

          1975 年 7 月 19 日,博尔德

金玉良言

生于人世
你注定受苦 ①
世事多变
你的灵魂虚无飘渺

试着开心一点
无知者最快乐
你无精打采
你吃下卷心蛋糕

出路只有一条
你上了公路
开着你的豪车
踩八下油门就开始飞翔

看看那风景
开阔的地平线
对着天空说话
践行你的诺言

像太阳一样发热
照亮你的天堂
看看你做了什么

---

① 佛教的"苦谛"。

亲自下来走一走

该坐就坐
该呼吸就呼吸
该躺下就躺下
走你该走的路

想说就说
想哭就哭
该躺下就躺下
该死就死

在看的时候真正地看
在听的时候真正地听
品尝你所品尝
闻你所闻

抚摸你所抚摸
思考你所思考
不要纠结顺其自然
无论人间天堂与地狱

该死就死
该死就死
该躺下就躺下
该死就死

1975 年 10 月 17 日，纽约地铁

滚雷石

一

放下你的山川

放下放下你的山川放下你的神
放下放下你的音乐放下你的爱情
放下放下你的第一放下你自己
放下放下你的国家走到田野间
放下你的所有创造放下的你思想
放下放下你的帝国放下你全部的世界
放下你的灵魂，永远地放下，放下你的幻象
放下你美妙的身体放下你沉甸甸的金冠
放下放下你的魔法，嘿！炼金术士放下
放下你的练习，没错，亲爱的放下你的智慧
放下你熟练的照相放下你的肖像权
放下你绝妙的相片轻轻地放下
放下你的愚昧，换个角度想想
放下自作自受，放下你狮子般的咆哮

1975 年 10 月 31 日

二

晨礼之诗

使用澳大利亚原著民乐器"音棍儿"即兴创作

应药师滚雷之邀，1975 年 11 月 5 日

当音乐被需要，音乐出现
当仪式被需要，导师露面
当学生被需要，电话响起
当汽车被需要，车轮碾过
当住所被需要，大厦拔地而起
当火被需要，木柴落地
当海被需要，碧波涟漪
当岸被需要，岸就和海相依
当太阳被需要，太阳就从东方升起
当人被需要，人就来了
当生物圈被需要，生物圈便成型。

普利茅斯

三

雪花蓝调

吸古柯碱救不了美国没有谁能
双膝打颤翻着白眼一脸雨水
你鼻子上的雪花让你的大脑高烧不退

1975 年 11 月 10 日，丹伯里

四

为塔斯卡洛拉保留区之六国

我们感激所有的食物[①],鹿肉与印第安玉米粥
这里面包含你们族人辛勤的汗水
还有曾为之受苦的各种生命
我们承诺会将这一切转化为友谊的赞歌和舞蹈
敬予十方大地。

1975 年 11 月 18 日

五

雪落
灵魂冻结
转眼杀灭
心的安逸
酒精
傻瓜为之动情
奴隶啊
充满渴望
毒虫语无伦次
镇定剂的
激怒
双眼模糊—

---

① 施耐德和惠伦以修禅的语言形式感激食物的方式。

我唱
滚
雷
不好!
大丈夫
暴怒

于你
是拖累
重负。
抽草
好,好
屁股摇
思想之财富
卷草之康健
准备好了?
冥
想
忍耐
明眸锐目
平静
如坟墓
救助!救助
那些国度

1975年12月4日,蒙特利尔

落基山的小屋

一

手持半杯茶坐于树桩，
日落西山——
无所事事。

一言不发！一言不发！
苍蝇在替我讲话——
风儿也附和着什么。

苍蝇停在我的鼻子上，
我又不是佛陀，
这里没有道可悟！

靠着红皮的树干
那只苍蝇的影子
点亮了松枝的阴影。

日落已一个时辰
我却仍未参悟到佛陀！
——只好撤退到我的小屋。

二

经历两周的隔绝后,走进金·苏普尔超市

一个面色红润长着粉刺的男孩
独自站在柜台前
向下望着里面的冰淇林。

1975年9月16日,博尔德

读着法语诗

诗句在我的脑中跃然而出
有如伍尔沃斯五美分十美分商店里的香水
啊,我的爱有单薄的胸膛
十七岁男孩的屁股平滑清爽
啊,我父亲那苍白的手掌
你脚上的斑点与腐臭的呼吸预示出肿瘤的存在
啊,我饱含浪漫的自我
渐渐褪色留下肥胖的身躯
与我在床上为伴,温暖,但没有感情
除非我把自己折腾得像个哑铃
啊,我的第五十个年头快要来临
就像田纳西就像失败的安迪,微不足道——
是创作诗歌极好的素材。

1976年1月12日,纽约

两个梦

一

当时我正走过莫斯科的草坪我听见
一个声音，是一个小绿侏儒，穿着树叶的衣服
细细的玉米秆胳膊，头上戴着绿色的苞叶与穗，
向我走来开口说话：
"您看到还有另外的玉米穗脑袋说话了么
穿过长长的绿草叶片几乎快被掩埋
就在那空旷的草地那建筑的幽灵
在警察国家被遗忘却从地面爆发生机
和今天的春日一样种子能自由的生长
我也播撒下友谊的精灵向你致敬
在罗马莫斯科马戏团里寻找爱的人——
开心一点吧我们敌人的敌人已经死去
死亡中我们不分彼此，如果大家都已死去，
没有人落败不过是死去而已，还有哪种生命
能像您和我一样古怪，远古的朋友，您可继续
享受您的幽默与民主当你离开这片草地
草地会像预言那样枯荣但也像你我这样活过。
开心点吧，亲爱的先生。您看我顶着绿脑袋
在大楼间的小小悬崖跳来跳去
逗人发笑洋洋得意，在帕特森一处经年的草坪
破坏它们的家伙聚集在那里为虫子建造一个
小小的农场，玻璃瓶在新翻出来的土地里闪闪发亮——

还有野草还有我们得到建筑学的警察默许后
萌发出使自然心情愉悦的嫩芽。
太阳即将升起我将陪着你的眼睛
走过整个莫斯科寻找人子之爱。"

1976年3月1日

二　淤泥

但丁，我在悬崖边行走
胳膊下夹着弥尔顿和托斯卡纳吟游诗人的诗集：
公路试探着大海半透明的泥泞
轻触着天际下人类沥青的建筑。
在我目光所及的工厂的彼端，穿着衣服
跳进酸潮①之中，英勇而鲁莽地
愚蠢地游过那有毒的水面向着我的目标游去——
陆地尽头的钻井平台，在那儿朋友们看着
我的秃头慢慢接近那撒旦般的世贸中心。

父亲在肿瘤的折磨中慢慢死去，工业的尘烟
遍布于拂晓的天空，金色的光线穿透稀薄的
柏油烟撒进帕特森，对于刚刚睡醒的眼睛
这景色毫无意义，它们被输送进家庭的血肉。
资本主义不顾后果的工业癌症侵蚀着新泽西。

1976年3月6日，纽约

---

① 是新泽西与纽约曼哈顿附近流域的污染。也指罗伯特·卡柏在1966年的《洛杉矶自由报》中对于LSD的描绘：LSD的潮水将写有"法律""上帝""自我""好""恶"的小岛冲散。

九　思想涌现之息（1972—1977）

猫咪蓝调

致安妮·沃尔德曼

你说你必须回家去喂你的猫了
当我邀请你在这边过夜你的猫在哪里呢?

把你的猫养在这边吧试试我们的热猫食
没错这里有很多的猫它们都是半裸
孤独地回家对你的猫没有好处

嘿,今天是七月四日你山姆大叔的生日
在外面彻夜狂欢庆祝国庆
老虎在你的栅栏上别让它跑掉

猫咪猫咪回家吧我要喂你鱼吃
好的,猫咪猫咪给你红色的猫食碗
我会挠挠你的肚子想吃多少都可以

嘿猫咪呀你会不会捉住我的老鼠
嘿猫咪请和我的白老鼠一起玩吧
你可以在我家过夜,你可以帮我打扫房间

1976 年独立日,博尔德,凌晨 1 点

不要变老

一

老诗人啊，诗歌终极的主题在数月后的未来暗含微光
温柔的每一个清晨，帕特森的房顶被雪覆盖
无边无际的
天空笼罩着市政厅，东区公园的小草坪与网球场背靠着帕塞伊克河
构成我们的一部分事物已然消逝，露丝姐姐的公寓，棕黄色走廊的高中——
太过疲倦无法外出散步，太过疲倦无法将战争结束
太过疲倦无法拯救身体
太过疲倦无法做出任何英雄行为
那几乎已在手中如同胃
肝脏胰腺与肋骨
咳嗽时涌出的胃液
婚姻在一声咳嗽中消失得无影无踪
很难从安乐椅上起身
双手苍白脚上生着斑点一只脚趾已经变成蓝色胃袋松弛乳房摇摇晃晃
细细的白发垂在胸前
太过疲倦无法脱下鞋子与黑色的袜子

1976年1月12日，帕特森

二

他再也看不到时代广场
蹩脚剧院的华盖,午夜的公车站
再也看不到那一轮红日
升起于东边的树顶直上纽约的天际
他那把对着窗户的丝绒扶手椅将空空如也
他再也看不到月亮在屋顶升起
或帕特森街道的晴空。

1976年2月26日,纽约

三

不中用的手臂,柔弱的膝盖
八十岁的年纪,头发稀疏而苍白
我不知他竟如此面容枯槁——
头低垂在他的脖子,眼睛睁着
偶尔,他能听见我说话——
我给他读我父亲留给我的华兹华斯的《不朽颂》
"……划过天际的荣耀之云
我们可是上帝的子民,他可是我们的归宿……"
"真美呵,"他说,"但那不是真的。"

"当我还是个小男孩,我们在纽瓦克的
博伊德大街有一所房子——后院很大很空旷
遍布灌木与长长的草,

我总在那些树的后面漫无目的地徘徊。
当我年纪大了，我又回到那街口，
发现那边变成了——
一所胶水工厂。"

1976 年 5 月 18 日

四

什么将会降临在我的身体？
毫无疑问，那也会降临到你。

我的双臂可会凋谢枯萎？
没错，你的臂毛将变银灰。

我的双膝可会变得柔弱直至崩塌？
你的双膝有一天或许也会需要支架。

枯瘦可会弥漫于我的胸膛？
你胸膛干瘪的肌肤将会摇摇晃晃。

你们要去哪里——我的牙齿？
你到头来也只会剩下底部的一只。

我的骨头将在何处安息？
它们终会和石头混淆一起。

1976 年 6 月

五

亡父蓝调

嘿，死去的父亲，我向家的方向飞去
嘿，可怜的家伙，你寂寞而空虚
嘿，老爸，我知道我要去哪儿

死去的父亲，再也不要哭泣
妈妈在这里，在楼板下喘气
死去的兄弟，请照顾店里的生意

死去的老姨妈不要把你的骨头藏起
死去的老舅舅我听见你的呻吟
死去的姐姐啊你的悲叹中有芳香的气息

死去的孩子啊大口大口地呼吸不要躲藏
抽泣的胸膛会舒缓你的死亡
痛苦消失，眼泪不再流淌

死去的天才你的艺术已定型
死去的爱人你的身体已凋零
死去的父亲我即将回家，结束远行

死去的上师你字字珠玑
死去的导师我感谢你
启发我将这首蓝调唱起

死去的佛陀，我和你一起守丧
死去的达摩，你有全新的思想
死去的僧伽，我们将齐心所向

生于人世便要承受苦难
无知令我孤绝不堪
我不能嘲笑真相的泪眼

再一次别过父亲的气息，
新的你将永远告离病体
我的心脏平静无比，
时间将会揭示这个秘密。

1976 年 7 月 8 日（密歇根湖畔）

六

我的父亲将被埋在废料场的旁边
我的父亲将被埋在纽瓦克机场
新泽西南部收费站第十四号出口
云丝顿香烟的广告牌下
我的父亲被埋葬在穿过收费站的第一条便道上
经过香浦沼泽旁水泥的冷库
经过百威啤酒安海斯布希砖墙的酿酒厂
在以色列子民的墓园那刷着绿漆的铁栏杆后面
那儿曾是农庄与生产油漆的工厂
现在宾州的家伙们在那里制造化学产品
借由宾州中央铁路公司电站的
变压器与电线，就在那伊丽莎白与纽瓦克的边界
在露丝·盖德马克姨妈的旁边，和亨利·梅尔泽
舅舅靠得很近
亚伯的妻子安娜旁边的第二个墓穴将是我父亲下葬的地方。

1976 年 7 月 9 日

七

关于死亡我们有什么可准备的？
什么都不需要，什么都不需要
难道不再于 1937 年去新泽西的帕特森第六中学上课？
凝结今晚的时间，伴随着头疼，午夜一点四十五分？

难道明天早上就不去参加父亲的葬礼?
难道不回到那洛巴去教一夏天佛学的诗意?
难道某日不会被埋葬在纽瓦克机场附近的墓园里?

1976年7月11日,帕特森

"垃圾邮件"

我从信箱里收到一张犹太青年会全国联盟寄来的印刷精美的证书
订阅《每月评论》这份独立的社会主义杂志的广告
国会议员科赫报告着我们城市的衰落
癫痫基金会应投给潘东努奇先生的信误送到了我手里上面画着的烛光照亮着四百万美国民众
亲爱的奥尔洛夫斯基先生请将救世军放在你的圣诞清单上并用内含的信封寄回五十美元
美国公谊服务委员会现在行动吧满足急需援救者所需饥饿的家庭与囚犯
在那遥远的法律体系与感化院中的在越南老挝北部大平原印第安人的栖息地正被渴望能源的工业所毁坏使以色列的犹太人和阿拉伯人之间心生隔膜
《佛蒙特绿山季刊》中的精神能量学研习班帝国主义的意识形态在唐老鸭的最新选购目录中归来被国际版权公约所保护的阿罗频多与母神还有奥罗维尔的新闻
亲爱的朋友：我们是弥洛普家的迈克尔与罗伯特，被美国政府二十二年前处决的罗森堡夫妇的儿子
需要两万五千美元的文件复印费用以控告政府
圣诞快乐救救在医院里的老兵买一份数日来呕心沥血制作的艺术品或手工吧鲍勃等待你的帮助。
为和平募款如果你热血沸腾就请协助我们向敲诈勒索与暗杀行刺的中央情报局施压那是环球暴力的策动者之一世界各地的公民们团结起来行动起来
纽约同性恋联盟面临破产请参加万圣节的舞会

全美农工联盟呼吁联合抵制法国的葡萄与生菜我们的斗争不会结束只想让开出的支票有钱可付是的我们可以的恺撒·E·查韦斯工会标签

《能量与演化》的季刊中在不断宣布着该如何制作七弦竖琴与扬琴还有量子理论坦陀罗与土地改革和有机种植

将诗人与作家削减下来的工资寄到善款的账户联合国儿童基金会致力于救助贫穷国家四到五亿面黄肌瘦的儿童。侏儒症

失明智力缺陷生长萎缩粮食歉收干旱洪水大麦与白米的粮荒油价飞涨肥料供应不足皆急需您的帮助。

被冠以种族歧视动机的无辜水兵在乔治亚州已被定以死罪这是一封来自南方反贫穷法律中心朱利安·邦德的厚厚的信

"我不想伤害任何人。我只是去警察局看看他们对我的兄弟做了些什么……"海军中士罗伊·帕特森说

在这个感恩节你难道不想帮一帮那数百万在绝望中急需祝福的人吗加入卡尔的节日食物发放的圣战"好的！就捐出我的退税来让他们活着吧。"

天主教和平奖学金行动者基金会特别呼吁来帮助我们去资助基督教的和平主义者横穿美国进行裁军与实现社会公义

（）我现在没有钱但希望仍在你们的邮件清单上（）请把我的名字从邮件清单上移除

一封来自罗伯特·雷德福的重要信息关于环境的八十种不同的法律行动污浊的空气是你的人生甩不掉的癌症喷雾器国家资源保护委员会需要你的帮助

横穿美国的意义是：从1946年开始这些国家已经耗费了四万五千亿美元的国防预算今年以两千四百亿和我们并肩而行穿过这星球的表面进行非暴力抵抗呼吁单边裁军

唵斯里格内舍雅南无坦特罗[1]语调中与坚定的导师塔库

---

[1] 原文 Sri Ganeshaya Namah，赞颂印度象头神。

尔博士与纽约列克星敦大道乔治·华盛顿宾馆毫无猥亵之意
　　亲爱的朋友：国际反战者组织已陷入了绝望的经济困境
　　在核武时代和平主义者的事业必须前进向占领北爱尔兰的英国士兵撒下传单劝说他们撤军
　　你正好拥有我们所需要的那种魔力。耶路撒冷的心脏地带中比可克林医院已涌入大量的苏联移民——不要背弃这卓绝的努力……
　　为您优先预留出加拿大奥运会百元纪念金币现在只要一百一十元！为美国运通卡客户——
　　特别为抵制一项新的外交政策而团结起来的联盟（原停止为战争拨款联盟）希望您能在填写信封中的表格后加入这个组织
　　人权修正案，结束越南贸易禁令，断绝一切外来军事援助鼓励在越南实行人民对人民的友谊
　　一个文学奇迹印度瑜伽修行者钦莫伊在二十四小时里写的八百四十三首诗现已出版
　　如果你还没有加入大瀑布发展有限公司。现在是时候加入了
　　并捐助威廉·卡洛斯·威廉斯的时事通讯。本马恩出版：两封迷人的由艾伦·金斯堡写给理查德·艾伯哈特目前为止从未披露过的信件……
　　你难道能对中美洲和撒哈拉地区与印度次大陆的人民坐视不管？请对抑制世界人口的计划生育项目慷慨解囊
　　机密———一份给开放住房的支持者的备忘录本基金致力于建立开放社会是一所非盈利的抵押公司推动居住平等：抵制种族引导
　　亲爱的世界公民：每日炸弹的冲击波产生的辐射难道不都在侵蚀着臭氧层？是不是我们该做些什么的时候了？
　　1）找人一起邮寄十封带有邮编的地址2）给你的朋友寄去联名支持信3）给你的国会议员总统和报纸编辑写信别

忘了还有总统候选人

坚持到最后,世界的当权者们会把核武器销毁殆尽。

1976年9月4日,纽约,在午夜拆信

"你可能会惹上麻烦"

打开一扇纽约巴士的窗户
用你的左手,身后是
贝尔维尤你可能会患上
疝气。
走过第一大道时
你可能会被地上的坑
绊倒
然后脑袋被一辆出租车
碾过。
在樱桃溪耕地时
你的拖车可能会
翻车然后撞上你的耳朵
你的耳朵可能会被切掉
如果你去逮捕一名毒贩
或者和东十街
的某个飞车党吵架
或在最高法院
申辩你的案子
某人可能会一枪
击中你的脑袋
不管你做什么
都无法明哲保身
在冰天雪地中洗澡
你可能会感冒
猪流感的病毒

"于"今年爆发
当局如是说。

1976 年 9 月 18 日

兰奥莱克斯,威斯康星

佛陀逝去
留下
巨大的空寂。

1976 年 10 月

"把所有的指责都归为一种"

是大家的错，不是我。
不是我干的。宇宙又不是我创造的。
我没有偷马勒博士车库屋顶的瓷砖去建造我的鸡舍
我有六只小雏鸡我买它们的目的是为了吸引
我初中的男朋友来后院和我玩
是他们偷了瓷砖我要到街对面的糖果店
告诉玻璃柜台后面的老叔叔我疯狂地迷恋着我的男朋友
我承担了关于偷那些板子的指责——
昨晚我梦到了他们他们又在街角责备我
他们把我按在地上脱下我的裤子打我的屁股我丢尽了脸
我的脸涨得通红我一丝不挂我浑身发热我勃起了。

1976年10月25日，纽约

兰奥莱克斯,威斯康星:密宗学院

烛火蓝带焚香
疼痛的膝盖,饥饿的嘴巴——
那锣声快要响起——土豆拌酸奶油!

红蒲团上遍布阳光,
刀叉杯碟铿锵作响——
我从未像今天这样开悟。

*

你可曾将自己看作
一具从头颅里
张望的骸骨?

*

木梁之下
有一百个人
盘坐
吸着鼻子,咳嗽着,清着嗓子
打着喷嚏,叹着气
用鼻子呼吸
穿着衣服在垫子上移动着

吞着唾液,
倾听着。

1976 年 11 月 11 日

为克里莱的耳朵而作

全体事物的
重量之和
过于
沉重

我的心
在地铁
精妙地
跳动

头疼
因为吸烟
一阵
眩晕

今晚
坐车
去上城拜访
葛玛巴大宝法王。

1976年12月13日，纽约

徘徊在坡的巴尔的摩

一　坡已入土

巴尔的摩的骸骨在人行道下不怀好意地呻吟
坡将他丑陋的骨架藏在教堂的院子里
春分时的虫子在他干枯的耳朵里窥探
蛞蝓在他的头盖骨里穿梭，他的黑发与荒草的根纠结一起
心脏附近是瞎眼的鼹鼠，毛毛虫在他的胸腔里蠕动，
花纹蛇将他的肚肠咬破
其间干燥的尘土，蛇眼与内脏筛过他的骨盆
他荧光的脚指甲上生满了绿色的苔泥，单脚而立的黑色墓碑——
预言家坡啊，写得漂亮！你在这墓穴里头盖骨的小屋
没有眼睛，躲避了月光在这埋葬着无数尸体的地下
这里走过牧师，行路人，与诗人
那白色眼球的目光穿过大门带刺的围栏
凝视着被高架桥紧紧地捆住与束缚的城市心脏。

1977年1月10日

二　听见有人在和睦街203号大声读着"丽二尔"

光芒影影绰绰从黄铜的火钳上反射
小钢琴对于那些沉默大众的耳朵也是沉默无声

为了那诗人的精神,他曾为新娘与食尸鬼放声歌唱
仍在那些顺从他幻象规则的孩子们脑中萦绕。
他们在新泽西海岸排列密集的房子里哭泣并燃烧
他们的双眼见过他鬼魅般地图景,尽管这预言家已不在人世
乌鸦的光亮与夜晚的猫;他死亡的美酒仍奔袭在
他脑中那些家伙们的静脉,不见天日。
大声读着书中的词句,消耗整整一个世纪的光阴
在他的房子里在他继承人的狂欢中,直到他将哀楚也继承给他们:
我看到一个瑟瑟发抖的苍白的年轻人,吟着坡吟过的韵脚,
直到坡浅色的玫瑰再次复活,他的火焰在地板上时隐时现——
客厅冰冷的阴郁一扫而空,我眼见着这几代人燃烧着
他曾丢下的美丽;他们已回归到新的身体:
为了启发将来的孩子们"永不"对他的乌鸦产生恶意
我在这巴尔的摩坡的故居里写下这则古老的谜语。

1977 年 1 月 16 日

吟游诗人大思辨

献给乔纳森·罗宾斯

一

缘起：海崖边有一所石头房子，住着一位与世隔绝三十余年的老吟游诗人，有一个赤条条的年轻诗人跑来打断了他的研究并宣布自己预言般的梦境将取代老吟游诗人无聊的真理。年轻的诗人梦到了老诗人把持的场景和最深的秘密，吟游诗人的斑岩王座下隐藏的炉头上篆刻的永恒神秘符号。年轻的吟游诗人想用自己的活力与见识引诱这个老蠢货，令他趴在地板上为他读出那秘密的谜语之韵。

这年轻又自由的小伙子在七彩的山坡上蹦蹦跳跳
老人已是满脸胡子与皱纹，眉毛浓重地躲在他黑色的洞穴
相会于这所破败的石屋，与被先知的双手雕刻的墙壁，
他们争论神秘的事物，浮华对浮华，破译
爱情、沉默与自我的怪兽中那永恒的密码
再用血与百合将它们覆盖，用骨骼毛发与皮肤：
他们在夜晚与救赎还有那转世重生的明媚的小胖天使中洋洋自得，
狂喜并膜拜：来自化学物质的想象与浮华中那糟糕透顶的精神错乱的小天使
不停地吟诵发表演说惹人生厌，将他的影像投射到人的脑后

那符号化的声音在思想的石墙上回荡打出音节的幻影
这完美的形态足以持续数千年，但幽灵已是如此顽固，
幽灵如细胞的信徒栖息于自身有形的再创造中。
"我听见那吟游诗人金石般的词语构筑了我不朽的结构：
这躯体有金石般的双手与生殖器这心脏充满金石般的温柔

与喜乐这头颅有金石般的语搭建起爱情那金石之床。

来，躺在这坚硬的枕头上吧，孩子，放松你温柔的胸膛，

苍白的脸，红色的头发，绵软的肚皮毛茸茸的温柔的双足与耻骨

被那条不朽而坚硬的毯子覆盖，坚如磐石的床垫铺着词语的床单！

二十年内我将从这海岸与万世孤独的洞穴消失——
我曾在这里研究着辨认着四周花岗岩的字母
从墓穴里面从那在门上打转的沙子里面，从当满月的微光

翻起那在许多古老夜晚中的潮汐里出现过的海怪骸骨与

小而坚硬的鱼鳍后的低潮时从海岩中显露出的海星里面。"

一个声音这样说道，海中的巨蛇缠绕着

他的白胡子，圆瞪的眼里满是恐惧他被留在了这漆黑的海岸，

以便将他的回忆在岩石的炉台里烧毁并为他在冰凉的耻骨里取暖

在冬雨绵绵的日子与在空寂中遍布着

星辰与行星的，包含着春夏秋三季的死亡的雪夜。

诡秘，怯懦，他用口舌去征服，他的言语好似彩虹，

或似火光，或似阴影，满含着幽默感在他的胡子里游移

在空气中坠落，为他的身体覆盖上一张真理虚伪的网，

去掩饰他的羞耻,他空虚的裸身。他冥思着

召唤起更深的佛教预言,他深深憎恶着

自己那些神秘符号的顽强与坚固

但经由时光和暴风雨不可阻挡的侵袭,那些符号在他的墙上已是半隐半现。

那在七彩山坡上的年轻人开心地笑着嘲讽着他的浮华

大叫道:"我在那火炉石下发现了秘符,亲密的老吟游诗人啊,

你的双眼已被遗忘,被遗忘的也许还有你那混乱而腐朽的大脑,

你终日忙于烹煮肉食与炮制你乏味的关怀打扫着你隐士的家

三十年来日复一日地钓着思想的鱼!瞧你!"

他光着身体弯下腰将那把光滑的内含火焰的斑岩椅子挪到一边:

"读读在你炮制出这些无知的预言之前大地上留下了何等的话语,

用你目前的年纪去学习真正的魔法师为后世之人写下的咒语,

和你坚硬的浮华一刀两断在你柔弱的手握起钢笔之前

或是在你庸俗的耳朵里挠痒的那羽毛一样的花哨词语:已有数位先贤

在你之前抵达此地,我到这儿也能忍受你阴郁而令人难以捉摸的

殷情好客。我爱你,令人生厌的毫无想象力的吟游诗人

我越过山岭穿过小镇来陪伴你做这固执的研究。

我梦到过你的双眼与胡须这片海岩与远岸,我梦到过

这个房间这坑坑洼洼生满绿苔的墙面与那些你破译,牢记

并擦掉的秘符,那些被海潮侵蚀被你为辨识你的墙壁上

那些
　　难以辨认的思想而点起的油灯熏黑的台柱，
　　我梦到你坐在你的火椅上读着火舌说出的蒸汽般飘渺的语言
　　但你那萨满教的王座的基石上空灵的秘符是不可知的
　　你半梦半醒注视着天花板，或坐在你的垫子上眼皮沉重
　　喃喃吟诵着那些老吟游诗人的真理至你的大脑，无休无止
　　幻想着我，或有某个屁股通红的年轻救世主
　　来到你的石床前为你的身体注入全新的活力
　　帮助已失明的你阅读那些你曾经铭记
　　又忘却的文字，你三十年来在阴影中像文盲一样凝视着它们——
　　没错我来了但不是为了你虚弱的企图，我顺着我梦中的意志而来
　　我将为你展示你遗忘的梦，你那呻吟声阵阵的椅子下不朽的文字
　　已被忽视如同你坐在你凡人火焰边的自我启迪。
　　啊，自我吸收的凡人饥饿的魔鬼，离开你我的身体
　　不去关心你自己生满纹路的手与蛆虫的思想，放低
　　你将我从头到脚打量的湿润自私而狂迷的双眼
　　用吟游诗人的嗓音将我诵读，用那在数十年间你引以为傲的磐石一般的嗓音
　　你的脸面向内陆那些农田铁路摩天楼与高架桥。
　　年轻人们为点唱机里的非洲音乐而疯狂，姑娘们对着电影傻笑
　　解读那层层迷雾后面无可救药的数亿名白痴！
　　解读年轻的思想中无上的珍珠圆润又玄妙的美丽
　　比你那蜗牛般的头颅与房子石质的外壳更加超凡脱俗。"
　　他向下指着，手臂凝固在蔑视里美丽渐渐消散，

像是光芒四射活跃的青春期拒绝着快乐或忧愁，狡黠
又带着明媚的天真，四肢白皙而红润在火光和海藻下都光滑无比

自豪于数世纪来研究着开窍的大脑与男孩子的四肢，那年轻的信使愣住了。

震惊了，那裹着羊毛毯的吟游诗人抬头眼中嘲讽的目光落回自己的身上：

看吧，和他的不同那男孩的脖子洁白而没有一根皱纹：那胸脯

肌肉隐现像沉睡的丝绒：肚子上一簇褐色的毛发

环绕着那未经触碰的正在慢慢萌发的生殖器，在炉边的火光中闪闪发亮，

大腿已经成型未经雕饰就像强壮的孩子那样，戏耍着，笨拙地舞蹈，

小腿新生的毛发浓密轻柔直到脚腕和真正的男人一样。

恭敬而谦卑，迷乱触摸着他的舌头，心脏跳动令他的肋骨获得新生

吟游诗人沉思着这凡人的美丽，回忆着那些他在粗糙或光滑的床上拥抱过的已经死去的身体

许多，许多，许多年以前的爱——他的胸膛变得轻盈，双眼

在梦中迷失——然后时光在他的额头打开一道裂缝灌入了所有的青春身体的幻象

吞噬着他们的影子，一如海浪在石门外澎湃。

星星划过穿透冰冷的空气，如此缓慢发出蓝色的光芒

他看见它们在海天相接处升起，闪烁，那微光最终被无声的吞噬——

然后在这预言的苦差事里他那双内在的眼睛回归了它们外在的模糊的球体：

看它石质的外壳里的那种阴郁：石头的字母在冰冷的墙

壁上摇动，

架子上的铁壶积满黑炭，石头衣柜里那些海草做成的旧衣服，叠成绿色一摞的

假日礼服隐居者的春分庆典与满月的脸——从跑马努克城买的

黄铜的火钳在火炉边强烈地散发出金子般的光芒——

这炉台的座位已被移走，这斑岩的王座在海的力量变得光滑

他的双眼落向了信使的脚，那脚趾伸展稳稳地站在刻有秘符的过梁：

二

争论：发现了秘符的男孩已长成了男人，这位信使命令那隐居的贤者和他一起去探索外面的世界，寻找远古超脱世间的美丽与谜语的答案。老头却变得疯狂起来，他说他就快要死了，欲望已消耗殆尽。那男孩看穿了贤者的心思就与他一同躺下，做爱。黎明时他起身说他已经厌倦了这具躯体，并向贤者讨还他的贞洁，要求他永远离开他隐居的小屋，许诺将带他走向天空中诗歌的国度。老吟游诗人被激怒了，揭示了那神秘谜语的奥秘。

这个有着银色的胡子金色的面容的秃老头跪在他黑色洞穴通红的火炉旁

读着空灵的诗篇，自言自语念念有词，双手支撑在冰冷的地面去缓解脊柱的疼痛，

眼睛湿了，有一边的脸已经中风眼皮附近的肌肉松松垮垮

溢出空洞的眼泪，毫无哀痛的灵魂，欺骗着注视着那明

媚的韵律，没有真理

双目舒展，默念着出现在冥思时刻的一次呼吸间那老套的想法——

无数灵感牵引着那色彩斑斓的热血的潮汐穿过海藻的血管

从胸膛到大脑，那内在的汪洋中种种虚无缥缈淡化着那眼球的表面，

一次熟悉的呼吸吞吐出浩瀚星空包含海岸与天堂

在那儿他坐在他的小石屋里，在幽暗的风中迷失四周拍打着昏黑的波浪双眼无神

当那果冻一样的精灵鬼怪被冲上金色沙滩的时候身体通常散发着荧光，

涟漪张开炙热的嘴巴吐出湿漉漉的气泡，半透明的小精灵

在月亮皱一皱眉头的瞬间就变得干瘪，从某个星球的顶端

黑暗的深处闪烁着的光芒被他耳中深层的波浪洗刷殆尽。

死气沉沉的胡子搭在他的膝盖上老吟游诗人从他思想中跳动的宇宙向外凝望

看着那思想凿刻的诗节犀利的充满着智慧黄金的谜语

看着那男孩色彩明艳的脚踝，那脚踝被浮木燃起的火焰照得通红。

"你在想什么？"年轻人叫道，他自负的争论在那小小的红唇间跳动

下巴没有胡须，准备好进行争吵与指手画脚，这一切和他梦到的一<u>丝</u>不差

每一个石头上的词语，每一簇火炉里的烈焰，年长的贤者眼睑里的每一滴眼泪，

每一缕银发，每一次焦虑的皱眉在头颅上堆起的皱纹，

不经意间堆积在先知厚厚的嘴唇

上的每一次意识中的微笑,他仍跪在

那年轻教导者的膝旁——"何等的美丽终止了你的诗情!赤裸思想的老套宣言?"双腿通红的信使笑得在地上打滚,口舌熟练,黑色的眼睛里闪烁着欢快——

"你可会遵循我的意愿跟随我穿过躁动的城市,经过那门廊精美的乡间房舍

和富人家大理石墙锃亮的别墅,我们将在那与王子和百万富翁一起运动

你可要和我一起取笑全世界的国王与总统的典礼与载着他们不那么美丽的身体的豪华轿车?

来吧,丢下你摆弄贝壳与海藻的行当,他们可在海的褶皱处堆积?

来吧,带着你的珍珠和你藏在你的床下和石头柜子里的储存多年的龙涎香?

来吧,用海藻将你的肚子围起,海王的桂冠在你的头顶上湿漉漉已半个世纪?

带着你发出空洞元音的海螺并与午夜吹响在中部城市的山谷从华尔街直到华盛顿,

花岗岩石柱反射着海洋的巨嘴中那珍珠一样的音节在芝加哥的湖畔

或反射到匹兹堡的国家银行——和好莱坞那燃烧的金色三叉戟一起跳舞

举起那充满灵感的七弦竖琴撼动洛杉矶旅馆里的那些耳朵?"

那老人改变了他的想法,直视着男孩的眼睛,干扰着他的美丽——

他的声音变得怒不可遏,他双手插着腰瞪着那

孩子气的年轻面庞直到那张脸变得苍白,并在思考时眉毛开出两道深深的沟

张开小嘴呼出一些模棱两可的想法，一些微小的叹息以配合他所听到的东西。

"无辜！"这长着胡子的中了风的愤懑的萨满巫师斜着眼睛喊道，

"一路踏着阳光和七彩的山坡一丝不挂地穿过郊区散播着

你的美丽智慧与性意盎然的愉悦，一副好皮囊的年轻人啊，

你为老的寓言带来了新的信息！你唤醒了我愤怒的欲望！

为疯狂的力量而生的熟悉的情欲与这副躯壳的快乐！对于极乐

胸膛与耻骨盲目的渴望！被幻影征服！毫无同情心的天使！

你可知道你灵魂的空虚？你以为你是遨游思想海洋的王者？

海神戴着他用沉甸甸的黄金打造的皇冠那无须的脸上

象牙一般洁白空虚而浮华！重新唤醒那没有任何凡人的男孩能满足的无知的欲望？

我会以你从未梦到过的方式死去，就在钢铁的海洋！死无葬身之地的头颅

在海浪下和章鱼与海马一起被冲刷着，我的眼皮被一条粉色的鱼柔软的鳍拍打！

银色的牙齿沉到海底的沙床变成虫子们的寓所，水螅与绿色的不停抽吸的乌贼钻进我的肋骨里，

随波逐流的蛇尾海藻和海底仙人掌在我湿润的耻骨里扎根！蛤蚌从贝壳瓣

吞吐着它们的冷风吹向我那颗在半透明的大陆架上被疼痛折磨的心脏！台风将我的声音带向远方！

没有任何的神明或美丽在这片大地受苦也不是朦胧的蓝

色天际上的点点繁星

他们只是梦,在月光照耀的海面起起伏伏——

那月亮,那轮浑圆的寒月,我的天啊,将窗户填满——看那海面

波涛起伏月光粼粼好似你的双眼——月亮就在那里

反射出纯粹而欢愉的冷光照向我们,使这阴间的图景褪色。

有一束不包含任何灵魂或浮华的清光从石头的窗户射入

直直地照向炉台边那未被发现的秘符——炉火已经熄灭但我们仍能将其辨识——

多年来炼金术士般的生活从我身上流走,平息了我的愤怒如月光使眼睛平静

——我的爱恋与所有的欲望灰飞烟灭,就像火炉里的木材化成灰烬。"

"在你那张脸的灰烬后面思想仍在坚强地徘徊——对于一个沉迷于书本和梦境的年轻人

你的思想又意味着什么"信使用平缓的语调小心翼翼地回答,

将他的想法和智慧清晰地传到老吟游诗人的耳朵里——

他在那铺着老虎,鹿和羊的皮毛的地板躺下,老人正把他一脸胡须的脑袋

靠在有着琥珀色眼睛的金毛狮子的脖子上

默默注视着月亮,巨大的兽皮伸展着四肢露出黄色的爪子

直挺挺的尾巴搭在白色的羊皮上指向那新发现的炉上秘符。

他在月光下发抖,凝望着炉火,信使便将赤裸献与白袍的长者那

巨人般的,背靠柔软的地板呼吸平缓的身躯,沉默的双眼已被唤醒——

"我知道你现在的心思，老心肝，我会如你所愿地满足你

不言而喻，我深知你的事业与本性已将最狂野的白日梦远远超越

你赤条条地在夏日骄阳的午后满心狂喜与世隔绝

或是在兽皮的床上抚弄你毛茸茸的大胡子领悟着英雄们喜悦的幽灵

在午夜沉思着俄里翁腰带下面的玩意儿，右手包裹着那生物性的炙热，

我都能看到你和那无形而不朽的同伴进行勃起的狂欢，"信使哄骗着他，

将他哀怨而甜美的脸庞靠在贤者平静的肩膀，用右臂搂着他赤裸而枯瘦的胸膛。

他发抖打着冷颤，因那月亮低垂在海的绿波间渐渐黯淡

太阳冷淡的火焰使遥远的地平线泛起鱼肚白——

彩云间的那一轮红日四周是蓝色的静谧，不久它便升起浩然的炽烈

慢慢地将大地的气息环绕，此刻小小的油轮起起伏伏穿过拂晓的天光

驶向广袤海洋那遥远的边缘无声地从一个世界到另一个世界。

那男孩的肉体已被岁月留下了几道皱纹，胡子雪白的吟游诗人颤抖着把手伸向他的胸膛，

拥抱着他，崇拜着他，从乳头到粉色的膝盖

将他前前后后吻了个遍，将他的形体当做女孩一样去使用。

这来自七彩山坡的年轻人在这处女的欢愉中闭上了眼睛，轻微的呻吟声

来自哽在他喉咙中拿包含着仁慈的狂喜，啊，颤抖的白日梦般的快乐，

身体一阵微妙的酥麻，如此轻柔，似花开一般从头顶到脚底都被触动。

那年轻的信使如太阳一般冷淡，一脸忧愁的看着他和大地一样苍老的主人

颤抖着如清晨为寒冷的世界取暖，颤抖着，不仅仅是因为这寒冷的世界

将他的老伙伴拉近把脸深深地埋在了一起，沉默地思考着，平静并且安宁。

男孩看着他长辈的眼睛，那眼睛正打量着他在山坡的天际颤抖着的光秃秃的树枝

黎明蓝色的微光。蜜蜂在内陆的天空下忙忙碌碌寻找着丁香花，忍冬，玫瑰，

灰白的露水从玉簪花的一片叶子滴落到另一片叶子，明尼阿波里斯大街的窗户里

绿色的台灯刚刚熄灭，情人们的玫瑰已准备在地铁里叫卖，公车在晨光里穿过空无一人的街道，

乡村的枫树叶间点缀着知更鸟的欢唱，猫儿抓挠着农舍的大门

公牛在谷仓里哞哞地叫，木质的架子边铝桶在水泥地上叮当作响

那冒着蒸汽的不锈钢喷嘴吮吸着数百万母牛的奶头将牛奶灌入闪闪发光的容器，

黑色的母山羊咩咩地用努比亚语抱怨着那只臭烘烘的斑点狗

那只狗的毛已结成了团挂在肚子上和蓟草纠缠不清，教堂的风琴开始鸣唱，

广播里天气预报员的鼻音绵绵不绝地从一间谷仓传到另一间，屋顶的沥青毡上

最后一团雪块滑落到屋檐底的拖拉机，

柳树沼泽中的雪已融化，星辰从天空中消失变成墓碑的

融雪留下的水渍，

流光溢彩的大道汽车咆哮着驶过根根石柱支撑起的最高法院边上白宫散发出光亮。

信使忆起了他梦中的幻象，在明火边发现的秘符，

那隐士又惊又怒，眼角泛起皱纹

与毫无情感内容的泪水，尽管他将他所爱揽在了怀里，一个安静又爱思考的男孩子。

这赤裸的信使转念又想。"我为爱而来，老吟游诗人啊，尽管你误以为

我的年轻中包含着无辜；我为爱而来，老先知啊，我为你带来了预言，

无论你知道与否；我从美丽中走来，我再向着美丽走去，又带来更多的美丽。

我知道此地也是包含美的；不是你石椅上的屁股而是在你预言王座的底部，

那种美丽的年纪大过于你，那笑声来自起了皱纹或光滑的耻骨间：

如此我便明示出你空洞的心脏中这纯粹的美丽——你现在叹息了。

那种美丽只因我爱着你的内心而不是你肚肠中的自我——

我见过一个婴儿比你在海边冒烟的房子，你空洞的天堂与破烂不堪的地球更加恐怖。

跟随着我在你的地板上显现的预言

跟随着那古老的指令，追寻风中的钻石，追寻流年，

追寻我带给你的彩虹与浮云，再次启程追寻美丽——

追寻远方起了皱纹的情欲或追寻一缕月光，追寻那初升的太阳再转身追寻落日

一路追寻你的思想穿过海底，还要追寻全世界的心灵，

追寻你的身体直至它埋入黄土并充满喜乐，最后你会追

寻贞洁!

守身如玉的处女正在为你蒙受苦难你这瘦骨嶙峋的淫荡的老诗人。"

男孩越说越激动,舌头被黎明的太阳点燃他站了起来

在这顶端沉重的木椽上那隐居者的房子里遍布着长长的弄脏人双脚的海藻,石头的横梁上蜗牛与海星散发着恶臭,门槛海带堆里的海精子已经腐烂。"你的房门是一扇墓穴发霉的石门,老人啊,那些腐败的爱恋的尸体就埋葬在我们安眠的光滑的石床之下,已被你恐惧的泪水沾染上不少的斑点!你将什么样的动物皮毛庸俗地盖在了你的床上,

粗野与污脏和你手中令人毛骨悚然梦中的玩意儿从你疼痛而虚弱的耻骨区一起跃然而出——

这头没了牙的狮子,塞的鼓鼓囊囊的脑袋,耳朵已经被海蛾鱼咬断,这可是你的爱?

从死去的佛陀面前偷来的鹿皮,可是你在你无聊的佛界中漫游时顺手牵羊而来?

一只毫无生气的羔羊做了你的枕头我听见了你咩咩地叫着呼唤着你受到惊吓的爱——

我拥有了你的裸体,一丝不挂,生满皱纹,你在我身上发出沉重的呼吸

你的那张床上盖着一张没有羊头的皮毛。"

徘徊在羞愧与渴望那老吟游诗人厚密的肚子与睁开的双眼

心中迷乱,腰部冰凉,急切地想压向那如樱桃般动人的天使的嘴去完成一个轻柔的吻,

将这乳臭未干的先知后背向上地绑在石头床上抽打他羞愧的洁白面颊

已一种狂热的性惩罚的方式,这青年怯懦的苍白中满含愤怒,

他的处子之血被唤醒把瘦小的臀部涨得通红又刺痛,粉

嫩的阳具

带着欲望屈辱地勃起,心儿已顺从无比,嘴唇柔软,眼含热泪。

孩子一样的信使在床上绝望的笑着看着老人的双眼:

"打我耳光吧,我想感受点什么!拿出你爱的力量用力抽吧

你这胆小如鼠的吟游诗人!

展现你的力量!"勇敢的人沉默了吟游诗人打了他一下,又重重的打了一下——

那男孩面无表情地抱怨道,"接着打啊,我想感受一只诚实的巴掌!"那老人抡起粗糙的手掌

打向他赤条条的脸,为了这刺耳的快乐他使了三倍的力气,已足够疼!

"现在!"这恶童说道,"我们来证明这预言的最后一个章节——

没错,这预言十分古老会令傻瓜迷惑,就是你地板上那你从未注意过的秘符

我强迫你凝视我的双足,这预言是某位年长的神秘祖先吟游诗人魔法师留给我们的——

我梦到了那预言并让他们在你的眼前成真,让你的美丽获得新生

冲破那折磨人的愚蠢的知识,你被我美妙的指令唤醒——

一点不差但据我所知那最后的章节,尽是理智又厚重的韵律或最糟糕的美丽中的胡言乱语

没有哪个男人或男孩可以在这所愚蠢而潮湿的封闭小屋里破译

在这颗遮蔽起太阳的头颅下,在那堵贴满了你令人扫兴的苦苦写下的潦草字迹,

你三十年来恍惚的喋喋不休的呆滞的孤寂——只剩一张

还未破译，

　　这种魔力值得我们经由社会与国家发起彼此的战争，吟游诗人们在这星球上遨游

　　寻找着那段文字的答案！爱的老人我献给你我纯真的思想——

　　你来领会我年轻的美丽，温柔的嘴唇与微醺的双眼或恶童的目光

　　与爱，你来思考这副丝绸般光滑肌肉紧实的身体，我脑袋四周均匀地卷曲着的红头发——

　　先生我是爱你的，但我恨这片土地和在其间的自己还有这房间里弥漫的无知！

　　先生我爱你的胡须你知道吗我觉得他们很美，

　　就像我肌肉线条温润的下腹给你的感觉一样：但我的美丽中你最着迷的是那种

　　轻盈的恶童才有的诗意，我在你体内那种相同的爱

　　把你吓得要命；你现在可知道自己不过是不朽的奴隶，超脱世间的美丽的主人

　　全然如此，不是神明也不是遁入空门的西藏上师不是冥想中星光灿烂的沉寂时刻

　　不是为大法王疼痛的跪礼也不是那人类诗歌的范畴

　　每天早上被海冲刷到你门口的台阶前，上面盖着金沙钱币的印章

　　被内含浮渣的波浪舔食，也不是所有那曾爱过的男孩子死后的幽灵

　　令你的不朽声名远播。这里有一条腐烂的鱼，利维坦的荣誉正在你的海滩发出恶臭！

　　并令者隐居者的屋舍不再适合居住！将你絮絮叨叨的生活丢在身后吧！

　　和我一起追寻那最后的美丽直到我们找到了那始作俑者，即使我们可能会和他一起掉入死亡的眩晕，

起来吧带上你全部在海中搜集的黄金,全部的绿翡翠与在刻着秘符的炉台下被小心地藏起来的

香槟色的琥珀是的先生你那些闪闪发光的钻石宝库

我曾将它们梦的一清二楚!蓝宝石清彻得如同从空中飞过的浮冰!堆积如山的红宝石

那种目不暇接的赤红足够使地球上的每一位夫人与男孩笑逐颜开满面通红!

裸体吧!裸体吧!和我一起飞升将你所有的秘密带向空中,太阳已高高升起,清晨拨开了蓝色的天际,

祖父的大钟已在首都的铺有东方地毯的起居室里鸣响为正午报时!

关上你身后的石门,封闭这座坟墓以免某些傻瓜穿洋过海来这里

扯下这狮子充满稻草的脑袋里失明的双眼!走出来吧你这恐怖的尸体!

但我们在走之前要牢记那秘符上的文字,它将围绕我们这爱的漫游!

如同但丁拥有他的维吉尔,如同布莱克手中米尔顿式的魔鬼,你我便是小天使与荒废的偶像

我将一直陪伴着你走过虚无缥缈的旅途直到我们发现那秘密的精灵

这秘符中有多么美妙的乐园,这诗节到底是何等的撰写者

在我还未出生前就将他不属于尘世的谜语刻在这地板上。"

老吟游诗人颤抖着脸色刷白,最后他的心变冷了,平静地听着任由那美丽的少年将胡言乱语

在地狱和天堂间抛掷,天堂就在他红色的嘴唇上,欺骗着,饥渴着下达着命令,

半诅咒半祈祷地迸发出词语!将这生生不息蔚蓝而碧绿

的地球撕扯开

用那本不属于地球的浮华，生与死的轻盈，当那爱与愁在某个活生生的时刻

那活生生的皮肤下的胸口里隐隐作痛时，呼吸颤抖着传来一声叹息，

伟大的生与死连在一起还有唯一与爱，但有一个灵魂已意识到这一切，

那心中的铭记的定是某个有形的躯体，真理代表着它的深度，

诗意，那身体的呻吟迷失在坟墓中，思想便是地球之爱。

"我很久以前就知道这个秘符，冰冷的魔鬼启发了那个孩子，明媚的男孩——

谢谢你为我将它再次发掘，那能在梦中读到它的注定是你

直到某天在你的赤脚下发现。我几乎没有预见到，

你就这么赤裸裸的疯疯癫癫的将快乐带进我的房间，还苛求我尊重你的嘴唇和耻骨。

听着，我现在要给你讲一个故事，那个时候我和你是一样的年纪，

那天在这个房间，我独自在这儿看到了一个陌生人，异乡客，漫游者，

伟大召唤的召唤者，拥有恶毒思想的信使就像你一样走了进来

一丝不挂美丽无比。他像你一样进了门，但没有人在家里迎接他，

没有人为他生火去照亮那秘符上的文字或用床铺间的活力

愤怒和冥思、服侍或柔情去温暖他。也没有一粒海中的黄金

没有任何一具押韵或不押韵的密文，在这座美国东海岸

的房子里什么都没有。

　　这里曾经盖起过另外一些房子，但一个世纪的时光就将它们摧毁无法居住。

　　我搜集起海盐中冰冷的钻石，摘下那智慧的鲸鱼蓝色的眼珠，

　　我在萌生的绿草和在春天爆芽的树枝间找到了绿翡翠，

　　三十年来饱含着诙谐的贫穷我从慷慨的月桂上收集了许多琥珀

　　红宝石从我的心中滚滚而出。我丢弃了珍珠，回到了海里

　　为了让上帝远离麻烦躺在他那张蓝色的湿漉漉的毯子下，结束

　　另人生厌的嫉妒与他湿漉漉的祝福和贪婪的波浪。

　　我从那诗情画意的曼哈顿带回闪光的火钳，从印度找到这张红斑岩的诗歌之椅。

　　我把它放在炉边再用我从闪亮的海边捡到的木头的国王们

　　破碎的王冠点起炉火，我蜷缩着躺下那时的我青春又健康

　　并用一颗天使的牙齿在这玄武岩的地板上为你刻下了美丽的谜语

　　我想象过我们共同进入冥想的夜晚；并且推着这张红斑岩的椅子

　　缓缓地盖住那咒语的秘符再用一阵祈祷祝福我有形与无形的导师——

　　亲爱的陌生人，赤裸的美人，可怕的精灵，啊我的年轻人，我从未梦到过你真的会来。"

1977年1月22日，凌晨3点至
11点30，华盛顿

三

尾声

  争论：吟游诗人对男孩说的最后几句话是在华盛顿到纽约的火车上。

"有一天当我们向彼此投降成为心灵相通的朋友，
我们将走回这隐居者的小屋，从美国辽阔的土地回归
穿过城市与酒吧与冒烟的工厂和州政府
大学，人群，公园与公路，从玻璃窗亮晶晶的神殿回归
与钻石摩天楼的窗户闪耀着日落中的金黄与紫红
白色红色与蓝色亦如云朵反射着烟雾的色彩穿过西天。
回到我们的身体里我们可以重拾这些对于钢铁和羽毛的
研究与劳动，梦幻的复写本，沉重的思想在清醒时的飘浮。
  现在身体仍然在浮华中分离，思想在各自幻象的对立面上
  唯有诗情预言的美丽将我们运上这辆火车回到
  罗织着电话线和公车的浩瀚的北方城市的家中。我们或将
  再次出发走进那秘而不宣的美丽，心脏跳动着穿过全世界的磨坊与电线，电视
  在中午的辐射或包含断骨与健忘身体的狂喜的午夜之床。
  现在让我们从隔成小房间的头盖骨出发向前穿越陌生：
  小心翼翼地去尊重我们的心，留意着美丽那台缓慢运转的平静的机器，

精妙的自动售烟机或是将它的脸对着你的脸的霓虹灯上黄色的太阳——

所有的脸不相同，所有的形式都展现出一张脸供你带着关怀凝视：

这大学男孩无知的翘鼻子是性元素恩赐的按钮

按一按他们健壮的大拇指，激起他好学的能量。满头银发的

脏兮兮的历史教授翻遍历史的每一页试图找出哪个国家何时曾有爱的面目当过君王，

他那种脸上的关怀也是诸世纪王者的模样。而他脑中的思想

是总统式的，由肉体的神经选举产生每隔七年就通过一部意识的崭新法案。

每一棵枫树都在等待着我们的凝视狡猾地在我们呼吸的空气里伸展着枝杈。

除了思想没有什么是愚蠢的，我们还总觉得那思想是我们独创。

我的脸，如你所见已经中风胡子花白，能量在上面不停改变

一会是奴隶般的情欲一会如积雪般空寂，一会是秃顶的暴跳如雷一会是双目呆滞的预言，

你自己也听见你的声音是如此赤裸冷酷居高临下与傲慢，苍白的苦修

不时爆发紫红色的怒气，像个孩子一样兴高采烈地用手指缠绕着我的胡须

在那远离钢铁穹顶的首都铺着狮子床单的洞穴里，

才思敏捷地破解着你的和我的秘符，梦到的与梦不到的。

郊区平民的王子，我已启程回到我东方的办公室对我们的工作十分满意

九 思想涌现之息（1972—1977）

我们的目标和精灵所导致的意外，请小心地在你的梦中和我大白天的疯狂里规划吧：

预测失败！

我们冰冷的遗愿将转变成湿润的黑墨水中那透明的眼泪，

爱的蒸汽在那海滨清爽的午后烟消云散蒸发在阳光里

顺着火车的玻璃照亮一张张崭新的面庞，我们自己的内在形式！"

1977年1月23日

我将爱平放于膝

他在我的怀中,我守护我的爱
我让爱消失不再
我让爱一言不发
我让爱出走离家
我让爱独行闯荡
因为我知道,爱很强壮
所以,我让爱去流浪
我和爱说:走吧,去路上

我把爱召唤回家
我的舌头一个顶俩
爱的脖子上深深一吻
对爱说回来与我温存
我让爱留在身边
爱卧在我的下面
我邀爱与我共枕
爱的声音美极妙甚

我让爱出去工作
音乐家或是售货
我把爱送到农场
他挖土都用不上
我让爱早点结婚
生个孩子苦往肚吞
我劝爱成家立业

和土中蠕虫日日夜夜
我要求爱为我怜悯
给我造城威风凛凛

我传授爱打坐奥秘
打磨他聪慧的智力
我教爱呼吸之术
思想中死亡满驻
我展示给爱笔直脊椎
精力充沛，舍我其谁
我对爱说不要着急
君子应如微风习习
思想充满光明
做爱直到天明

我亲吻爱的眉头
他躺在那像只母牛
低低呻吟喜悦无比
快乐之心永远铭记
我亲吻爱的双唇
我放松爱的美臀
我亲吻爱的胸膛
他一副放松的模样
我亲吻爱的大腿
阳具竖起如石碑

我吩咐爱马上走掉
放松我炙热的眉毛
我厌恶爱的告别
我要将目光熄灭

不，爱，这并非绝路
再去找个新的床铺
睡一天，再睡一夜
回来品尝快乐的浓烈
健康如初日，往事回首时
是我们一生最宝贵的真挚

1977年2月21日，纽约

诱饵蓝调

生于怀俄明，科迪市养育了我
栽了大跟头，警长法网恢恢落
被联邦探员猛揍鼻子，像个脏小丑一样难过

我揭发了姐姐，按他们的要求行事
我揭发了哥哥，没别的选择，你说是不是？
如果他们还要揍我，下个一就是你

不要怪我，我要面对二十年刑期
一盎司大麻，他们种在我耳朵里
就一粒种子，浇了点我的泪而已

我高中成绩优秀，班上尖子学生
十一岁和人上床，甜臀酥酥蒙蒙
他们把我们逮个正着，大麻云雾中

姑娘哭成一团，缉毒警欣赏她的裸体
他说为我口交，我说这太粗鲁对不起
我们进了班房，双双被指控耍流氓

因为拘捕，因为一卷大麻，十年刑期
整整十年，你是否渐渐明白这道理？
联邦探员酷爱大搜捕，哼哼叫的猪

高中你认识哪几个？谁在出货？

你和谁抽过?小孩名字告诉我。
父母也不放过,除非上帝发火!

我只是个小诱饵,在怀俄明上了当
从科迪到卡斯帕,到里弗顿我要一路歌唱!
从吉列到鲍威尔,我是鸽子飞翔的翅膀。

州长,州长,把我的污名洗清!
总统,总统,去除那卷儿烟的罪名
警长执法不净,就在我脚下的怀俄明

1977年4月16日,卡斯帕

我的爱哭鬼们一起来玩朋克摇滚

我要向我耳聋的母亲告发你！在地板上跌倒
吃掉你祖母的尿布！鼓，
为何制造巨大的噪音难道你想要发动革命？
还是天启？在炸药般的声音中爆发？
我还未兴奋起来，再大声些！再凶残些！
我想要这些粉嫩的腹部与肚脐！
向我保证你会在沟渠中用高潮将我谋杀！
我会买一张你们夜总会的门票，我想要玩到颓废！
五十岁的我慕名而来！带着鞭子铁链和羽毛！
抽打我！吻我的眼睛！
从马布海花园到 CBGB[①] 从东岸到西岸
从头到脚给我你赤裸的电吉他，
朋克总统，用你的大嘴把联邦调查局啃光。

1977 年 5 月，马布海花园

[①] 纽约著名的演出俱乐部，以有反抗精神的地下音乐摇篮之称。

爱回话了

爱向我走近
双膝跪地
说我都听你的
这是你应得的
你的一切所想
我用金盘子奉上
眼睛舌头或是心脏
与你最私密的地方。

你为何大嚼
我的屁股与我的脚
为何如此亲昵
吻着我的肚皮
你为何这样
将我的阳具品尝
我最好的暴露
在我胸部的深处

我躺在那骂骂咧咧
渴望我那玩意能好些
但爱吻了我的耳朵
对我说没什么好怕
请把你的头靠过来
歇息于胸部的深埋
请抱紧这个胸膛

心脏供你的吻来品尝

爱将他的面庞
放在我柔软的区域之上
在我胸部甜蜜地抽搐
感受红心的热度
瞧,爱是我们床
瞧,爱的头靠在你身上
再也不会感到遗憾
所有的爱都在。

从头到脚
到脖子与膝盖,睡得真好
接受我献出的心脏
给我你那颗一模一样
忘记阳具甜蜜的笔直
我的屁股坚硬如岩石
从我大腿的部位上来
听听心脏连续的低叹

我不是什么酷儿不是
即使我握着你的心即使
尽管我赤裸裸地和你一起
尽管疼痛蔓延在我的心里
赤条条地和你胸贴着胸
是的,尽管我用
拥抱与亲吻与你缠绵一夜
这心的欢愉永不停歇。

所以请你抬起头

从我那里或膝头
或我的屁股
你的唇曾疯狂接触
把你的唇放在我的心上
那是我公用的地方
抱紧我，用力
我全部的爱都给你

     1977年6月18日凌晨5点，博尔德

十

冥界颂歌

（1977—1980）

死亡是什么？

服用了LSD后，我看到云影静静地飘过提顿人的山巅日光

电影是死亡的阴影

百分之四十的海洋已经死亡公元1968年一个叫雅克·库斯托的专家如是说

魔法师莎士比亚与空想家兰波都已死去

艾拉·娜兹莫娃这位默片时代的妖妇死人一样的嘴唇也已成灰

米老鼠之父沃特·迪斯尼，二十五世纪的巴克·罗杰斯，好莱坞的光芒渐渐黯淡

悲剧演员索福克勒斯和卡戎一起渡过冥河

拿破仑，曾经的皇帝，在1821年离世

利留卡拉尼女王拿到了她的报酬

约瑟夫酋长被埋葬于华盛顿州一座棕色的土丘陵

道格拉斯·麦克阿瑟主张用核武器炸平中国

艾森豪威尔与薛西斯带领着他们的大军走进了坟墓

1930年在玲玲马戏团表演怪人秀的骷髅人的瘦骨也进了棺材

我十岁时在新泽西帕特森的地下室里一起玩耍过的母猫和林德伯格被绑架的婴儿一起被发现在泥泞的沼泽里

我父亲的墓志铭"用一块石头解开一个谜语"被纽瓦克的雨打湿

耶稣基督和圣母马利亚的肉体已经升天，化作这世界的尘埃

佛陀从他的身体解脱，似一辆静静地停放没有人开的

汽车

真主化为经书中的一个词语，或是诵经塔上穆斯林的祷告声

摩西也没能到达那应许之地，他便跌落阴间。

英雄们的名字会出现在电报纸带上，被遗忘的祖父们变成脏兮兮的土块——

电视里的幽灵仍在客厅和卧室徘徊

嗓音低沉的平·克劳斯贝，摇滚巨星埃维斯·普里斯利，留着小胡子的丑角格劳乔·马克斯，

创造出宇宙的爱因斯坦，共产主义者的缪斯娜奥米·金斯堡，身着薄纱艾莎道拉·邓肯

高贵的诗人杰克·凯鲁亚克，神秘的演员吉米·迪安，扮演老弗兰肯斯坦的鲍里斯·卡洛夫，

显赫名流和一文不名者分道扬镳，从他们各自的路渐渐隐去只留下背影，已不在人世——

以上由学佛之人艾伦·金斯堡冥思所得。

1977年10月16日，夏威夷

狰狞的骷髅

狰狞的骷髅回来吧令我平静下来
透过挂着水珠的玻璃窗看着教堂的墙壁
雾中黄灯朦胧,晚上九点的车流在有积水的街道穿梭
——晕乎乎地从尼古丁的睡眠中醒来——书桌上堆满了纸张
我已迷失在发黄褪色的剪报那一摞马尼拉纸中
终于,二十五年后磁带在我的大脑里割出一道伤口
这资料库中存满我那些音乐的口舌与演讲的叫喊——
是不是我的心脏,你这头脑中的冰冷与粘稠或
安慰怯懦的取暖器,我正半梦半醒地裹着一条
墨西哥毛毯,钥匙和钱包放在枕边的白椅子上。
是不是那些音乐的上师或冥想的上师令我所承受的
严酷的力量,令我的眼皮在午后沉重无比,是不是死亡
每天早上从我的胸中偷走了什么令我感到恶心反胃,打字机上
没有完成的工作静静地放在窗边像一颗绿色的头颅
从何时开始我醒着却不愿起床不愿拿起令人作呕的《时代》杂志
在每天中午吃溏心鸡蛋和烤过的英式小松饼?
美丽,真理,革命,什么样的骷髅在我的衣柜里
使我的听觉退化我的大脑昏昏欲睡
地球上的每一个国家都有一帮喝醉的墨索里尼跑去堵住
诗人们喋喋不休的嘴?
我关于冥想的唠叨,当我工作并在暴怒中狂吼
就在那张木头桌子前,铁抽屉里塞满报纸与

虚假预言的手稿，耳朵刺痛，结疤

只因对于无形的洛克菲勒兄弟收买中央情报局的愤怒，我自己是否也被

中央情报局用华盛顿迷幻的肉和酒精收买，我对于自己的双重性

进行无声的冥思，我不能摆脱的愤怒是关于那波多黎各人中

既有受伤的被啤酒灌醉的父亲蹒跚走过东十二街而他们做贼的孩子

却为什么凌晨四点在我的窗台下发出暴力的尖叫？我在青春期

梦到过的成为名人的白日梦上周通过电视媒体变为现实，有一个以我的声音在美国的街道

发表演说的侏儒，分析着固执着武断着

被采访着整理着诗歌书籍与手稿，资料库中的书架上

堆满了野心勃勃的自我那本数千页印着大半辈子以来

聪明过头的图册！我现在是什么，是弗兰肯斯坦

是意气风发的伪君子五十年来病态地不停在肚子里积攒小算盘以致超重——

我憎恨的那些人正在喜马拉雅山里践行着圣徒的言行

或操纵着由石化物质或原子能驱动的灯火通明的机器，我被何种的力量麻醉

烹煮我的肉在这首诗里写满对纽约的迷恋。

我生了什么病，流感病毒或是自我被传染了浮肿的溃疡

面对着这篇勉勉强强创作的诗意的溜须拍马：上师们，摇滚明星们

顶层公寓的百万富翁们，白宫里那些拍着胸脯的家伙们聚集在我的大脑里

带着命令与套话，辱骂与闲扯，威胁与美钞

那些混蛋正是我这样的人，媒体正是被像我这样富有的

白人掌控，

　　害怕贫穷破产尖叫挫折失控入狱的犹太知识分子，或是由缉毒警，残忍的黑帮

　　戴着黑帽子的壮汉，蓝军装的地狱天使与华尔街

　　隐藏着金钱钢铁的肌肉身着羊绒衫的家伙们组成的黑洞，这街上处处是壶穴，我害怕

　　在晚上出门到街角去看下东区的月亮

　　那里有身患重病的吸毒者在潮湿的走廊里把脖子扭断

　　他们流浪在被人遗弃的开膛破肚的后窗曾经失火的房子里。我害怕

　　写下自己的思想唯恐被人抓住把柄说我诋毁尼尔森·洛克菲勒，

　　菲德尔·卡斯特罗，丘扬创巴仁波切，路易斯·金斯堡与娜奥米，凯鲁亚克或彼得。

　　没错还有亨利·基辛格与理查德·赫尔姆斯，诗情与权力一个又一个褪色的幽灵

　　带着偏执居住在我的大脑里，我最好的朋友应无名又无姓。

　　我这篇演讲到底要写给谁？多么愚蠢的满腹牢骚！

　　为哪位教授听不清声音的耳朵，哪个新闻记者的脑电波？何种爵士天王魔鬼的蓝调？

　　这可是为今后的诸世中赤裸的年轻人所记录的

　　二十世纪不朽历史的传说？为了和某些将大学宿舍抽打我多毛的屁股作为惩罚的

　　残忍的女王上床？为了把我的屁股展示给上帝？为了拜倒在散发着臭气的

　　化成粉末的枕头上那些具有魔力的金箔与亮片之下？

　　啊！谁将像个傻瓜一样听我读这首诗！谁将为这些谎言喝彩

1977 年 12 月 16 日

毒药歌谣

这马路上魔幻色彩的条条油腻，
这落满城里蔬菜摊上的煤烟
这地下室里硫磺与煤炭的臭气
这把郊野与落日染成紫色的尘烟
这黑人与白人的遗嘱挣扎于垃圾之间
这万古不化的塑料气泡
这要把二十五万年用掉
才能将毒热衰减的钚元素
这在食物链中循环不止的农药
愿你灵魂归巢，愿你泪湿双目。

这鸡肉和软壳蛋里诡异的荷尔蒙
这牛肉汉堡里慌恐的红色素
这做木乃伊的药，猪肉片里的硝酸盐
这孩子们不吃会死的甜麦片，
这致癌的化学添加剂
这撒拉米香肠里面的膀胱和嘴，
这母乳里面的锶 -90，
这从你耳朵泼洒出啤酒的色情声音
这直到你呕吐的连绵不绝的尼古丁
愿你灵魂归巢，愿你泪湿双目。

这微波炉烤面包机电视
这蔓延在果树叶片上的镉
这世贸中心的梦遗

这康尼岛海滩上排泄的粪便
对面是蓝鲸高频歌声飘荡的海洋
这亚马逊雨林世上的鱼在海里
被洛克菲勒黏稠的毒液冲刷
这由原子恐惧驱动的油腻的陷阱
这破坏全球感情的中央情报局
愿你灵魂归巢，愿你泪湿双目。

　　　　跋

总统阁下，无论蟑螂多么爱你，
老百姓如何挣扎于放射性的液体，
无论那些离魂的生化能量酷儿在何处
愿你的世界拥有健康的情感载体，
请你灵魂归巢，请你泪湿双目。

1978 年 1 月 12 日

缺 爱

爱消失殆尽，真相浮出水面
年轻岁月，我的心伤我千百遍
今天我听着它真实的声音
强壮，空洞，砰响的肉与筋

我这颗心病似苦创
梦里刺痛，醒来神伤
我愿亲吻每个新欢的乳房
一起颤抖，胸膛贴着胸膛

吻他的肚子，吻他的眼睛
吻他红润的腿根小径
吻他的双脚，吻他粉嫩的脸
吻他的后面，赤裸恭俭

此刻我孤零零地躺在这里
某个年轻的，正悄悄接近
他不会爬上我现实的床铺
只能将我脑中的爱意满足

他清楚，我如何渴望他的亲近
片刻欢愉的苦，心紧紧缠紧
嘲弄地看穿我，情感被践踏
最后：一地酒瓶，漫天谎话

总算明白爱情苍白的现实
一幕又一幕,心碎少年时
躺下倾听心脏血红的节奏
厚重,鲜活,爱没被接受

     1978年2月8日,早上3点,纽约

上师老祖

上师老祖不孤独
心跳上师我笑谁
空灵上师未降生
打坐上师黎明中
友好上师嚼玉米
愤怒上师假色情
上师上师撕两半
上师破衣加烂衫
上师头发又稀少
上师迷茫我哀伤
邓肯上师，多恩上师
金斯堡上师像根刺
傻瓜上师狮子角
孤独上师独角兽
哦上师谁是我的奴隶主
上师救我嗡阿吽

1978年2月14日，奥斯丁

曼哈顿劳动节的午夜

我在劳动节的午夜走出家门走在灯影阑珊的水泥路上经过一家漆黑的酒吧前台,

去年警察曾在这里的地板下发现过尸体,应召女郎与卡迪拉克潜伏在第一大道

离我的公寓不远,我下楼来是为买一份今晚的报纸——

冰箱修理店的窗户栅栏上挂着大锁,一堆报纸被

日光灯的蓝光照亮,在春天的寒风里一页页翻动

和破罐子与塑料垃圾袋一起靠在人行道的边缘——

萦绕不去的风和旧日的新闻在空中一同启航,过期的《时代》杂志在垃圾堆上盘旋。

在第十一街的转角地上有一个洞,正散发着幽暗的灯光

里面有个男人身上裹着工服头顶的羊毛帽拉得很低遮住了他尖尖的脑袋

他站在那儿弯腰手持一根棒子一副手电在他一半已经沉到地底的空洞里转来转去

对着他的脚下张望,他的胸部与柏油路边的花岗岩路缘平行

在那边,他的伙伴正用一根柔软的管子戳进一个小小的洞里,一个戴着手套的年轻人

回答了我的问题"煤气味——有人打了举报电话"——

没错这城市的肚肠散发出恶臭,六英尺下管线正在慢慢腐烂

可能随时会爆炸被爱迪生电力公司那辆闲逛的卡车呼吸中喷出的一个火花点燃

我注意到它就停在那儿,当我心中琢磨着古罗马匆匆而

十 冥界颂歌(1977—1980) 445

过时，一切

  竟与那个年代不吻而合，相同的影影绰绰的调查者和路人

  那些慢慢腐败的管道的线路图与大理石边的垃圾堆，楔形文字，

  一个寻常的午夜有位公民走在街道上寻找着帝国的新闻，

  谣言，小道消息，身穿制服的警察与工人，静静地走着沉思着

  经过的一扇扇窗户里，安睡的人们和巨型章鱼与长着外星眼球的怪物在被单下为伴

  就在这六千年前相同的夜晚那些繁荣又败落最后化作南柯一梦的城市？

1978年5月1日，凌晨6点

改编自聂鲁达的"伐木者,醒来吧"

五

让伐木者醒来吧!
让林肯带着他的斧头
还有他的木头盘子
坐下来和农民一起吃饭。
愿他那崎岖的脑袋,
与我们从天上的星座,
从橡树的皱褶
寻找到的他的双眼,
得以回归,将世界张望
自绿叶间腾空而起
比水杉树还要高。
让他去药店买药,
让他坐上一辆开往坦帕市的公车
让他轻轻咬一口黄苹果,
让他去看电影,和
那里的每一个人聊天。

让伐木者醒来吧!

让亚伯拉罕回归吧,让他那熟悉的骚动
在伊利诺伊绿色与金色的大地飞翔,
在他的城市里举起斧头

反抗那新的奴隶贩子
反抗他们手中的皮鞭
反抗那印刷厂里的毒液
反抗所有他们试图销售的血汗商品。
让那年轻的白人男孩与黑人男孩
并肩行军一路欢歌笑语
反抗黄金的墙壁,
反抗制造怨恨的制造商,
反抗出卖自己鲜血的销售者,
欢歌笑语,终得胜利。

让伐木者醒来吧!

六

愿所有的黎明带来和平,
愿和平降临到桥梁,愿和平融进美酒,
愿和平降临到那些寻找我的信件
并在我的血液里涌动
与大地和爱情古老的赞美诗为伴,
愿和平降临到城市的清晨
雇主们醒来的时刻,
愿和平降临到密西西比,那根系般繁茂的流域,
愿和平降临到我兄弟的衬衣,
愿和平像一枚航空邮戳般进入书本,
愿和平降临到基辅的集体农场,
愿和平降临到此地与远方死者的灰烬
愿和平降临到布鲁克林的黑铁
愿和平降临到就在此刻挨家挨户奔波的邮递员,

愿和平降临到那尖叫声穿过忍冬的藤蔓
缠绕的烟囱的编舞者，
愿和平降临到我的右手
它只想为罗萨里奥写作，
愿和平降临到玻利维亚人身上，秘密好似结成块的锡，
愿和平降临到你，去结婚吧，
愿和平降临到所有比奥比奥省的锯木厂，
愿和平降临到爆发革命的西班牙被撕裂的心脏
愿和平降临到怀俄明州那间小博物馆里
在那里，世界上最甜蜜的事物
不过是一只绣着心形图案的枕套，
愿和平降临到面包师傅和他的面包，
愿和平降临到每一粒面粉：愿和平
降临到仍未发育的小麦，
愿和平降临到渴望鲜花的爱情，
愿和平降临到大地一切生灵：
愿和平降临到山河湖泊。

此刻我向你们告别，我回到
我的屋舍，在梦中
我又去了那狂风拍打着谷仓
海洋吐露寒冰的
巴塔哥尼亚。
我只不过是一个诗人：
我想为你们所有人找到爱，
我在我深爱的世界游荡：
在我的国家他们把矿工
和士兵投进监狱对法官发号施令。
但在这片大地的深处
我爱我这冰冷的小小国度。

如果我要死一千遍
我愿在这里死去:
如果我要出生一千遍
我愿在这里出生,
就在那阿洛柯人的荒野
从海边席卷而来的南风,
拂动刚刚从铸钟人那里买来的钟。
不要让任何人再来思考关于我的种种。
让我们一起来思考这个世界,
带着爱把桌面敲响。
我不想看到血再次浸湿
面包,豆子与音乐:我想和矿工
并肩而行,小女孩,
律师,水手,做洋娃娃的工人,
让我们一起去看场电影,
散场后再去喝最红的葡萄酒。

我生在这个世界不是为了来解决任何问题。

我来这里是为了歌唱
也希望你能和我一起。

1978 年至 1981 年,博尔德

在长崎的日子

一　一个闲适的午后
为迈克尔·布朗斯坦与迪克·盖洛普而作

这天有三个诗人和六十双耳朵围坐在奥罗拉的一顶绿条纹的肖陶扩帐篷里
听着黑人的圣歌，用脚打着节拍，欣赏着山涧清风的歌唱
在这闲适放松的晴天——蓝色的天堂吹来狂野的风
怀抱着蓬松的云朵从中部城市四散向洛基弗拉茨，钚在它秘密的温床里嘶嘶作响，
热狗也在快餐车的微波炉里嘶嘶作响，橘子汽水在光滑的杯子里冒着气泡
科尔法克斯车来车往，博尔德钻石城堡的圣殿中冥思者们默然无声
只跟随着他们自己鼻孔呼出的气息，
没有人能忆起任何事，精神自嘴巴和鼻子里展翅飞翔，飞向天空，穿过
科罗拉多的平原与欢快又无拘无束地摆动着的帐篷，不会轻易从空中掉落。

1978 年 6 月 18 日

二　和平示威

积云飘过蓝天

飘过白色墙壁的罗克韦尔工厂
——我可能将它阻止?

*

落基山在我们身后耸立
晨光中的丹佛绚烂无比
——被摄影师和警察从人群中带走

*

中年的金斯堡与艾斯堡沿着大路
向着那满头灰发的治安官的货车走去——
但爱因斯坦怎么办?爱因斯坦怎么办?嘿,爱因斯坦
快回来!

三 戈尔登法院[①]

等待法官,呼吸平缓
囚犯,证人,警察——
速记员掩面,打着哈欠。

1978 年 8 月 9 日

四 所有人的幻想

我在外面散步,那炸弹

---

① 详见凯鲁亚克的诗"我想去戈尔登。"指在科罗拉多杰斐逊县的戈尔登市,反对洛基弗拉茨核武器工厂的示威。

用不计其数的钚
污染了下东区
摩天楼消失不见,只剩
钢筋铁骨
食物烧成灰烬,地面的坑
积满恶臭的水

饥肠辘辘的人们
在沙漠里爬行
火星人的飞碟
伴随着蓝色的死光飞过
横扫大地,蒸发掉每一滴
水

亚马逊河岸两旁
绵延数百里
皆是烧焦的棕榈树

1978 年 8 月 10 日

五　洛基弗拉茨钚工厂的休息室

"给我们武器,我们需要保护自己!"
秃头的警卫冲着桌面举起他的苍蝇拍
——啪!

*

纸板墙上有一个刻绿色字母的盾形徽章!

"生命脆弱,轻拿轻放"——
我的上帝!他们可是在这里制造核武器的触发开关啊。

1978 年 8 月 17 日

六　红色笔记本里的数字

两百万人在越南丧命
一千三百万人在 1972 年的印度支那受灾
两亿年来银河系从它的内核不停旋转
两万四千年这巴比伦的大年
两万四千年这钚元素的半衰期
两千块钱是我朗诵诗歌的报酬
八万只海豚在拖曳网里被杀死
四十亿岁是地球的年纪

1978 年夏,博尔德

冥界颂歌

一

在我们之前的自然界里还有什么新元素仍未诞生？太阳下可有新鲜事？

终于，喜好钻研的惠特曼成为了当代的史诗，在瞬间爆炸的炸药，科学般精准的主题

第一次是被西博格博士[①]漫不经心地用恶毒的手写出来，穿过天王星外的海洋为死亡的星球[②]命名

他曾被崇拜为在地府的矿藏中抚育出泪珠般岩浆的冥界统治者，复仇三女神的男性祖先，拥有亿万财富的地狱之王

随着黑山羊的喉咙被割断，神甫扭过脸不去看这埃莱夫西斯的庙宇中秘密的宗教仪式，

青春洋溢的珀尔塞福涅和他命中注定的阴魂结为配偶，得墨忒耳这水仙之母哭泣着滴下泪珠，

她的女儿被安放在一处咸涩的洞穴头顶是皑皑的积雪，黑色的冰雹，灰蒙蒙的冬雨或极地的冰川，回忆中无力企及的季节，

双鱼座在天堂飞翔，早于死在满天星斗的怀抱中的白羊座，早于铭刻于天地间的金牛座或是将记忆固定于楔形文字的粘土块或暴虐的洪水中的双子座

从头颅中被洗刷掉的记忆，或是在伊甸中感受着丁香花的微风的狮子座——

[①] 放射元素钚的发现者之一。
[②] 冥王星经过天王星与海王星。

在大年①开始转动它的十二个符号之前,那些星座已经运行了两万四千个阳光灿烂的年头

慢慢地环绕着他们在人马座的轴心,十六万七千次地回归到这个夜晚②

满身辐射的涅墨西斯你可目睹过那万物之初黑暗中无声无息没有气味的幻灭的爆炸?③

我在四亿年后的今天证明你洗礼的词语

我在尘世的夜晚猜测着你的生辰,我向你庄严的仪态致敬那恒久的威仪和众神一致,

萨伯特,耶和华,阿斯塔菲亚斯,阿多尼亚斯,埃罗西姆,艾奥,埃奥迪贝奥斯④,世代更迭,在光的深渊中以全新且不自知的身份出世,

索菲娅的反光闪烁着穿越银河,星辰泡沫的涡流旋转纤细又银光闪闪好似爱因斯坦的头发!

先父惠特曼,我歌颂一种能粉饰自我遗忘的物质!

那宏大的主题能将沾满墨水的手和稿纸的祈祷与老演讲家们激发的种种不朽湮灭,

我开始为你赞颂,张开嘴把歌声送上汉福德,萨凡纳河,洛基弗拉茨,潘特克斯,柏林顿,阿尔伯克基一座座沉寂的工厂外广阔的天空

我的喊叫声穿过华盛顿,南卡罗来纳,科罗拉多,得克萨斯,爱荷华,新墨西哥,

这里的核子反应炉在太阳下造出了新鲜事,那边罗克韦尔的军工厂在氮气的环绕中装配出这死亡之物的触发器,

汉格尔-塞拉斯·梅森秘密组装出一万件恐怖的武器,

---

① 元素钚的半衰期也为两万四千年。格雷戈里·科尔索向金斯堡提起此事成为了创作的灵感。也见于夜慈的《幻象》。
② 两组数字相乘,四十亿年,大概和地球的年龄相符。
③ 六感,包括思想。
④ 斯诺替教派传说中女神索菲娅在灵知中历代的化身。

在曼萨诺山将他们储藏

这恐怖的衰减要持续二十四万年[1]我们的银河围绕它星云状的核心旋转。

我用我的思想进入你隐秘的所在,我以你的形象发言,用我凡人的嘴巴吼出你狮子般的怒吼。

一微克的质量便可推动一对肺叶,十磅重金属[2]的尘埃慢慢地飘过灰色的阿尔卑斯山

这行星辽阔的幅员,还要多久你的辐射才会加速将荒芜与死亡带给这些有血有肉的生灵?

无论你是否进入我的身体我都会歌颂你体内的我的精神,无可比拟的重量,

啊重而又重的元素已经觉醒我将你的意识化为有声的话语向六个世界传诵

我赞颂你绝对的空虚。是的,这头愤怒的野兽在恐惧中降生,啊

地球上从未有此等扭曲而愚昧的事物!金属帝国的错觉!

满口谎言的科学家们的毁灭者!贪婪的将军们的吞噬者,军队的焚尸炉与战争的熔化器!

判决中的判决,一心复仇的众国度里神圣的风,总统们的猥亵者,资本政治的死亡丑闻!啊,文明正在愚笨地奔忙不息!

这带来溃烂的魔法降临到博学多才或目不识丁的民众头上!人类理性制造的幽灵!啊,黑暗艺术的实践者那凝固的意象

我挑战你的真实,我怀疑你特有的存在!我公布你的因与果!

---

[1] 核废料中的钚衰减到无害所需要的时间。
[2] 根据计算,如果有十磅的钚散布在地表就可杀死四十亿人。

我转动你三百吨的心灵之轮！你的名字进入了人类的耳朵！我将你终极的力量化为有形！

我慷慨激昂地宣传你引以为傲的神秘！这气息将你自吹自擂的恐惧一扫而清！最终我去歌唱你的形式

在你的钢筋水泥墙后在你的橡胶堡垒中在过滤柜与车床油槽半透明的矽屏障中

我的声音回响穿过机器人手套的箱子与铸造的金属罐并在大气层惰性的电流拱顶上回荡，

我和我的精神喧嚷着进入你地下无声的王座与铅的底座上圆柱形的燃料棒

啊，如此稠密！这首轻飘飘的赞美诗气势如虹地穿过隐秘的内庭冲破铁门闯进地狱的房间！

通过你那恐怖的颤动这从容的和声才得以漂浮成为有声的旋律，这喜气洋洋的音调就是蜂蜜是牛奶是酒一样香甜的水

被泼洒到石块砌成的地板，这些音节虽微不足道但我仍将它播撒向反应堆的核心，

我用空洞的元音呼喊你的姓名，我为你未来的命运祝祷，我的呼吸就在你身旁不死不灭

为了拼出你的命运，我将这预言的诗篇贴在你陵墓的墙壁上位你封印，永恒地用这钻石的真理[①]！啊，已经毁灭的钚。

二

那吟游诗人调查着钚的历史从午夜水银蒸汽明亮的街灯一直到黎明破晓的晨光

[①] 在梵文中，钻石、真理和金刚是同一个单词。

他凝视着一种平静的政治麻木着各个国家思想的形式增生出许多的官僚

与恐怖的武器，撒旦一样的工业项目转瞬间便手握五千亿美元[1]的重权

在全世界同时开工就在这文本练就的时刻自博尔德与科罗拉多落基山的弗兰特岭脚下

北面十二英里自洛基弗拉茨的核设施，在美国，北美洲，西半球，地球六个月又十四天环绕太阳系一周在银河系的漩涡里

此地的年月已被上一位上帝统治了一千九百七十八年

圆满亦如拂晓金黄的朝霞将东方照亮，丹佛城蓝天下的积雪

洁白又透明展示出空荡荡深邃与广袤向着那阳台上高高的晨星

坐在某张装着车轮的汽车座位上慢慢地从熨斗形山参差不齐的松树的山脊向下行驶，

阳光照亮山峦与草场斜斜地射向高耸于连排砖房的房顶那锈红色的砂岩悬崖

醒来的麻雀叽叽喳喳的鸣叫穿过海军街夏日婆娑的绿树。

三

这篇颂歌是献给你们的，未来的诗人与演说家们，你们的先父惠特曼与我一起与你们比肩而立，你们的美国国会与人民，

你们这些此刻的冥想者，灵思的友人与导师，你们金刚

---

[1] 1978年全球军费总和约五千亿，其中一千一百六亿来自美国。

艺术的主人，

请将这音节的转轮攥在手里，这些在气息尽头的元音与辅音

请将这黑色的毒药吸入到你的心里，再将祝福从你的胸中吞吐向我们共同拥有的造物

森林城市海洋沙漠洛基弗拉茨与山峦为用这口呼出的气为十方众生带去平静①，

填实这冥界的颂歌引发爆炸让它那空洞的雷霆之音穿透地球上思想的世界

用无情的怜悯为这嚎叫增添磁力，用平凡的思想和身体发表的演说摧毁这座钚元素的高山，

因此请允许这保卫思想的精神释放，释放，超越，超越我自己，将空间唤醒，开始吧！

1978 年 7 月 14 日

---

① 佛性的四种特征：平和，丰富，吸引，毁灭。

老池塘

有个老池塘——青蛙跳进去，噗通！
碎石路！我走到双脚臭烘烘
妈！妈！你在那张床上干些啥？
爸！爸！哪个洞里是你逃避的脑瓜？

出门到下城去今天还要干活
卖可卡因因为像基佬被捉
白日梦，我像老肥仔一个
有个老池塘——青蛙跳进去，噗通！

被搭上，我买了个煎锅
煎蛋，我老婆吃相和男人差不多
不做饭，她燕麦的味道十分难过
有个老池塘——青蛙跳进去，噗通！

吃屎吧她原话这么说
喝酒，直冲脑门的货
完蛋，他们嚷嚷我喝多
有个老池塘——青蛙跳进去，噗通！

今晚六点我看到了上帝老人家
破房子，我大概和谁打了场架
头疼的感觉就像眼球枯萎散架
有个老池塘——青蛙跳进去，噗通！

热狗！芥末越辣越好
嘿乡巴佬！我大概中枪了
扑街嘅屁她问带劲儿的要不要？
有个老池塘——青蛙跳进去，噗通！

不要啊你的针头臭气熏天
不要啊我不与告密的人注射比肩
速度之贪我和阿飞靠在一边
有个老池塘——青蛙跳进去，噗通！

好吧好吧给我一口新鲜空气
猜猜我是谁哦你并不在意
没有名字唤起嘲笑的僧侣
有个老池塘——青蛙跳进去，噗通！

没有回音，杂音不少
回家吧你欠男孩们要还掉
你的鱼下沉了听不到你的尖叫
有个老池塘——青蛙跳进去，噗通！

哥们一起，我们买了辆汽车
汽油耗尽，我们又去酒吧喝
我发誓一开始本来要去小镇的
有个老池塘——青蛙跳进去，噗通！

我把他的班卓琴摆上我的膝盖
我弹得甜蜜又痛快
我唱着丢一块丢一块丢丢丢一块
有个老池塘——青蛙跳进去，噗通！

我用一只手拍着自己
未诞生,我仍敲击不已
不得了,我从床铺滚落到地
有个老池塘——青蛙跳进去,噗通!

嘿嘿!我践踏了蓝天
和虫子坐在一起直到我进太平间
再见!
有个老池塘——青蛙跳进去,噗通!

红谷仓在晨雾中湿乎乎得显现
咯咯哒哼哼哞哞
嗡嗡——苍蝇拍在厨房,啪啪!
有个老池塘——青蛙跳进去,噗通!

       1978 年 8 月 22 日

怪罪于思想，紧贴着恶性迷幻 [①]

我是个冒牌圣人
杂志中的圣人南达士上师
不存在冒牌圣人的意识，不是无名小卒！
十二世创巴仁波切，十六世葛玛巴，莲花生的嫡传敦珠，教皇约翰·保罗，头顶镶嵌着高贵璀璨而空洞的钻石蓝宝石翡翠玛瑙与红宝石的皇冠的英格兰女王——
天空是冒牌的圣人，空虚的心中只有蔚蓝
萨克拉门托谷底的田野也神圣不到哪里去，绿色的玉米地里的拖拉机比穿着衬衫的慢跑者高出一截。
这辆大众汽车是冒牌的圣人，后置引擎的仓门口牌照灯的电线已经短路冒出青烟。
过滤嘴香烟的烟屁仍在烟灰缸里燃烧
没有任何神圣的长头发的男孩子们手握公车司机的方向盘
辛勤的工人不是冒牌的圣人每一位在钚的办公室里的桌子后面劳动的人
在"花的力量"的塑料牌照下打着苍蝇
沿着一路的黄松与云杉前进驶向诗人在奇奇第斯的圣殿
刀耕火种的隐居生活——守博·安寺院铜皮的屋顶后是茂密的黑橡树林——
持续不断，那思想——空寂——没有伤害——
去怪罪于思想将和恶性的迷幻紧贴在一起——
还未出世的邪恶，自我与它运转的体系

[①] 在使用LSD后，如果受到外界的不良刺激，即有可能产生恶性的幻觉体验。

发动机不时断断续续地停歇，汽车在格拉斯瓦利停下加油

钚本身清白又无辜，是来自复仇女神天启式的馈赠

没有感觉的空间里生满了绿色的灌木——云雾覆盖了骑警驻地的招牌

如焚香般朦胧。

1978年9月7日，内华达市

"不要变老"[1]

一

二十八年前他在那张起居室的沙发上凝视着我,我对他说

"我想见见精神病医生——我有性方面的困难——我是同性恋"

我那时还是个学生正是爱惹麻烦的年纪,我在这个周末回家想和他谈谈。

他震惊地看着我,"你的意思是你想把男人的那玩意儿放进你的嘴里?"

我也震惊地看着他,"不,不是,"我撒了谎,"不是那个意思。"

如今他正一丝不挂的躺在浴缸里,热水在他的小腿下面渐渐排干。

臂膀坚实的彼得,有次救护车带着人来了,把他举起放进平躺的车厢。我们用毛巾把他擦干,用胳膊架着他,浴袍搭在他的肩膀上——

他跟跟跄跄地走过门口到他铺有地毯的卧室

坐在软垫的边缘,精疲力竭,咳嗽出黏稠的浓痰。

我们举起他像滑石一样苍白又浮肿的脚,把它们穿过睡裤的裤脚,

把带子在他的腰部打结,抓起他睡衣的袖管套进手里,

---

[1] 诗人为自己的父亲路易斯·金斯堡所作。

动作轻缓。
　　把他的嘴拉开，把假牙放到碟子里，他把脑袋转过来
抬头看着彼得悲伤地笑笑，"可不要变老啊。"

二

　　在我的不断说服下，我最大的侄子
来和他的祖父作伴，说不定还会在公寓里过夜。
反正他也没有工作，无家可归。
整个下午他都在读报纸，看着老电影发呆。
黄昏渐浓，电视静默无声，我们坐在软垫的沙发上，
路易斯躺在他那张可以旋转或放平的躺椅上——
　　"你准备找份什么样的工作？"
　　"刷盘子吧，但有人告诉我说那会令你双手的皮肤起一层红鳞。"
　　"那么办公室勤杂工怎么样？"他的外孙念完了高中后成绩太差没有上过大学。
　　"在开着空调和日光灯的大楼里呆着对健康不大好。"
　　这垂死的老人看着他，对这个怪人点了点头。
　　他开始他的一连串建议。"你可以去作出租车司机，但如果有辆车来把你碾扁了怎么办？有人说当出租司机还会被抢。
　　你还能去找一份海员的工作，但是船也会沉呀，那样你就淹死了。
　　或者你可以去杂货店找份事干，但可能会有一整箱的香蕉从架子上滑落，
　　砸到你的脑袋。要么你去当服务员，你说不定会手里托着一整盘的东西滑个大跟头，还要自掏腰包赔偿摔坏的杯子。

也许你应该成为一名木匠,但你的大拇指很有可能被锤子砸到。

或一名救生员——但贝尔马海滩的回头浪可不是吃素的,你说不定还会感冒。

或一名医生,但说不定什么时候你就不小心用一把沾满细菌的手术刀割破了你的手,你就这么被感染然后死掉。"

晚些时候,在黄昏后的床上,眼镜放在一边,他对他的老婆说

"那个家伙为什么不梳梳自己的头发?全盖在他的眼睛上了,他怎么能看得见外面?

让他回家吧,我很疲惫。"

1978 年 10 月 5 日,艾摩斯特市

三

放弃

一年前我曾拜访一位帅气的诗人和我的藏族上师,
客人们吃完晚饭便在山坡上休息
我们对着山下博尔德的万家灯火啧啧称奇
那光亮穿过一扇巨大的玻璃——
喝完咖啡,我的父亲开着无聊的玩笑
"生活是否值得继续?那得取决于您的肝脏 ①——"
喇嘛对他的随从笑笑——
这古老的双关语我从童年一直听到现在。
接着他竟沉默了,眼睛看着地板
叹气,脑袋沉重地低垂

---

① 文字幽默,过生活是 live,肝脏是 liver。

谁也不理——
"你又能如何呢……?"

1978年10月6日,水牛城

爱的归来

爱满面春风地归来
三千英里之外
为实现一年前的约定
无名,诚实
好学,美丽
博学,天真无瑕
诚挚,温文尔雅
真理的学生,
靠谱的后生。

无论我们结局如何
老或少,都是朋友
海滩共度几周
再来纽约巡游
他为寻找学术的手稿
旧文书,灵异的备注
陈年的轶事,
有限几位图书管理员
大脑深处隐藏的宗卷。

此刻我俩同床共枕
我的脑门他深深一吻
他缠着我的臂弯
传递彼此的温暖
他按摩我的腿

我都不用求谁
我把嘴凑近他的脖子，吻了他。

和小孩一般大
他的屁股光滑
我可以抚摸，可以沉醉
任意使用他的大腿
我的脸在他胸膛作乐
我的身体是他的宾客
他献出胸部
下腹
亲我，抱我，为我祝福

高潮两度
他献出他的屁股
这是他第一次
想被进入，因为一时兴致
他打开了紧锁的下巴
舌头和手压着软腺
唉我的那些梦啊
我那玩意似乎虚弱无力

熟悉的爱欲
欢腾的尘埃
来自五十岁的男孩
被遗弃的爱之欢愉
他还不算是酷儿
他渴望着，微微颤抖
他的轻盈是我想拥有
我自己的却不争气

无法挺直向前行进

新的一日渐渐闪烁
教堂的钟声响过
纽约晨曦蔚蓝
我嚼着生蔬菜
向日葵，高丽菜
日子过一天少一天
但仍可与欢愉比肩
虽有一些夜晚空空虚度
爱对我的耐心一直停驻

1978 年 12 月 16 日，凌晨 6 点

1978年12月31日

钻石闪闪发光，小亮片晶晶莹莹
华尔道夫酒店的大型宴会厅
在电视屏幕上
光耀四射
向着时代广场的幽灵们挥手告别
如波涛般起伏的
无数眼镜与雨伞
被湿漉漉的手举在
头顶
庆祝着与中国
建立外交关系
北京跳起迪斯科
国会议员黑色与小麦色的脸
在新闻节目的像素点上清醒地做着委员会报告
总结出阴谋杀害
肯尼迪与马丁·路德·金
在上一个十年死去的
总统与和平缔造者
《纽约时报》中故弄玄虚的
不良思想散发恶臭越南
核子武器与沃伦委员会
一起引爆，谎言与疑惑
射出令人眼花缭乱的烟火
戴着庆贺的小帽子在弧光灯下
盖·隆巴多的科奇·科奇·酷舞

戴着眼镜与领结
伴随着清脆的钢琴,长号
与大号,乐队下面
是摆满香槟的白色圆桌
老人们最后一次
面对相机微笑
欣赏着皇家加拿大的
乡愁
在一扫而空的厨房里
水槽与冰箱
在除臭前就登了广告
粘贴的标签上吸血鬼伯爵
瞪着的眼球飞了出来。
多么狂热的肥皂广告
许许多多的报纸都在
吵吵嚷嚷
在十二月的峡谷般的大楼间
一堵堵墙笔直向前
穿过哥谭市
红雾弥漫的天空
百老汇用熙熙攘攘的节奏
无数次地向天堂致意,
小锡喇叭在等待着
宣布
新年午夜的来临,
咧着嘴享受美好时光,
波多黎各人微笑着
在第四十四街的华盖下
向着相机一百万闪烁的眼睛
致意

希望那阵瘙痒已经消失——
从纽约的现场报导！数千人
正在快乐的尖叫
对着钟楼呼喊与此同时
电视网络的主席
威廉·佩利也在电视上祝贺——
宽恕！时间！那个球
正在下降，鼓声
阵阵飘扬
经过美国扬声器的网络
变成膨胀的气球！新年快乐！
喇叭声与气泡的浪涛
穿透了大脑！
抛起你的帽子，摇动你的手镯
给伊迪打电话！吹响你的喇叭
长着胡子的伽倪墨得斯
按响你苏荷区消防车
那黄铜的号角！
让你的狗在阁楼里叫吧，引爆
你嗡嗡作响的光环
你的电视里那轻盈的天使！
时光将无比美妙，感谢上帝
今夜没有顽皮的年轻人来捣乱
只有聚会，车祸，
出生与救护车的鸣笛，
七彩的纸屑从天而降
心碎的派对客人们
在阁楼的后窗

跳起了林迪舞①
多年以前,有一帮抽象表现主义的
画家与诗人们齐聚一堂
庆祝着美国战前
那不朽的除夕夜。

---

① 流行于1920年代一种快节奏的舞步。

布鲁克林大学的聪明人

为大卫·夏皮罗与约翰·阿什贝利而作

你总是一身工装裤与蓝布工服,
穿着运动鞋或是帆布鞋,独自乘坐地铁,
年轻,优雅,自然非正式的私生子,
将甜蜜偷运至布鲁克林。
如今,花呢的夹克与你父亲的领带在你的胸口,
还有鲑肉色的粉衬衫与瑞典的书包
你头发已掉了大半,嘴唇中风颤抖,下眼睑
不断地释出眼泪,回到了大学。
再见了,金斯堡教授,下周别忘了去前台领你的证件
这样你就不会
在去上课时被学生会门口的
黑人保安在过道上捉弄羞辱。

日安,金斯堡教授来点咖啡吧,
来点学生吧,在星期二和星期四
别忘了来上班,先给您点地铁的
代币吧,请使用您在英语系的办公室隔间吧
来看看在打字机后面迅如闪电的西尔维亚小姐吧
给您看点诗吧它们或许没那么糟
希望您在鸟的房间作菩提心的讲座时度过一段美好的时光。

1979 年 3 月 27 日

花园州 ①

这里曾遍布，农庄，
绿草坪上的石头屋子
枝繁叶茂的山坡可用来露营
穿过林肯公园的沥青路。

共产主义者去野餐
身边环绕着春天黄色的连翘
木兰树与苹果花，苍白的蓓蕾
五月微风轻拂，六月凄凉忧郁。

接着便是黑手党，偷运酒精的
高速公路，在沼泽中倾泻的垃圾，
不动产，第二次世界大战，
纳特利川流不息的钞票，推土机。

爱因斯坦在普林斯顿
发明了原子弹，电视天线
密布于西奥兰治的每一个角落——前脑叶白质切除术
在格雷斯通州立医院里执行。

绿草茵茵的山坡上
教堂后古旧的墓园，伊利铁路公司
的桥梁那星罗棋布的交叉道

---

① 美国新泽西州与纽约市一河之隔，被称为花园州，金斯堡童年时生活在这里。

路牌，油漆已褪色，却仍竖立。

不禁令我想起曾经清澈的池塘
湖水翠绿，可以游泳或饮用。
暗色岩的采石场里
镶嵌着紫水晶，在星期天寂静无声。

我曾经害怕同帕特森的任何人
讲话，担心我对于性，
音乐与宇宙的敏感心思被别人发现
我会被嘲笑，被深色皮肤的男孩痛揍。

"教授先生"海尔顿大街的
荷兰人说道。"臭犹太佬"我的黑人朋友
乔这么叫我，我记得他发型十分怪异。
奥尔兹牌轿车从我的眼镜前面驶过。

温室伫立在帕塞伊克的阳光下，
贝尔马的海边安放着许多小屋。
我从广播里听到希特勒的声音。
我曾经在那边的山坡上居住过。

他们在纽瓦克的军事公园
朝宣传社会主义的演讲者
诺曼·托马斯扔鸡蛋，警察
在一边观望哈哈大笑。二十年代就是他们
在磨坊大街谋杀了罢工的缫丝工人。

现在打开你的电视看吧
他们在为那哈里斯堡的

氢气泡与越战解释开脱
但他们没有报道新泽西花园的末日,

更不用说世界的末日。
就在这里在波顿他们为华盛顿
制造炮弹,用古老的铁矿,
泄洪道,马车房——电车

加速穿过纽瓦克,园艺师翻动着前庭的草坪。
探寻着你自家后院的新闻
在那刷过白漆的尖桩篱栅,褪色的标语
印在红砖墙的工厂上方。

今日在数据终端人们站在四十号公路上。
让我们一起带上我们的东西。
让我们回到往昔的礼拜天,唱起古老的春日歌谣
就在格雷斯通州立精神病院的草坪上。

1979 年春

春日风尚

购物中心一轮满月升起——
橱窗内散发寂静之光
赤裸的人体模型正在欣赏她的指甲

1979年博尔德

拉斯维加斯：为埃尔多拉多高中的报纸即兴创作的诗句

莫阿帕阿兹特克砂岩中的水眼
已在米高梅大酒店
百家乐下注的孔底干涸。

如果罗伯特·马休① 知道
是谁杀了肯尼迪
他会不会告诉桑托斯·塔拉斐坎特？

如果法兰克·辛纳屈要去
种他自己的食物，他会不会
学习磨碎松果？

如果塞米·戴维斯要将那水源寻找
他会不会带领一百万的老妇女笑着
围绕着查尔斯顿山直到羊头山
迁徙流浪？

英格伯特可知道他在里面歌唱过的
那些山峦的名字？

当石油和水干枯耗尽

---

① 前美国情报机构官员，曾卷入刺杀卡斯特罗的行动与水门事件。

野马会不会
在希尔顿酒店的拱廊下栖居?

那价值一千三百亿元的五角大楼会不会
去守卫比提的放射性废料
度过一整个钚元素的衰减周期?

让所有的将军与和餐厅主管
去看胡佛大坝巨大的旗杆下
青铜的铭文。

富兰克林·德拉诺·罗斯福
巴格斯·西格尔① 与佛陀会不会
在拉斯维加斯输到连一件衣服也不剩?

没错!因为他们不知道如何
像野马与沙漠蜥蜴那样赌博。

1979 年 9 月 23 日

---

① 拉斯维加斯的黑帮头目,于 1947 年在加州比佛利山庄的卧室中被窗外射击来的子弹暗杀身亡。

致德力士的朋克

你们爆炸式的发型有着布莱克油画《快乐日子》的男孩那样美丽的金色,
　　因为工业的苦难你们被迫举起胳膊
　　你们每周在生产线上工作领到四十五镑
　　有十五镑交了税,撒切尔夫人原子能的子宫不断膨胀
　　这位铁娘子吞噬你的力量你的时间你的英镑和尊严
　　喷洒带有辐射的尿液到你长着蘑菇的牧场。
　　"打倒资本家!"你扬起嘴唇,衣着花哨
　　打倒金钱至上在车库乐队的演出里蹦跳冲撞
　　在电子工厂经受了一整天滑稽的奴役后
　　再把银别针穿进你的鼻子,把金耳环打进你的耳洞
　　和普利茅斯的火车上的一位教授聊天,问着
　　"电视和报纸到底靠不靠谱?大麻会不会在你的脑子里扎根?"
　　被诅咒的不幸的孩子们在康沃尔海岸线的一辆火车里颠簸,希望你革命的舞蹈幸运无比!
　　你们的身体如此美丽就好像牛津的金发小伙——
　　你们的愤怒比剑桥若有所思抿起的嘴唇要高雅许多,
　　你们的嘴比伊顿那些啜饮着茶在烤饼干和凝结的奶油间低语的嘴巴充斥着更多的脏话与亲吻
　　他们正在密谋为你们的音乐征税奴役你们的身体并用一种官方的机密法令惩罚你们放肆无礼的言辞。

1979 年 11 月 18 日,康沃尔

一些爱

五十三载弹指间
我仍以泪洗面
我仍坠入爱河
我仍努力变革

我的艺术以吻封印
我的心脏幸福沉浸
我的双手摩挲
修车厂的孩子

坟里钻出来的孩子
孩子们倍受奴役
被学校或是工作
无论如何,他们对我不错

我有什么好抱怨
当爱似雨水泛滥
这雨拍打着山川平原
我的手,我的脸

我的胸口与我的鞋
热吻如国际新闻倾泻
嘴巴为我阳具服务
男孩送来好运祝福

还能坚持多久
爱已一无所有
有许多还未露面
直到我哑口无言

江河日下
小伙儿自顾不暇
岁月催人
爱得越来越狠

爱得越来越甜
水波皱纹爬上脸
但我的皮肤仍会颤抖
我的手指轻盈如旧

1979年12月12日，锡根

可能是爱

爱或许会显现
我还不算脑残
今夜它占据我心
沉沉忧郁离我远去
两人也好,一人也罢
我幻想着,像掌握了魔法。

一切很难表述
这是我自己的路
经历许多年轻的爱
明白世间真心所在
时至今日我独自前行
手中握着大肚子妖精

这个梦算不上很浪漫
为了年轻男人的肉体
意乱情迷
一个不赖的蜜糖老爸
备受爱戴的著名大咖
却被独自留在床上。

爱怎会一败涂地
松弛无力,何等虚情假意
的欲望曾是我的把戏
在这四十载的漫游里

从床到酒吧到字里行间
像骗子一样羞红了脸

四处坑蒙拐骗
纯属意外，纯属巧合
天真无邪或行淫作乐
实实在在或口口声声
我怎么就要结束人生？

爱会死，身会灭，唯有心灵
仍一路摸索虽双目失明
半心半意充满色欲
为了浇灌丝般尘埃
拥抱我的男性爱人
却不和我同床共枕。

这个早晨的香烟
这个早晨甜蜜的遗憾
多年来沉淀的习性
唤醒熟悉的恐惧神经
不停燃烧的艳阳下
某日将没有你我或他

去亲吻或爱慕
去拥抱或其他什么
肩并肩在床上
温柔似新娘
驯服于我的爱抚——

教堂钟声再次敲响

从海德堡
到纽约这座城市
我躺下，腹部平实
贴着男友的屁股
无法让自己挺起。

暂且抛开人伦天命
我愿爱河蜿蜒无尽
我希望大腿永不稀奇
和我的叹息一起叹息
今日这一切皆备

我不能寄希望于青春，
我不能继续做爱情的梦
我不能向天堂祈祷
或呼唤地狱的力量
去保证我的身体
被年轻的恶魔抱在怀里
舌头舔舐着肚脐。

我在床上潜行
接近一个有教养的
正在翻我包的年轻朋友
他注意到我柔情的诗句，
我把他的屁股捕捉
等待着甜点上桌

他说你把我放开
我说一下就走开
绝不纠缠过多

他便从了我
他讨厌我的高潮——
我爽了,便把回家的路找。

不可能永远这么过,
这首诗,我那狂热
对棕色眼睛凡人的享乐
我爱上了个白人直男。
啊,殊途同归
同样干枯的玫瑰!

还没有走完我的路
还能搞,还能辩护
没什么靠得住
青春时光用以帮助
老年意味着何等脚注——
爱之灭无,身之亡故。

     1979 年 12 月 15 日早上 8 点,海德堡

鲁尔工业区

太多的工业
太多的食物
太多的啤酒
太多的香烟

太多的哲学
太多的思想形式
却没有足够的空间——
没有足够的树林

太多的警察
太多的电脑
太多的高保真音响
太多的猪肉

太多的咖啡
太多的烟雾
从青石板的屋顶升起
太多的顺从

太多的肚子
太多的职业装
太多的文字工作
太多的杂志

太过发达的工业
莱茵河里鱼已绝迹
罗蕾莱惨遭毒害
太过困窘的尴尬

太多的疲惫
工人们坐着火车
犹太人的幽灵
在街角尖叫

太多老套的谋杀
太多白色的折磨
太多施达姆海姆 ①
太多快乐的纳粹

太多疯狂的学生
没有足够的农场
没有足够的苹果树
没有足够的干果树

太充裕的金钱
太多的穷困
土耳其人没有选票
"客人们"做着工 ②

太多的金属

---

① 德国的一所监狱，曾囚禁过德国的极端左翼组织"红军派"（受警察的双重间谍武装扶持），被囚成员被二十四小时的强光剥夺睡眠并不间断审讯。
② 二战后西德的外籍劳工引入计划，土耳其人、意大利人以及斯拉夫人被大量引进填充劳动力，多是粗重的工作。

太多的肥胖
太多的笑话
没有足够的冥思

太多的愤怒
太多的糖
太多的烟囱
没有足够的雪

太多的辐射
钚元素的废料桶
把莱茵河的金色夺走
建立巨大的坟墓

一座金碧辉煌的墓园
去埋葬这致命的核废料
所有银行里的黄金
不可动摇地闪耀

所有德国的黄金
将拯救这个国家
建起一座黄金的房子
把魔鬼埋葬

1979 年 12 月 15 日，海德堡

为1980年学生反对征兵登记的集会而写的诗句

那战士害怕了
那战士有一颗巨大而颤栗的心脏
那战士看到犹他州爆炸的火光,一架巨型的轰炸机飞过科罗拉多州的斯普林斯天空下的夏延山
那战士嘲笑着飞机的阴影,他的思想随着他的气息消失在午后的阳光里
那战士从不去打仗
战争从战士的嘴里溜走
战争在战士的心灵中分崩离析
只有被征服的才去打仗,被拽进幽灵的军队,在幽灵的大洋上航行,飞翔在幽灵的火焰中
只有无助的应征者才带着恐惧战斗,高大结实的黑人奋力求生——
那战士深知他自身的忧愁与温柔的心,那颗心大多数的报纸不曾拥有
那颗心大多数的电视不曾拥有——只因这种忧愁卖不出一粒爆米花
这种忧愁从不参战,从不耗费一千亿美元在洲际导弹系统上,从不和犹他州的幽灵战斗,
从不躲在科罗拉多州斯普林斯的某个山洞中的北美空防司令部里
等待着上头的命令按下那秘密的按钮去把地球一座又一座的大城市炸上天

1980年3月15日,科罗拉多,香巴拉

爱的宽恕

亭亭款款
青春绵软
爱指明前路
从不说不

轻轻柔柔
天生狂愁
歌声撒播四方
吉他阳光弹唱

声若金铃
句句动听
歌中之悲
君莫怪罪

坦坦荡荡
爱的宽恕无恙
哀苦烟消云散
冻土春意盎然

1979年12月16日，杜宾根

杜宾根到汉堡的软卧

一

我为什么会对基辛格那么的愤怒?
肯特州立大学的恐怖主义从 1968 年开始!
"柏林的学生抗议着伊朗国王来访却被警察射杀。"

二

灯火映在污水河上!
经过一条大河,铁路桥与高楼。
嗯,这是乐园!这一定是法兰克福!

1979 年 12 月

作 业

向肯尼斯·科赫致敬

如果我在洗衣服的话,我真想洗一洗我脏兮兮的伊朗

我还要把我的美国扔进去,倒上象牙肥皂的泡沫,把非洲彻底清洗,将所有的鸟儿和大象放归丛林,

我要冲刷亚马逊河,清理墨西哥湾与加勒比海的油膜,把北极的浓雾擦去,将阿拉斯加的输油管道一扫而光,

橡胶鸭鸭[①]为洛基弗拉茨与洛斯阿拉莫斯,将闪光的铯冲出拉夫运河

洁净帕提农神庙与狮身人面像的酸雨,排空地中海水域的淤泥让它再次变得蔚蓝,

为莱茵河的天空洒下一些蓝色的漂白剂,为小小的云朵漂白这样雪便能像真正的雪一样白,

净化哈德逊河泰晤士河与内卡河,排空伊利湖的泡沫

然后我要给大块头的亚洲运送一大批肥皂,洗干净血渍与橙色落叶剂,

把苏联和中国的垃圾统统倒进粉碎机里,挤出美国与中美洲的警察国家灰色的泄漏物,

把这个星球放进甩干机里,让它运转二十分钟或是永世直到它变干净了为止。

1980 年 4 月 26 日,博尔德

[①] 一首古老的英国儿歌,流行于十八世纪。

在惠特曼与列兹尼科夫之后

一

何等的解脱

如果我拿笔的手被百老汇的汽车轧断
——那是何等的解脱,再不用给这个国家写字
争论着暴君、战争的闲篇,中央情报局——
我的诗歌将会在堪萨斯的图书馆里落满尘埃,
被青春期的农家男孩用晒得通红的手翻开。

二

下东区

有个圆脸的女人,整条街都属于她和她的三条大狗,
那些狗冲我吠叫,和她的购物袋一起摇摇晃晃地穿过 B 大街
抓着我的裤裆,"你为什么不和我打招呼?"
笑着露出她的一口牙,声音大得像出租车喇叭,
"不要脸……你以为你很有名是吗?"——真和我妈一个德行。

1980 年 4 月 29 日

路易斯湖上的反光

一

午夜时分导师坐在他的法座上布道
鸣锣,铃铛,木鱼,鸣响的铜管乐
超然的教义,无思,老狗的叫声
经过燃烧着现在与将来的烛火
焚香把智慧填充——
这些我醒来的清晨,梦境已难以忆起,
心思沉闷,我把身体拖下床
刮脸,洗漱,枯坐,数小时伏倒在地面上。

二

哪个国家才是真实的,是我的还是导师的?
迂迂回回地我跨过了加拿大的边界,这里无人看守,
带着内疚,我走私了一万种思想。

三

有时我的上师像一个地狱王,有时又像不朽中的王者,
有时是一个报纸上的故事,有时是亲切眼神的慈父,
孤独的母亲,身挑重担的人——
可怜的人啊!曾给我这或许永远也长不大

无法养活自己的生命。

1980 年 5 月 7 日

四

天空清澈了许多，云儿浮向高处，维多利亚山
显现出一隅蔚蓝。我应该去六个冰川的平原徒步旅行
但我得去吃恰好斋①，在地下室里跪拜数小时，准备密宗的考试——
不知道假如我在那湖边的小路突发心脏病我是否准备好
去见我的母亲？

于正午

五

佛门净地的丑事
湖面覆盖着数英寸厚的软冰。
一丝不挂地，他在冰川下侮辱了我！
他用湿润的花岗岩的悬崖强奸了我的思想！
他在白雾弥漫的《国家杂志》里错误地将我引用。
万岁！云朵飘散了！
大块大块的蓝天落下！
维多利亚山耸立嘴中塞满白雪。

---

① 一种曹洞宗禅修的进食方式，用餐时不能说话，使用从大到小的三个碗，代表：断一切恶，修一切善，渡一切众生。

六

我漫步在路易斯湖边的小径，导师太忙没有时间见我，
与我同修的朋友认为我疯了，或者更糟，是个孤独的神经过敏者，说不定我真的就是——
独自深处群山，这感觉和在纽约落雪的街道一样。

七

困在上师的城堡里身边环绕着三百门徒
我可以回家去樱桃谷，曼哈顿，内华达市
今生今世做一个农民，死在下东区的贫民窟，坐在半个灯泡也没有的森林里，
回到为我每日拆信的秘书，《艰难时世》，垃圾邮件与情书，满脸皱纹地在曼哈顿老区
飞翔，把诗句歌唱，带回家风车，种番茄和大麻
劈柴，打坐，听朋友们的话，在迈杜人的领地冥想，学做橡子面糊，
而在这里我注定要研习更上层的坦陀罗再变成觉悟的奴隶。
我又能去哪儿，选择什么？我生命中的任何一条路都在前方等待，
凌晨六点群山升起在白色的湖面，天水间浓雾弥漫。

1980 年 5 月 7 日至 9 日

"我陷入欢爱中无法自拔"①

在冬季博尔德的床单下
面颊红润的男朋友们温柔的吻我,用甜美的嘴巴
春日来临我们拥抱,一丝不挂,说着女朋友们的
闲言碎语直到秋天

老去的爱和他稚嫩的身体一同溜走
星期一某人来我的地方睡觉
年纪不小一脸胡须嘴巴歪斜不像
我曾经吸吮过的年轻人

这个孩子每周四都开开心心来搞一夜情
整晚进行心与心的交谈读着诗句
数小时后他开开心心地射在了我的身体里但我
无法进入他那里

小天使,双腿纤细的南方男孩有次在我家过夜
唱着蓝调喝着酒直到他变得淫荡
星期三晚上他把屁股奉献给我,我上了他
运气真不错还好他喝醉了

一头卷曲的金发双眼清澈的园丁穿过小镇
教大家如何用古老的一根稻草的方法翻动土地
那晚他躺在那里露着肚子帮我吹

---

① 萨福的一句诗,原文为古希腊文。

我也为他吹到高潮

冬天的舞蹈,一个光着脚名叫那洛巴的野孩子
跳起来搂着我对我笑着拉着我的手
跑出去说我们午夜在你家见
那夜他叫醒了裸体的我

半夜他爬上了我的床在我的耳朵里呼气
吻着我的眼皮,我把嘴放在他那儿柔软无比
"这招对我没有意义",我便转向他的肚皮
在他的后面射精

我再也没有机会触碰到未来的那些年轻人
听听这些我用空洞的精神轻诵的萨福体诗歌
接连不断的温柔在这些元音中吞吐
不停为爱叹息

唱出你的韵律吧就伴随五月夜晚满月的轮廓
清新的雨中暗淡的草坪上嫩黄的洋葱和郁金香
鸢尾花豌豆荚与萝卜像这首诗一样的生长
在拂晓的光芒中开放

他的脸庞看上去永远是十八岁
绿色的眼睛金色的头发金色的皮肤肌肉结实
这神明用男孩的口吻在三十年前嘲笑过我
又跑到这里上了我

胸膛剧烈地跳动不敢看他的眼睛血液脉动
在我的耳朵口干舌燥肋骨颤抖
一阵战栗的火焰从我的心脏直射向我的大腿

这相思一直延续到今天

我坐在椅子里双脚像灌了铅一样我看着他
整夜一丝不挂睡在那里,我害怕去亲吻他的嘴巴
温柔奄奄一息,苦等太阳在多年前的曼哈顿升起

    1980年5月17日至6月1日,博尔德

四楼，黎明，写信，彻夜未眠

鸽子在教堂黄铜的屋顶抖动它们的翅膀
我窗外街的对面，有只鸟儿栖息在十字架上
眺望这城市蓝灰色的浮云。拉里·里维斯
我会在上午十点来取我的画。鸽子，
我正在为你们画像。黎明，我正写下你的意象。
我正将你的废气变为不朽，A 路大巴。
啊，思想，现在你必须永远地思考同一件事物了！

1980 年 6 月 7 日，晨 6 点 48 分，纽约

失败颂

许多预言家都已失败,他们的声音归于沉寂

那幽灵的鬼叫只存在于地下室,从没有人听过自家阁楼上布满尘土的笑声

也没有瞥见过晴空下公园长椅上他们放肆的哭泣

沃尔特·惠特曼曾叙述过那些他身边的失败者——那种勇气敢于面对怪胎秀中的胖女人!与排队等待着开饭唇边滴下汗水的神经紧张的大胡子囚犯——

马雅可夫斯基曾经呼喊,然后死去!我的诗篇就像彼得堡被机枪扫射的列队行进的工人一样死去!

普洛斯彼罗烧掉了他的权力之书并将他的魔杖丢进了龙海的海底

亚历山大大帝没能征服地球上每一块土地!

失败啊,我歌颂你令人恐惧的名字,接受我这个五十四岁的老预言家吧

史诗之王永恒的失败!我要加入你世间那吟游诗人的万神殿,加速完成这诗篇,伴随此刻

正冲向我头顶的似乎要在一分钟内杀死我的高血压,就像那垂死的高卢人!

而你们,可敬的双目失明的莫奈,失聪的贝多芬,断臂的米罗的维纳斯,无头的胜利女神像!

我失败了,没能同每一个我在自慰时幻想的留着胡子面若桃花的男孩子睡觉

我的长篇大论没能摧毁克格勃与中央情报局那些身穿高领毛衣、内衣裤、羊毛西装与花呢衬衣的知识分子联盟

我没能分裂过钚也没能在我的头发掉光前解除任何一枚

原子弹

我还未阻止那全人类向着第三次世界大战行进的千军万马

我从未去过天堂，涅槃，未知，还有那个叫什么玩意儿的东西，我从未离开过地球，

我从未准备好面对死亡。

1980年3月7日和10月10日，博尔德

脑残!

脑残正统治世界!
脑残是资本主义的终极产品
脑残来自苏联打着哈欠的官僚首领,
脑残被罗斯福总统指派掌握联邦调查局长达三十年对科萨·诺斯特拉永远睁一只眼闭一只眼!
脑残分配下小麦用于焚毁,令其价格在全球市场不停上扬!
脑残通过国际货币基金组织向发展中国家与警察国家贷款!
脑残从不依靠自己去说服别人和他上床而是依赖于他的办公室为他拉皮条
脑残在瑞士提供大脑移植的手术服务
脑残在半夜醒来整理他的床单
我就是脑残!
我统治着苏联南斯拉夫英国波兰阿根廷美国萨尔瓦多
脑残在中国繁衍生息!
脑残在克里姆林宫的墙后斯大林的尸体里栖息
脑残命令在非洲的沙漠地区使用化学产品进行农业开发!
脑残降低了北加利福尼亚的地下水位用那些抽出的水卖给奥兰治县的农业银行
脑残用鱼叉捕杀鲸鱼再在热带地区咀嚼鲸脂
脑残用棍子虐杀格陵兰海豹的幼崽再在巴黎的街头穿着它们的皮毛
脑残控制着五角大楼他的兄弟掌握了中央情报局,这帮肥硕的老逼!

脑残编写着时代杂志新闻周刊华尔街日报真理报与消息报
脑残的头衔是教皇，总理，总统，政委，主席，参议员！
脑残选出了里根去当美国的总统！
脑残用提纯的白面粉烤制神奇面包！
脑残贩卖奴隶，糖，烟草和酒精
脑残征服了新世界并且谋害了波波卡提佩火山上的蘑菇的花神！
脑残在特拉特洛科一千名学生被机关枪打死时是无动于衷的总统
脑残将两千万知识分子和犹太人流放到西伯利亚，其中一千五百万人再也无法回到流浪狗咖啡馆
脑残长着小胡子在第二次世界大战的最后一年用安非他命治理德国
脑残构思出为解决欧洲犹太人问题的最终解决方案
脑残的构思在毒气室得以实现
脑残从狱中借出黑手党幸运的卢西亚诺去保护西西里的安全为美国脑残服务抗击赤化分子
脑残在圣地制造枪炮再卖给南非的白人异教徒
脑残为中美洲的将军们提供直升飞机，使许多的印第安人死无葬身之地，支持对他有利的商业环境
脑残挑起恐怖的战争对抗以色列的犹太人
脑残派遣犹太复国主义者的飞机去扫射贝鲁特郊外巴勒斯坦人的营地
脑残在全球市场将鸦片取缔
脑残又控制了鸦片的黑市交易
脑残的父亲在下东区的走廊里为自己注射海洛因
脑残组织秃鹰行动在索诺拉省的大麻田里喷洒剧毒的烟雾

脑残因为在哈佛广场抽墨西哥的大麻而生病
脑残在欧洲登陆只为用宣传手段制伏蟑螂
脑残成为一名享誉国际的诗人在全世界跑来跑去赞美着脑残的荣耀
我宣布脑残是诗歌大赛的胜利者
他在纽约港的水面上建起世贸大厦毫无尊重之意那边的厕所也是空空荡荡——
脑残为在岸边建造一座造纸厂已经开始砍伐亚马逊的热带雨林
伊拉克的脑残向伊朗的脑残开战
脑残在贝尔法斯特向他妈妈的屁股扔炸弹
脑残十分仁慈，他在洛克菲勒中心的顶楼开辟出彩虹厅供我们跳舞
他发明了相对论这样罗克韦尔公司便能在科罗拉多的洛基弗拉茨制作中子弹
脑残想看看他到底能坚持多久不射精
脑残认为他那玩意儿会因此变大
脑残在杜布罗夫尼克的买卖广场眼镜酒店边寻找一名新的间谍——
脑残想在欧洲为你口交，他对于生活非常认真，你如果不配合他会心碎——
脑残在共产国家承担重任这样他便能在天空电闪雷鸣时交到克格勃的女朋友——
脑残在冥想时深信自己已经成佛
脑残害怕他会将这星球炸个粉碎所以他便写下这首诗以求达到不朽——

1980 年 10 月 14 日，凌晨 4 点 30 分，
杜布罗夫尼克，苏布罗夫卡酒店

英　雄

修道院长的庭院里垒砌着白色的大理石柱

就在杜布罗夫尼克这座围城那大理石般洁白的街道尽头——

所有的河道已经沉陷,帝国垮塌,总督们化为白骨,土耳其人灰飞烟灭

世界大战的铁蹄踏过此处带着炮火,芥子气与满脑子安非他命的元首——

贝多芬的鼓声阵阵又在石头房子里响起

白西服与黑领带那不和谐的雷鸣之音的缔造者在乐谱上

向听众深深鞠躬,定音鼓手竖起耳朵捕捉他的定音铜鼓上那英雄的颤动——

低音提琴手们带着牛角框眼镜留着胡子,年轻的与年老的一起拉着琴用中指按在那细细的用动物的器官做成的弦上——

巴松管手把嘴唇对准那根空空的木头魔杖,

小提琴手们兴奋地上上下下的拉着琴——首席小提琴

一脸拒人千里之外的胡须(他的谱架旁站着一名穿着黑色晚礼服的年轻姑娘)耐心地等待着

乐团里所有的乐器都一致地调到 C 大调——

乐队指挥举起他的胳膊手持指挥棒准备将贝多芬的活力释放

在亚得里亚海的凉风中一身大汗,早上 10 点 15 分白色的领子围着他的脖子,黑色的燕尾服与赛璐珞的袖口,高跟黑皮鞋——他翻开那第一乐章具有光泽的封面——

铜管乐器声音响亮,小号在杂乱地吹奏,法国号正为拿破仑发出巨响!
乐队指挥举起指挥棒轻敲三下。
但贝多芬后来对拿破仑满心怨怒并把他英雄的名字从题献页中划去——
就是这葬礼进行曲的第二乐章!我曾在西班牙内战与帕特森的一台收音机上听过——
终于我明白是巴松承载着这首高贵挽歌的哀号
终于我看到大提琴在椅子上安坐,小提琴手们向前摇动着身体,低音提琴手站着一脸忧愁
一起在这令人悲痛的挽歌中为出殡的欧洲鞠躬行礼,
杜布罗夫尼克的自由已死,白痴们喊叫着在莫斯科行军!
杜布罗夫尼克的音乐家们正在向拿破仑复仇,
用在夜晚海边的一座城堡里演奏贝多芬英雄交响曲的方式——
散发着电光的地球仪竖立在熟铁的基座上用光照亮了1980年(拿破仑大帝和贝多芬大帝
都已经是打鼾的骷髅)
在修道院长为游客而重建的音乐厅里
贝多芬的心脏在鼓声中脉动,他大口大口地呼吸,穿黑长袍的女小提琴手与那大胡子的
音乐厅的统治者挥动着他们的手臂。
这葬礼赋格曲拉开序幕!那王者之死!那革命群众的呼喊
亦如中世纪被工业革命所颠覆
一声神秘的号角!一次持久的铜管乐长音!
小提琴的语汇中一排又一排岛屿上的静谧城市,
在小提琴与巴松之前前前后后地迂回——
那鼓点便是抬棺者的脚步声——

在最高处这哀歌浮现出欢快的调子,

就像红色瓦片上轻声走过的猫,弦乐爬上了更悲哀的旋律——

庭院里白石膏的喷泉墙面上伸出一只口鼻破损的狮子脑袋

此刻老鼠和狮子在这乐团里呼吸追逐从小提琴的弦到低音号深处的断音——

铜号的芳醇震荡着大理石楼梯——

拿破仑曾被教皇加冕成为皇帝!

简直不可思议!原子弹落在了日本的土地!希特勒袭击了波兰!盟军用燃烧弹将德累斯顿活活烤死!美国参战——

此刻小提琴与圆号的复调飞升好似雷鸣般的轰炸!定音鼓令战争升级!砰砰!诙谐曲到此结束!

终曲——蹑手蹑脚地穿过历史,低音大提琴与小提琴的拨奏如同时间向前行进。

流过那血管,那胜利轻快而活泼的调子,那美国民众的解放!

这是一场盛大的舞会,一次庆典,每一件乐器都加入到这积极的态度!

又有谁不会在1812年或1980年的耶拿与贝多芬相遇时兴奋异常呢!这个世界很小,站起来歌唱吧就像一颗悸动的心!

准备好跳那狂喜的欧式舞蹈!我们以一只耳朵开始然后是另一只,在中欧留下巨大无比的脚印——

再来一只令喜悦平缓的华尔兹,但那盛大的舞蹈终会回归就像永恒就像上帝就像

一次暴风一次地震一部贝多芬创造的乐曲

一个新的欧洲!一个自由的新世界在两百年前就被这些铜管与肠线,木弓与呼吸

磅礴的心跳里那贝多芬耳聋的渴望预言,

这期待一个团结快乐和平与公正的欧洲的预言——
和第三交响曲的号声一样响亮。
天下大同！月亮的凯旋！人类在音乐中终获解放！
这足够使你在修道院长的宫殿中痛哭，想起那颗
在爱因斯坦的脑子里引爆的原子弹——
就在那个音符上，戛然而止！掌声如雷！
乐队指挥抹了一把额头，跑到后台，
低音提琴和大提琴手们举起他们的木头乐器从衣帽间的门口消失，
法国号和小提琴与巴松抬起眼睛看着包厢上四散而来的倾盆大雨
就在那个音符上，就在那一击性好酒色的脚步声上，
哗！暴雨从天而降！
音乐家和听众逃离了石板地面的天井，

     杜布罗夫尼克修道院长故居的中庭
     1980 年 10 月 14 日，晚 10 点 45 分

"坚守信念"

我留守于一辆从新帕扎尔的雨中驶来的巴士
我在马格利茨城堡①的墙边撒尿
和爱瓦尔河畔的野狗们聊天
它们向我亮出牙齿,无休无止地吠叫。

1980 年 10 月 20 日

---

① 塞尔维亚一座被浓雾笼罩的城堡。